张恨水（摄于20世纪30年代）

张恨水（摄于1913年，时年18岁。此照片为首次公开发表）

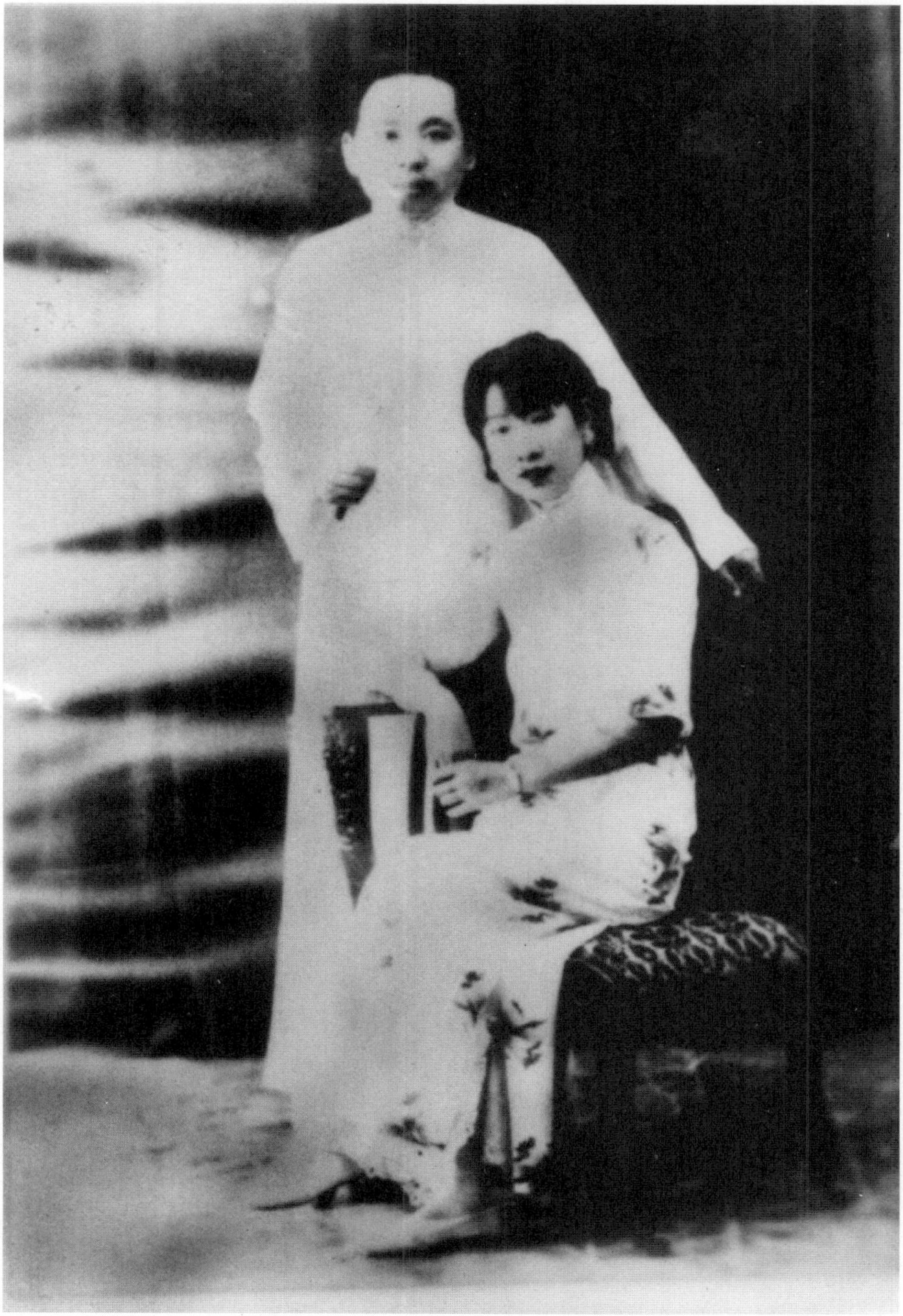

张恨水与夫人周南（摄于1931年）

张恨水与夫人周南及其子张二水（摄于1932年）

张恨水在北京家中写作（摄于1956年）

张恨水1952至1965年手写的诗集《病中吟》《闲中吟》

张恨水在北京家中（摄于1956年）

张恨水（摄于1957年北京）

张恨水与其女张明明在北京砖塔胡同家中（摄于1959年）

张恨水与中央文史馆同事在北京人民大会堂（摄于1961年）

张恨水在北京砖塔胡同家中（摄于1962年）

张恨水抱张伍之女前儿（摄于1963年前儿百天时）

张恨水与其子在北京家中合影

（左为二子张二水，中为三子张全，右为四子张伍，摄于1965年）

张恨水与其子张伍及孙女前儿（摄于1966年，此为张恨水生前最后照片）

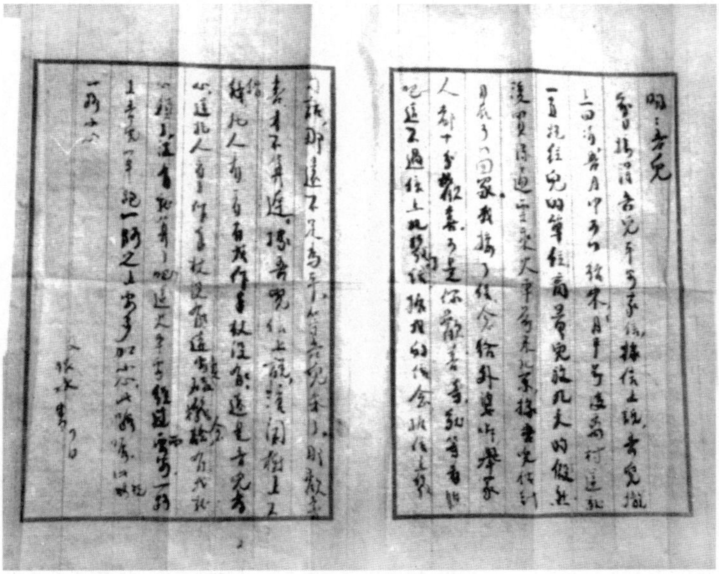

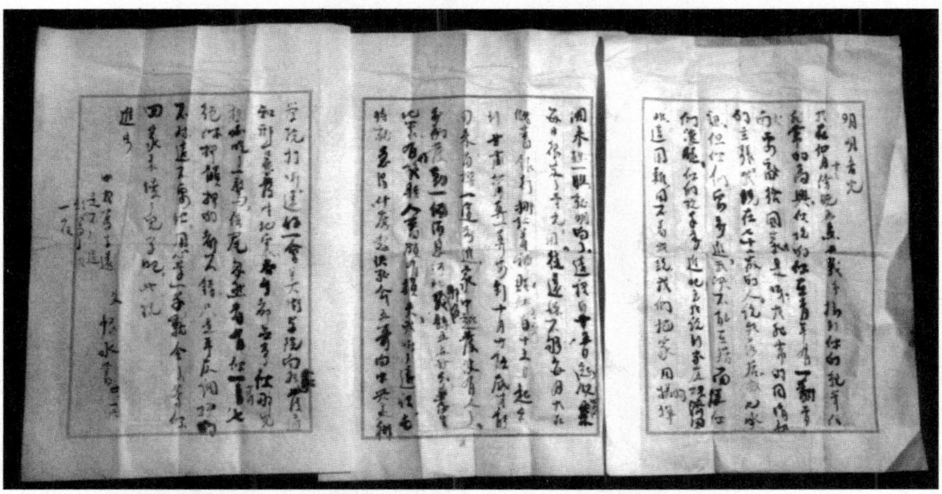

张恨水为女儿明明所写书信

张恨水著作书影（部分）

现代皖籍名作家丛书

張恨水選集

金粉世家

足本
春明外史
上冊
世界書局印行
張恨水著
春明外史
上

張恨水著
水滸人物論贊
萬象週刊社發行
百新書店總經售

張恨水著
水滸人物論贊
萬象週刊社發行
百新書店總經售

夜深沉
张恨水 著
张恨水【著】
张恨水世纪精品①
夜深沉
同名影视 陆续登场
畅销一个世纪的经典

張恨水著
太平花
楊柳青青
長篇抗戰言情小說

白蛇傳
秋江

牛郎織女
牛郎織女

张恨水散文全集

明珠

张恨水 / 著

时代文艺出版社

图书在版编目（CIP）数据

明珠 / 张恨水 著. —长春：时代文艺出版社，2015.8
（张恨水散文全集）

ISBN 978-7-5387-4327-2

Ⅰ. ①明… Ⅱ. ①张… Ⅲ. ①散文集－中国－现代 Ⅳ. ①I266

中国版本图书馆CIP数据核字（2015）第055920号

出 品 人 陈 琛
产品总监 郭力家
责任编辑 冀 洋
装帧设计 孙 利
排版制作 吴 桐

张恨水散文全集
明珠

张恨水 著

出版发行 / 时代文艺出版社
地址 / 长春市泰来街1825号 时代文艺出版社 邮编 / 130011
总编办 / 0431-86012927 发行部 / 0431-86012957 北京开发部 / 010-63108163
网址 / www.shidaicn.com
印刷 / 三河市万龙印装有限公司
开本 / 710mm × 1000mm 1 / 16 字数 / 298千字 印张 / 21.5 插页：16页
版次 / 2015年8月第1版 印次 / 2015年8月第1次印刷 定价 / 68.00元

图书如有印装错误 请寄回印厂调换

闲适冲淡与家国情怀

——张恨水散文札记

谢家顺

对于自己的散文创作，张恨水有两次提及，一次是写于1944年五十寿辰的《总答谢》："不才写了三十四年的小说，日子自不算少，其累计将到百来种，约莫一千四五百万字"，"关于散文，那是因我职业关系，每日必在报上载若干字"，"朋友也替我算过，平均以每年十五万字计算，二十六年的记者生涯，约莫是四百万字。"①另一次是写于1949年的《写作生涯回忆》："我平生所写的散文，虽没有小说多，当年我在重庆五十岁，朋友替我估计，我编过副刊和新闻二十年，平均每日写五百字的散文，这累积数也是可观的。"②"对散文我有两个主张，一是言之有物，也就是意识是正确的（自己看来如此），二是取径冲淡。小品文本来可分两条路径，一条是辛辣的，一条是冲淡的，正如词一样，一条路是豪放的，一条路是婉约的。对这两条路，并不能加以轩轾，只是看作者自己的喜好。有人说辛辣的好写，冲淡的难写，那也不尽然。辛辣的写不好，是一团茅草火，说完就完。冲淡的写不好，是一盆冷水，教人尝不出滋味。"③

以上文字，一说自己散文创作数量，一表达自己的散文主张，是张恨水生前仅有的关于散文创作的自述文字。这对研究他的创作成就而言，益发显得珍贵。

---

① 张恨水《写作生涯回忆·总答谢——并自我检讨》，重庆《新民报》，1944年5月20日至22日。

② 张恨水《写作生涯回忆·上下古今谈》，北平《新民报》，1949年2月4日。

③ 张恨水《写作生涯回忆·散文》，北平《新民报》，1949年2月5日。

较之小说创作，张恨水散文创作贯穿于他写作生涯始终，与他的思想性格、感情心态、生活阅历有着更为直接的联系，因而加强其散文研究，将具有透视作家心灵世界、观照作家创作思想的直接意义。

一、张恨水散文分期

早期（1912年—1919年）

张恨水少年时代，即受过严格的散文读写训练，十二岁那年，在两个月内，模仿《聊斋》《东莱博议》笔法作文，完成论文十余篇，其中文言习作《管仲论》颇得（萧）先生和父亲的赞赏。

真正开始散文写作，约在他十九岁那年秋天。他流落汉口，替一家小报写填补空白的稿子，并开始以恨水为笔名发表文章，这些稿子，除诗词外，也包括小品随笔和散文游记。

1916年冬，二十一岁的张恨水回故乡自修期间，在写小说的同时，写作题为《桂窗零草》的笔记，这是张恨水较正规的笔记散文。

1917年春，张恨水应郝耕仁之邀作燕赵之游。这是一次半途而废的旅行，虽旅途艰辛，却开阔了张恨水的眼界，促使他写了一部长篇游记《半途记》。这段流浪生活对张恨水的创作影响很大，“一来和郝君盘旋很久，练就了写快文章。二来他是个正式记者，经了这次旅行，大家收住野马的心，各入正途，我也就开始做新闻记者了”。

1918年至1919年，张恨水在安徽芜湖《皖江日报》工作期间，还曾负责两个短评栏和一版副刊的编辑工作，除写长篇小说外，还写“小说闲评”之类的论评式散文。

以上这些散文，因年代久远，或文稿丢失或报刊散佚，我们已无法见到，尤其是《桂窗零草》和《半途记》。

丰硕期（1919年—1938年）

张恨水开始大量写作各类散文，是在1919年秋到北京以后至1923年，这期间他任北京《益世报》助理编辑、芜湖《工商日报》驻京记者，以撰写通讯为主。直至1924年5月、1925年2月，他先后主编北京《世界晚报》副刊《夜光》、《世界日报》副刊《明珠》，张恨水的散文进入第一个密集发表期。长期新闻工作的锻炼，使张恨水成为一位阅历丰富、才思敏捷、注重纪实、面向社会的散文作家。

1934年5月，张恨水首次西北之行，创作了系列游记散文《西游小记》，内容反映了当时西北地区的民生疾苦。1936年他自办《南京人报》，自编副刊《南华经》并写了大量散文。

全盛期（1938年—1949年）

这一时期张恨水的散文创作贯穿于他在《新民报》工作的全过程。1938年1月，张恨水到达重庆即被陈铭德聘为《新民报》主笔兼副刊主编。自1月15日起，在副刊《最后关头》连续发表《忆南京》系列散文、《杏花时节忆江南》等多篇散文及大量杂感；特别是1941年12月1日至1945年12月3日开设《上下古今谈》专栏，张恨水每日一篇，累计发表杂文一千多篇，字数达百万字，这些是张恨水杂文的代表作。值得一提的是，这一时期，张恨水还结集出版了仅有的两本散文集《水浒人物论赞》与《山窗小品》。此外，张恨水又连续发表了回忆北京、南京的系列散文《两都赋》，以及《蓉行杂感》《华阳小影》等系列散文。这些作品的发表，体现了张恨水在抗战时期的散文创作已呈全面丰收的态势。

抗战胜利后，张恨水除主持北平《新民报》工作外，还以副刊《北海》为园地笔耕不辍，先后有《东行小简》《还乡小品》《北平的春天》《山城回忆录》《文坛撼树录》等系列散文问世，以及大量杂感、杂谈发表。

晚期（1949年—1963年）

1949年1月至2月13日，长篇回忆录《写作生涯回忆》在北平《新民报》连载。1955年夏，病后的张恨水南行皖沪等地，创作的中篇游记《京沪旅行杂志》于当年9月在香港《大公报》发表。1956年春末夏初，张恨水应邀参加由全国文联组织的作家、艺术家赴西北参观旅行活动，并写作游记《西北行》在上海《新闻日报》发表，这些散文，叙写了西北地区面貌的变化并抒发了作者由衷的喜悦之情。这一时期，张恨水还创作了一些描述首都北京风光的游记散文。直至1963年，张恨水应全国政协《文史资料》编辑部之邀，写作长篇回忆录《我的创作和生活》。

张恨水一生到底创作了多少散文？迄今为止，我们尚无法做出具体回答，只能做一个粗略的估计，有人对他已发表的散文作品进行过估算，其文字总量在六百万字左右，其中半数以上是新闻性散文，在中国现代新闻史上具有一定的价值；文艺性散文约两百万字，两千多篇，数量之多，在现代散文史上也属于屈指可数的丰产者之一[①]。

二、张恨水散文特点

张恨水的散文作品，就其性质而言，可以将其粗略划分为新闻性散文和文艺性散文。限于篇幅，笔者在此仅就其文艺性散文作一评介。

（一）杂感文

这类散文在张恨水散文创作中比重最大。从二十世纪二十年代至四十年代，写作杂文近三十年，创作数量大、延续时间长，与作家长期担任报纸主笔副刊主编有关。这种随写随发的杂感散文，取材广泛，选题随意，关注社会人生，反映现实生活，反应快速敏捷，议叙海阔天空，形式不拘一格，笔锋多趣微讽。题材几乎触及政治、经济、道德、文化以及世态、人情、风物、习俗等社会生活的各个方面。

早在二十世纪二十年代，张恨水作为一个编辑和记者就主张新闻自由。他认为报纸应敢于讲真话，敢于为人民呼吁，直言不讳，揭露社会黑暗。如1928年“济南惨案”时，张恨水在《世界日报》副刊上连续发表了《耻与日人共事》《亡国的经验》《学越王呢学大王呢？》《中国不会亡

① 董康成，徐传礼《闲话张恨水》，黄山书社，1987年版，第195页。

国——敬告野心之国民》等一系列文章，揭露了日本帝国主义者的侵略罪行，表达了与日本帝国主义战斗到底的决心。又如《我主张有官荒》对当时的官场黑暗进行了揭露；《无话可说的五卅纪念》表达了作者对北洋军阀政府镇压学生运动的愤慨、对学生爱国行为的赞颂之情。

抗战时期，要在报刊上讲真话极其困难，国民党当局对陪都重庆报纸的检查十分严格，他的不少杂文被书报检查官剪掉、抽稿、开“天窗”。他主编的《最后关头》，也不得不改名为《上下古今谈》。张恨水谈到这一专栏时曾说：“上至宇宙之大，下至苍蝇之微，我都愿意说一说。其实，这里所谓大小也者，我全是逃避现实的说法。在重庆新闻检查的时候，稍微有正确性的文字，除了‘登不出来’，而写作的本人，安全是可虑的。”①而在实际中，张恨水一方面要揭露黑暗现实，另一方面要不被当局抓辫子，保全自己。他采取多种多样的手法，将鲜明的战斗性与巧妙的灵活性有机结合，将历史与现实巧妙结合，以古讽今；将普通科学常识与社会问题巧妙结合，以此喻彼。比如通过谈贾似道的半闲堂，影射孔公馆；通过谈杨贵妃，暗示夫人之流；通过谈和珅，提到大贪污；通过说雾，提到重庆政治的污浊；通过讲淮南王鸡犬升天的传说，影射权贵们狗坐飞机的事。声东击西，含沙射影，既击中贵要的要害，又使之无可奈何。

这些杂感文，或借鉴历史，以古讽今借题发挥，或以此喻彼运用对比，或以甲衬乙，形式生动活泼，短小精悍，往往一事一议，平易晓畅，适应不同阶层读者的阅读需求。

（二）小品文

这类散文包括两个部分，其一是对文艺作品、文艺体裁、文艺思潮和文艺流派等进行评论和考证的专著和专文；其二是自己作品的序跋、创作经历的回忆和创作经验的漫谈等。

在第一类中，结集出版的有《水浒人物论赞》，散篇发表的有《长

① 张恨水《写作生涯回忆·上下古今谈》，人民文学出版社，1982年版，第68页。

篇与短篇》《短篇之起法》《水浒地理正误》《〈玉梨魂〉价值堕落之原因》《小说考证》《中国小说之起源》《旧诗人努力不够》《著作不一定代表人格》《泛论章回小说匠》《北望斋诗谈》《武侠小说在下层社会》《〈儿女英雄传〉的背景》《章回小说的变迁》《文化入超》《在〈茶馆〉座谈会上的发言》等。这些文章选题面宽，论述范围广，议论引经据典，博古通今，叙议结合，寓渊博的学识与丰富的艺术体验于随笔浅谈之中，反映了张恨水在各个历史时期的历史观和文艺观，其中不乏真知灼见。

在第二类中，主要作品有《春明外史》的前序、后序、续序，《金粉世家·自序》《剑胆琴心·自序》《啼笑因缘·作者自序》《作完〈啼笑因缘〉后的说话》《新斩鬼传·自序》《八十一梦·前记》《水浒新传》的原序、新序等，以及一些专门介绍作者自己创作经历的文章，如《我的小说过程》《总答谢——并自我检讨》《写作生涯回忆》《我的创作和生活》等。这些文章，或介绍和评述自己的作品，或回忆自己的写作与生活，均能实事求是，毫无某些文人自吹自擂的恶习，写得谦虚谨慎，诚挚感人。同时也表现了他自强不息、奋斗不已的精神追求，这些文章是我们当今研究张恨水创作道路、文艺观形成的第一手材料。

这些小品类散文包括抒情写景、纪游记事、怀古咏史的小品文和游记等。早期习作《桂窗零草》《半途记》是其开端，二十世纪三十年代的《西游小记》《白门十记》，四十年代的《华阳小影》，五十年代的《南游杂志》《春游颐和园》《西北行》等都是其中的佳作。其抒情写景散文代表作是抗战时期创作并结集出版的《山窗小品》，这本散文出版后颇受好评，曾再版多次。

张恨水的小品文取径冲淡、清新洁雅、隽永多趣，具有较强的知识性和可读性。究其源，一方面，受中国古代散文“言之有物”“文以明道”思想影响，对散文取实用态度；另一方面，可上溯魏晋南北朝散文，直接继承和发扬了明清两代小品文朴质冲淡的艺术风格，主张散文风格冲淡平和，在意境创造、抒写情趣、驾驭语言等方面都达到了很高的水平。这类散文有写名胜古迹、名山大川的，但更多的是写人们时常所忽视的身边小景、生活中细小的琐事。他的《山窗小品》里的六十二篇短文“乃是就眼前小事物，随感随书”而成，虽称小品，但内容大都摭拾重庆乡间的寻常风物着笔，如珊瑚子、金银花、小紫菊等山间花草，禾雀、斑鸠与雄鸡一类乡野动物，以及卖茶人、吴旅长、农家两老弟兄等寻常人物，或描述其仪容姿态、行为举止，比拟绝伦且刻画逼肖，可谓传神写照，文风沉郁浅淡，从平常习见的事物中发掘诗意，富有生活气息，读来亲切感人。展读《路旁卖茶人》《吴旅长》诸篇，感觉历史情境并不久远，山窗风物虽平常，家国忧思犹在肩。

与《山窗小品》连载的同时，是《两都赋》，共二十六篇，其时张恨水任职重庆《新民报》，居住在重庆郊区南温泉三间茅屋之中，面对家破国亡的现实，对于曾经居住的北平、南京，不禁悠然神往，以忆旧笔法，采取日常清谈式白话行文，回忆南北两旧都的旧时巷陌、市井人流，间有斜阳草树、断井残垣的历史沧桑寄寓其中。凡北平之琉璃厂、陶然亭，松柴烤肉、大碗凉茶，南京之中山陵、鸡鸣寺，椒盐花生、铺子烧饼，乃至杨柳、梧桐类树木，均流于作者笔端，处处充满诗情画意，清淡秀雅之中透露出闲情逸致，并在每文文末，将闲适灵动的笔锋一转，时有哀伤叹惋、言近旨远意旨流出，家国前途之忧思、个人身世之飘零，深得杜甫沉郁苍凉之气韵，不尽之意趣与无限之惆怅兼而得之。

两者相较，《两都赋》白话行文，《山窗小品》文言写就，虽文笔取径及描绘对象不同，但其中蕴含的一片抗日救国之心、一腔家国情怀却历历可见。

《西游小记》是作者西行的一组游记，文中尽数描述了所游历地区的地理状貌、文物古迹、风土人情，同时还融合了丰富的历史文化知识、历朝历代的掌故以及作者浓厚的人文关怀，是游记散文的经典之作。

综观张恨水的散文创作，他写在二十世纪二十年代的散文显得有些单薄，三、四十年代的作品则走向丰满和成熟，而五十年代则显得力不从心，行文枯涩生硬，缺少情趣。

张恨水执着于小说创作而又青睐散文，固然是记者的职业需要，但更深刻的原因却在于他的根深蒂固的中国传统文学观念。传统文学观念轻小说而重散文，张恨水是一位旧文学根底极深的文人，自然难以避免这种观念的影响。也许正是传统观念影响加之中国古代散文（特别是明清笔记小品）的艺术熏陶，才使作家养成了特别看重散文、欣赏散文，并勤于写作散文的习惯，由此形成了一种闲适冲淡中寓家国情怀的独特散文风格。

基于此，我们研究张恨水时，理应不能忽视对张恨水散文的搜集、整理与研究。

（谢家顺：池州学院中文系教授，安徽省张恨水研究会副会长。）

目录

明珠篇

夜光篇

文苑语丝

艺海一勺

银灯杂记

菊部丛谈

留痕迹

明星小史

黄花谱

晶报随笔

明珠篇

新好了歌

军人都说和平好，只有地盘忘不了。螳螂捕蝉雀后追，到头反被人抢了。

军人都说和平好，只有军队忘不了。尾大不掉事事非，人多嘴杂分崩了。

军人都说和平好，只有袍泽忘不了。未必他心似我心，羽翼丰满倒戈了。

军人都说和平好，只有头衔忘不了。走船开足满篷风，沧桑一变通缉了。

军人都说和平好，只有总统忘不了。俟河之清寿几何，两足一伸呜呼了。

（原载1926年4月2日北京《世界日报·明珠》）

随风珠玉（一）

窗明几净，茶熟香浓，忽然想到，振笔便书，便是好文。

春水一湾，夕阳半斜，何堪侧帽轻衫，徘徊杏花之下。

粉墙低压，杨柳依依，其间容不得一轮明月。

斜风细雨之间，垂柳残花之下，是词人之天地。

野渡无人，溪花自落，沙汀白鹭，支一足而睡，是画不是诗。

杏花簇拥，青旗远挂，长堤古道，微闻酒香。此境是诗又不是词。

诗家未尝不爱画，画家亦未尝不爱诗。故王维之诗，瞑目思之，俨然一幅画图。

人家红墙外，柳条荡漾中，有零落杏花三五枝，夜来风雨，令人放心不下。

（原载1926年4月2日北京《世界日报 · 明珠》）

随 风 珠 玉（二）

晚灯上矣，左执汉书，右执酒杯，聊解愁闷。忽然见报纸，亦复随意置之。继而启阅，其第一行，大书特书万恶军阀，殆以暴疾卒，为之浮一大白，不必读张子房传也。

大丈夫当上马杀贼，下马作露布。贼既无力杀，露布且不敢作，奈何？奈何？

民不敢言而敢怒，秦人已极可怜。处今日之世界，则怒亦不得。

古之国，亡于宦言，今之国亡于政客，政客之为祸，如是如是。

桀犬吠尧，虽孤忠不无可取，人犹责其不识好歹。便桀生于今日，则亦徒为其狗所嚼咀而已。

（原载1926年4月4日北京《世界日报 · 明珠》）

随风珠玉（三）

（一）

荒鸡乍唱，夜气侵帘，灭烛抛书，则见纸窗虚白，凉月西斜。不须登床倚枕，已仿佛情境若梦矣。

枣花帘底，重翠扑人，午晴风定，得毋有茶熟香浓之思？

斋前老槐一株，上干云霄，亭亭如张盖。小窗洞开，尽糊碧纱，日午荫浓，直觉琴书都绿。

京中若不能多得芭蕉，则于窗外辟地半弓，种玉蜀黍数十种。入夏披离直上，如荒园丛竹。夜雨能鸣，亦催诗之符矣。

白粉墙低，新雨后，绿苔初润。戏于乱砌下，种秋海棠十余株。夕阳西下时，映淡红花三五小朵，使人之意也消。

新雨初霁，疏星临户，倚窗颇有所思。时晚风过邻家枣园而来，若有清香，而蛙声阁阁，风前尤断续可闻。知夏深矣。

（二）

闭门而细柳迎风，鸣笳则旌旗映日，军令如山，吾知此中有英雄矣。

百壶斟酒送如泉，一鼓，则万花齐落，盛筵当前，吾知此中有豪士矣。

先生高卧，读《山海经》方数页。忽闻金戈铁马之声，上冲霄汉，起而视之，槐荫满地，蚁阵横阶也，为之怃然。野塘无人，藕花自开。青草没胫，群蛙乱鸣。老僧夜归，顾谓其伴曰：五十年前，此地盖钟鸣鼎食之家也。

紫兰香径，斜竹依花。青草平原，残碑碍路。夕阳西下，暮色苍茫，何堪只鸡斗酒，恸哭故人之墓。

临风一笛，四顾无人，月小天高，水波不兴。知我者其在芦花浅水之间乎。

（原载1926年6月4日北京《世界晚报》）

伤 心 人 语

——不忍闻

轧！轧！轧！

你们听！什么响？

飞机，飞机！

在哪儿？在哪儿？

哪！屋犄角上，那不是？

是的，是的，天啦！

呵唷，来了，来了。

不得了，怎……办？

快跑！快跑，扒在墙角下罢。

胡说！那有什么用。那有……

呵唷！阿弥陀佛，天啦！过去了。

你摸！我心里还乱跳！

轰隆！拍车！

咦！你听！又掷下炸弹了，不知哪家又遭劫。

哎！今天总算逃过了。明天……

（奉联与国军火并，奉联飞机炸京）

（原载1926年4月7日北京《世界日报·明珠》）

偶然得到的一个特刊

——诗之讨论

我是旧诗旗帜下的一个信徒，所以我最不爱新诗。但我的反对新诗，并不是徒尚意气，要就事论事，切切实实和别人讨论，所以我又很能容纳别人和我谈新诗的文字。

旧诗的近体，诚然是有些束缚人的（但是作家功夫到家，也不受它的束缚），古体却不如此。读者若是偶然肯翻一翻唐诗，念一念《将进酒》《高轩过》《蜀道难》，那样才气纵横的文字，你才知道旧诗一点不会束缚人。

旧诗的价值，无论如何，有令人记诵的魔力，不像新诗会受人家的厌弃，这话不妨反言以明之，设若任取一本旧诗给人看，除非那人根本上不爱诗便了，否则他决不能说看了头痛。

我很有一种心愿，把旧诗无病呻吟的味儿去掉，专门做一点性情文字，所以我这回有征诗之举。此外，我也很愿意有人出来讨论新旧诗，以便我们多得些真理。恰好手边有这些稿子足够发一天专刊用的了，于是我就发一个专刊。

（原载1926年5月6日北京《世界日报·明珠》）

先来媳妇晚来婆

先来媳妇晚来婆，轮到其间没奈何。打脱门牙肚里落，自家心动自家挪。这是一首集苏谚的白话诗，我在一本杂志上看了记下来的，到如今已有十三年了。

我也不懂什么缘故，这样一首诗，却老印在我脑子里，大概是言的太痛切的缘故吧？这种诗不做婆的我（欧化一句）念了还能够这样记着，那末，像那一班晚婆，作何感想呢，难道都是打脱门牙肚里落吗？

晚婆是谁呢？我且不说。和诸位打个哑谜罢。谜在下面，也是抄的：

由山而陂，由陂而城，由陂而河，由河而海。

（原载1926年5月7日北京《世界日报·明珠》）

为了铜钿断六亲

昨以苏谚诗，敷衍小月旦，友人读而善之，不以其为敷衍，且令更复一试焉。此诗非可诌，必有所本，因脑中尚有一首，为吾友诵之。

其诗曰：

手捧黄金脚踏地，家宽出仔（当了字解）少年人。一家饱暖十家怨，为了铜钿断六亲。

吾以为此诗，以赠一年来之安福系，可谓确切不移。盖有钱有势，一味做去，未有不得罪人，而众叛亲离者也。

（原载1926年5月8日北京《世界日报·明珠》）

小　格　物

鹭鸶睡，恒缩一足，其憨态可入画。

蝙蝠之睡，倒挂檐际。倒挂而反为适意，奇矣。

鱼终日只小息，等于不睡。

猫偎炉睡，不问寒燠也。

雁聚千百而睡，终夜惊呼之声不绝，或曰寡者司更矣。

马立而睡，倒则病矣。

鸱鸮天晓则睡，一如吃鸦片烟人。

猪最爱睡，盖脂肪多也。故胖子亦喜睡。

鸡睡，喜群挤一团以取暖，寒暑无二。

（原载1926年6月1日北京《世界日报·明珠》）

由病榻上写来

一病五日，今天才好些。好些虽然好些，腰腿还不十分强健，只是揽着一条布被，横躺在那绿槐窗下一张破沙发椅上罢了。这个时候，正是中国词人所谓枣花香后，梅子黄时，窗子外面，是一阵子雨，一阵子淡黄日影，一阵子夹竹桃花清香，一阵子槐树叶子沙沙的响。平常对于这些事都不注意，病在床上，眼睁睁地守着一个窗户，都觉得增助许多呻吟意味。再一回头，面前茶几上，药瓶子，茶壶，饼干罐子，零乱无次地堆着，看见又使人烦恼起来。

病人睡觉，是没有一定时间的，一不愿意，闭着眼就睡了。醒了过来，槐树西边的枝叶，已照着一大片太阳。屋子里扫了一个地，茶几上的药瓶子，饼干罐子等等，都挪开了，只有一壶冷茶。这又合了我脾胃的事。不知是谁，在桌上铜香炉里，给我燃上一根香，这时只好剩个半寸。正是茶冷香消，倒凑就了一团子诗意……

写到上面这个意字，我人就往后一倒，不能再写了。这是怎么说？原来这是今日午后一点钟的事，我看见窗外槐荫转午，对这小昼如年，却大作其袁安之高卧，真有些过意不去。勉强爬了起来，走进我那斗大的书室，打算扶扶笔。这一来不谈什么桑田沧海，至少也有些物因人重之成。书桌上的飞尘，不要用厚可积寸的那句套语，大概差不离一分厚。我叹了一口气，想我若是死了怎么样呢？自己估估量，坐是坐不起来的，我曾看见许多曾留学过日本的朋友，他能够一手拿纸，一手拿笔，凭空写字，我何不就在破沙发上试试，谁知这一试居然奏效。便在那茶冷香消，绿窗人静之际，要写一点病里的感想，不料起了一个帽子，人就倒了。

上面的一段，要算是帽子的帽绊儿，这应该写一段正文了。不过又有一层，须得交代。就是我倒了以后，怎样又坐起了呢？原来我那时一睡，直睡到日影西斜。揉揉眼睛，觉得精神好了许多，拧着电灯，看了一段《儿女英雄传》。觉得竟不乏，于是靠在沙发上．将被服盖了“两条腿”（无意中嵌上了一个书名，一笑），依此如法炮制，赓续日间的工作。

这是真正的帽子底下了。说什么呢，我第一感到作工的人，是不许病的。若是病了，手停口停，真不是一个办法。我又更进一层想，若是这时死了，身后萧条四个字的评语，更又不待盖棺论定。外国的卖文家，他们都有个储蓄会。平常大家都储款在会里，若是哪一个文人不幸死了，又合着身后萧条那句话，那末，会里就拿出钱来做抚恤费。我想，这事，中国上海、北京两地，有举行之必要。

其次，无病呻吟的这四个字，那是新文豪批评旧式文人的一个铁案。

其实，无病而吟，照目下看来，倒不论什么新旧。有些人无病固然不呻，可是矫枉过正，几乎有病也不敢呻，那又何必？昔人说：时非南唐，人非重光，何必为悲天悯人之句，太平之时，可以这样说。以言今日，我们哪个不是岁月干戈里，家山涕泪中。不必有病，也就可呻，何况是有病呢。

昔贤说：丧欲速贫，死欲速朽，那是有为而发的。我却不问这些，很赞同这句话。一个呻吟病榻，一天两天不能好，又加上些子风雨交加的环境……

算了罢，我的意思只在敷衍一天的稿子，何必如此如此的写了下去，病榻上的感想尚多，等我把关于文学上，思想上，比较可以商榷的，明天坐起再谈罢。

（原载1926年6月22日北京《世界日报》）

约法三章

许多人写信来问，《明珠》是什么宗旨，从前我总是这样回复人：没有宗旨，不过望其好玩与有趣罢了。现在感觉到没有宗旨的好玩与有趣，实在有些若太空之野马，似乎不是办法。而且《明珠》向来抱住了一个信条：卑之毋甚高论。设若因为没有拘束的缘故，偶然来一篇高论的稿子，偶然又发表出来了，那就有点位卑而言高了。

因此，我以为有读者声明之必要，以便偶然高兴则给我们一篇稿子，有个八九不离十，免得白花那一分邮票。以后，我们打算专往极小问题上做去。自然，这无非是些柴米油盐酱醋茶一类的题目。高明些，也无非是书画琴棋诗酒花罢了。虽然，还怕读者不明白，与诸位约法三章于下：

（一）绝对不谈大问题。政治上也罢，社会上也罢，只拣些琐碎的事来说。好像人家吃面包，我们只在桌上去搜集些面包屑。

（二）绝对不批评大人物。我们从前就犯这个毛病，蚍蜉撼树，要想——而实在不平的事也太多，管得了吗？

（三）不研究高深的学问。这条似乎累赘，柴米油盐酱醋茶里面，哪有什么高深学问，不过凑成三章罢了。

（原载1926年8月7日北京《世界日报》）

反不亦快哉（一）

其一，冬夜观书，意兴正浓，而炉灰冷透，灯油且尽，不亦不快哉？

其一，夏日初试新夏布长衫，溅上红墨水一片，不亦不快哉？

其一，和尚传戒，以艾火在头上烧戒疤，不亦不快哉？

其一，半夜醒时，满身疥疮作痒，不亦不快哉？

其一，翻箧寻物，误毁故人手迹，不亦不快哉？

其一，无赖每来，必是借钱。朝起方欲为文，无赖又来，先不说钱，乃絮絮告苦。即以昨日之数予之。彼大喜，说许多图报之言，犹豫不去，尚思一饭。文思为之扫却不少，不亦不快哉？

其一，坐船阻风，十日未行二三十里，不亦不快哉？

其一，欲寻觅一适意之屋，苦不能得。无意中遇一屋，前临小河，郊外青山自树顶中露出。入门更见空地六七亩，足为瓜菜之需，不觉大乐。因适有事，拟了之再来定租。既而复去，则适于刚才被赁去矣，不亦不快哉？

其一，除夕做梦，正与家人欢笑。乃醒，闻院中妇孺相贺，乃异乡之声，不亦不快哉？

其一，案上绿玉瓷瓶，插紫丁香花，爱好。忽为家人所碎，钉齿罗列，仍存案头，不亦不快哉？

（原载1926年8月11日北京《世界日报 · 明珠》）

反不亦快哉（二）

其一，平生于某种嗜好，坚不欲染。偶为朋友所劝，一时忽略，竟犯此戒。夜来对灯小坐，头影徘徊，私念某丈夫也，何为此事。愈思愈愧，愈愧愈悔。因之倚枕苦思，终夜不寐，不亦不快哉？

其一，看人以蝇头小楷为禀帖，一笔凡费若干时，不亦不快哉？

其一，纸窗偶破一孔，便飞入绿头苍蝇一个，纷扰香炉茗碗间扑之不中，驱之不去，以此小事，纷扰半夕，不亦不快哉？

其一，放风筝而线忽抖乱不开，不亦不快哉？

其一，年关无钱还债，不亦不快哉？

其一，先生令背诵圣经，因强迫之，不亦不快哉。

（原载于1926年8月13日北京《世界晚报·夜光·强为欢笑》）

物质文明之世界

——人间地狱之上海

夏夜小暇，与二三友人，摊椅坐空院星光之下。纨扇不挥瓜果杂陈，意乃滋适。院中故略有木石。脚下软草如茵，间伏夏虫，清风徐来，其声唧唧。一友方自沪来，发微喟。渭沪上街市繁华，限于商业。若夫市民之居，蜂蒿蚁蛙，丛集一处，窗前天井如斗大，直牢狱耳。求一院如此，月租非二百两以上不为功。言及此，则又觉北京之可住也。

一友谓：五层之楼，高临通街。而内中乃为绑票土匪之总机关，此岂人所能料者?

一友谓：上海除营商外，直非人所宜居。垂髫之女即解逐浪子游。每一弄堂中，猥亵不可告人之事，当可出专书一册。小客栈以千数，专为野合之人而设。在马路上拉客之栈伙，洋洋自得告人曰：床铺干净，有“人家人”应召。此真非人世所能闻之事耳。

一友谓：在沪无所事，除狎弄公私娼外，则奔波各游艺场。谋猎一艳者而尾随之而私心怦怦，又恐为淫党所陷，时加提防。其喜惧情形，非楮墨可宣言。其有人能每日以八圈自遣者，则安分君子也。

一友谓：上海社会，可以五字评之，曰：奸，淫，滑，俗，陋。彼有唯一之权威，能受一般社会欢迎者，乃为洋行之买办。读书人何以堪此?

哀梨曰：嗟夫！此物质文明之世界欤?

（原载1926年8月13日北京《世界日报》）

自北海想得来

编辑部第五十次聚餐会，移到五龙亭。叨光在百忙中得逛了一次北海。躺在藤椅上四周一望，绿油油的树林，起了一重碧城一般，围着这一湖荷叶，就有些画意。东南角上的景山，在碧城外突立起来，盖着一层蓬松的绿树。三个半露的亭子，斜阳一抹，越发是可爱了。就是正对面的琼岛，巨塔之下，楼台亭阁，一层层半藏半露在树木山石里，也有它的丰致。我赏玩之余，因此，联想到北京城里挖湖堆山，这是何等大的工程?前清的皇帝、老佛爷，做这个三海，真也会受用。转身又一想，做皇帝是不能到处跑的，哪能像一品大百姓，可以赏鉴真山真水呢？他要不是有几座花园，三百六十天，都坐在宫里，真与坐牢无异了。再说：这地方，我们来个二三十次，也就有点腻，皇帝却终其身如此而已也就不甚稀奇了。四海之大，什么好景没有，咱们老百姓爱上哪儿上哪儿，皇帝能够吗？于是倒觉得做百姓之自由。

又一转眼，就以穿四尺长的坎肩或一尺一二寸长的短褂的异性同胞（明知此句，抄袭时贤妙文，却无法使之短，奈何）最可注意。这一看，就觉得她们是文明人，应该和男子平等。比那不识字的贤妻良母，以及拜佛念奶奶经的妇女要强万倍。可是仔细一想，她们好处在哪里？衣服，买的；鞋袜，买的；吃饭，喝茶，也是人家办好的；花的洋钱钞票，也是人家挣来的。这都不算，恐怕生了孩子，都得请人喂，头蓬了，还得人梳呢。旧式妇女分男人的利，还有一点附带条件，煮饭，洗衣，做鞋，奶孩子，偶然逛一趟庙，听一台戏，还得赶个节令。新式的妇女，一概不问，专花男子的钱得了。这就叫男女平权！

……

北海从前未开放，荒凉也就荒凉了。开放之后，游士如云，内务部当然多一种收入。这好比办矿开路等等，不办也就算了，办得好，总会振兴的。且慢，这样转去，要正式谈到国家大事了，打住罢。

（原载1926年8月16日北京《世界日报》）

野　狐　禅（一）

（一）

阿堵问赵州和尚：不看僧面看佛面，佛面在哪里？赵州以一个袁头示之。

饭桶问赵州和尚：人生为什么？

赵州云：今天吃饭也未？

不了生问赵州和尚：什么是空不异色？

赵州唱道情云：只落得娘儿爱俏，把孝来穿！

不了生问赵州和尚：什么是色不异空？

赵州云：令爱若干岁矣？不了生曰：十六矣。

赵州云：买本性史给她看！

二我问赵州和尚：何谓无人相？

赵州云：何不多多和人换兰谱？

二我问赵州和尚：何谓无我相？

赵州云：你愿拉车吗？

二我问赵州和尚：一藐一菩提，译作无上正觉吗？

赵州和尚云：我去问谁？

老先生竖一指云：此似我佛拈花否？赵州和尚云：门外什么响？音乐队过去。做么生？迎新生。

赵州哈哈大笑云：尔是解人，尔是解人！

（二）

草草问赵州和尚：何谓色即是空？

赵州云：十年一觉扬州梦，赢得青楼薄幸名。

草草问赵州和尚：何谓空即是色？

赵州云：流水落花春去也，天上人间。

草草问赵州和尚：石不能言最可人，何以见之。

赵州云：什么叫钱在那里说话？

不解地问赵州和尚：近来念佛者多，几个得道的。

赵州指街上酒幌子示之。

半悟问赵州和尚：青年人情欲太重，佛法渡得否？

赵州久久不答，反问：曲线美在哪里？半悟云：在女子身上。

赵州喝云：你何故说青年情欲太重？

赵州指壁上钟问破斧：什么时候，破斧不能答？

赵州微笑问何以故？

破斧云：钟也在那里问我。

赵州在壁上画两个骷髅。

破斧云：莫非是你是我？

赵州云：并不像。

破斧云：日日望之，夜夜望之，自然像。

半悟云：无奈许多人看不破。

赵州云：你穿着什么？半悟云：破布衫。

赵州云：何不拜访有钱的去。

混世虫云：北京吃点、喝点、乐点，老三点儿，是看得破否？

赵州云：不该到后来全家投河。

混世虫问：宁可人负我，不可我负人，好么？

赵州云：我既非我，人亦非人，可从着一个负字？

混世虫问：和尚吃肉，是什么道理？

赵州云：什么道理，堂上三尺法，是讲道理的地方事？

（三）

半解问野狐和尚：如何可以无眼界？

野狐云：看螃蟹去。

半解问野狐和尚：如何可以无耳界？

野狐云：尔当去问达官贵人，何以学得一喳字？

半解问野狐和尚：何以无鼻界？

野狐云：尔在何处住家？曰北京。

野狐云：尔已无嗅觉辨香臭矣，奚问为？

半解问野狐和尚：何以无舌界？

野狐云：夏日苦蚊否？曰苦！尔何以对付他？扑之。其时蚊舌何在？在吾肉内。扑何如何？蚊死。舌呢？

半解汗涔涔下曰：我曾做官二十年。

半解问野狐：如何可以无身界？

野狐云：尔做知县时，觉如何？甚乐。今其乐在否？不在矣。然则设尔时尔做宰相如何？当更乐。其乐可留至今否？当然不能。

野狐云：原来如此，尔可以悟矣。

半解云：如何可以无意识界？

野狐云：少管闲事，北京人所谓这个年头儿。

半解云：心既是佛乎？

野狐云然！所以名流之佛音，时时自口中吐出来。

半解云：何处是无立足境？

野狐云：在中国。

（原载1927年6月20日北京《世界日报·明珠》）

野　狐　禅（二）

电灯灿烂，许多小虫，由绿纱眼儿里，钻进窗来，满桌乱扑。于是我大开杀戒，一一消灭也。当我杀念兴时，我实在禁不住，因为他扰我太甚了。

你若遇到一个可爱的女子，你是不问她的意思如何的。这便是烦恼之由。

我为“什么”要钱？若是说不出这个“什么”来，这人就登彼岸了。

你对朋友说：我平生不说谎。这正是你在说谎，你知道吗？

未出家和尚说："我还未出家。"其实，哪里是我家？什么又叫作出？

（原载1927年6月22日北京《世界日报·明珠》）

野 狐 禅（三）

佛字是代表洋钱的。谁人的心里不爱洋钱？所以说心即是佛。

西来意三个字，参禅的人，都很不容易参透。其实西者墨西哥也。墨西哥也是代表洋钱的一种意味。现在有种东西，叫自来得。大概西来意和自来得，也是差不多的物件。你看，哪个和尚不有些西来意哩？

三藐三菩提，就是三妙三菩提。三菩提是黎宋卿先生，段芝泉先生，张敬尧先生。这三菩提自然是三妙了。

观自在，就是看快活。人生快活之事，可不必细说。现在画模特儿的，那是观自在。模特儿是观自在菩萨。

要到无意识界去。喊打倒智识阶级口号的人，却不少佛化的。正是数典而不忘祖。

波罗蜜多，是一句食经。密同蜜，波罗水果也。波罗蜜多，就是说水果很甜的意思。

四大皆空。四大者，是大舞台，大角儿，演大轴子，大打出手，结果，散戏。岂不是空？

尘，既是土。北京东西南北上下，都是土。岂非六尘？所以住在北京的人，很难六尘不染。

（原载1927年6月26日北京《世界日报·明珠》）

野　狐　禅（四）

虫虫世界，我们只可以用肉眼去看，不要用法眼去看。比如东方中国，若是用法去论他一切，那就是地狱了。这只念得一声阿弥陀佛。

佛法究竟有法也无？答曰：无！何以故？天下一切法，都是不法之徒，所造所用。知法者，用不着法，守法者也用不着法。所以真法是无法。

如来入城，次第乞食。何以叫着次第？须菩提，挨着来也。希有世尊，何以故？须菩提，以有饭大家吃故。

阿难屈膝顶礼，而白佛言：希有世尊，世人念佛，冀修来生福德，能修得不？不也！阿难。何以故？譬如淫妇，家庭严管，无可称意。今生欲念，料已无望。乃赂诸神，转生为妓，神许之不？不也！世尊，阿难，世人念佛以修来生，何以异是？阿难！修来生者，是大恶，不能得三藐三菩提心。

野狐问赵州和尚：怎样可以悟道？赵州和尚说：瞧电影去。

或问野狐作么生？野狐云：天天看戏。或云：你在那儿家戏园子里看？野狐云：进戏园子也看，出戏园子也看。

（原载1927年7月2日北京《世界日报 · 明珠》）

野　狐　禅（五）

和尚放风流焰口，和尚不对，是了。但是你们怎知道棺材里的死尸不爱听？棺材里的死尸果然不爱听，人家办丧事，为什么花钱去请放风流焰口的和尚？

和尚讨外室，和尚不对，是了。知道和尚不应该有外室的，为什么还有愿意去做他的外室？

和尚在城里开佛店，和尚不对，是了。但是，没有生意，佛店怎样开得成功？有了城里人需要佛店，才有和尚来做佛店的大掌柜。关出家人什么事？

想着没有路退，只好出家。若是有路走呢，自然不出家了。

佛的劲敌是官，并不是魔。所以许多大阔佬，做了官，就忘了佛。丢了官，就记起了佛。

和尚不许吃肉，其实和尚光是吃肉，那是极好的和尚。

有人问，学佛有什么好处？答：没有好处。问：没有好处，为什么来学佛？答：有了好处，那才不是佛学呢。问的说：我不解。答的说：解了你也不至于来问。

（原载1927年7月5日北京《世界日报·明珠》）

野　狐　禅（六）

佛告须菩提，佛家无耳，何以故？世尊，哀鸿遍野，听不得也。

佛告须菩提，佛家无鼻，何以故？世尊，腥膻扑人，闻不得也。

佛告须菩提，佛家无身，何以故？世尊，动辄得咎，活不得也。

佛告须菩提，佛家无心，何以故？世尊，天道艰难，想不得也。

佛告须菩提，有人于此，不看，不闻，不说，不活，不想，快乐不？不也！世尊，何以故？不听非愿不听，不看非忍不看，闻，说，活，想，亦复如是。若是快乐，则不出此。

佛乃说偈曰：不是同尽，不会干净，缸破水流，何处鱼影？

（原载1927年7月20日北京《世界日报 · 明珠》）

野　狐　禅（七）

人生是什么，只是一口气。一口气不来，就算了。气是我的，我还不能做主，何况其他？

什么是本来面目？本来面目是一个一无所有。什么叫一无所有，请看未生前之我，与百年后之我。

什么是佛法？佛法是白米饭。人饿了要吃饭，人迷了本性，也要请求佛法。

管闲事，是人生无聊的举动。但是除了为我自己，哪样不是闲事。

死是回避不了的，但是谁也怕死。可是谁都怕死，而偏偏又往死路上走。佛菩萨，于此只给他一个不回避。

葫芦挂在壁上好，挂在颈上好？挂在壁上也不好，挂在颈上也不好，最好是不挂。

破甑不顾，为什么不顾？因为顾也无益。但是甑破了，他并不要我去顾。我顾他本来就是多事。

万种千般，不离一个胡饼，仔细想想，胡饼难道总是我的。所以万种千般，我都是白忙了。

日里看山，晚上看见什么？但这是看不见，并不是山不在那里。记着，这是色的解释。

（原载1927年8月11日北京《世界日报 · 明珠》）

野　狐　禅（八）

人死了，丢下了一个臭皮囊，这是很可怪的事。有些人说：若把尸体加以制造，可以保存五十年，不致溃烂。但是五十年之后，又将如何？

一个丑妇人，对她丈夫说：你何必嫌我？好的丑的，吹灭了灯，不是一样吗？可惜这丑妇人不会进一步说：设若你不看见，不就不会嫌我吗？其实好不是好，丑不是丑。

十五的月亮圆了，十六的月亮又缺下去，赏月的，好像很可惜似的。但是十五下雨，十六也下雨，就不会去可惜他了。万物得着一个无字，便无烦恼。

一粒钻石，至少也要值三四百块钱。寒不可衣，饥不可餐，为什么能值那些个钱？岂不是因为大家都看重了他。设若大家把他当作一块瓦片，他也不会自己涨起价来吧？所以宝实非宝。

有钱的太太戴了铜首饰出去，人家一定会说这是好赤金。无钱的太太戴了赤金首饰出去，至多，人家说一声是镀金的。这样看来，黄金和黄铜，也就无可分了。

（原载1927年8月13日北京《世界日报·明珠》）

野　狐　禅（九）

——般若波罗蜜多钱经（仿心经）

皆大欢喜佛[①]菩萨，行深般若波罗[②]蜜多时，照见万物皆空，度一切苦厄。

孔方兄，钱本异命，命不异钱，钱即是命，命即是钱。仁义道德，亦复如是。

孔方兄，诸事皆钱化，不多不好，不少不坏，不死不足。是故银中无命，无生义道德，无眼耳舌身意，无色身声香味触法，无眼界，乃至无意识[③]界。

无足心，亦无“无足心”，乃至无性命，亦无性命说。无人情国法，无命亦无得，以“无所得”故。

财神菩萨依般若波罗蜜多故，心无他念，无他念故，无有恐怖，远入颠倒梦想，究竟涅槃[④]。

举世之人，依般若波罗蜜多故，得黑大光圆[⑤]整个莫大奈何。

故知般若波罗蜜多故，是大神咒，是大明咒，是无上咒，是无等等咒，能除一切苦，真实不虚。

故说般若波罗蜜多咒，即说咒曰：

他的，他的！

都是他的！

---

① 佛，洋钱也。欢喜，人人所爱也。——原注

② 般若，译作智慧，波罗，译作彼岸，凡事，就入无人之境了。——原注

③ 此无意识三字，读如常，莫当佛典看。——原注

④ 涅槃译归西天，或呜呼了。——原注

⑤ 山西大钱块，重千斤。——原注

那个是他的?

欢喜佛菩萨!

（原载1927年9月2日北京《世界日报·明珠》）

野　狐　禅（十）

画工笔，当然是很费劲。现在随笔涂涂，一笔是山，两笔是水。一块墨是花，两块墨是叶，这就便宜多了。你别瞧他乱七八糟，这有名堂，叫作写意。

平平仄仄，作起死的旧诗来，当然要个三年五载的工夫。就是废了平平仄仄，作那种古诗，也嫌要炼词。现在解放起来，说是仿自西洋，那就好办了。但是外国人的诗，还要讲音调，虽有无趣，还要经人工雕琢，咱们是彻底解放的了。

有趣！有趣！吴稚晖这种文章，真得人欢迎啦。来！俺也来学他一学。于是提笔便写一个鸟字，或者再写一个屁字。无论如何，我要算吴氏一派了。

银钱算个什么?生不带来，死不带去，洒家得做一点慈善事业，哪里有什么公益的集合，洒家是不请自到。昨天晚上打牌倒霉极了，输他妈的二万多。今天早上，红十字来捐款，是二次了，我还给他一百元。要是别人输了钱，还给吗?

家里人都说，国也共和，家也共和，咱们合作吧?于是撑起一个大家庭门面来，干！可是吃饭穿衣，东有西无，南多北少。于是丫头与老妈不和，厨子与听差不和，嫂嫂与弟妇不和，婆婆与媳妇不和，一天到晚，家里闹得鸡飞狗上屋。还好，门口五世同堂那块老招牌，倒是依旧的悬挂高竿。

白种人说有黄祸，而黄种人倒真受了些白祸。于是中日共存，维持东亚和平，黄种联合起来，这些好话，都难为东方的街坊，一一说出口来。可是中国人心里，偏是老大的不受用。

（原载1927年9月5日北京《世界日报 · 明珠》）

野　狐　禅（十一）

乌焦巴弓经[1]（仿般若波罗蜜多心经）

青天大老爷，修到乌焦巴弓时，只见十室九空，度一切百姓。

老爷们，官不异□[2]，□不异官。官即是□，□即是官。胥吏皂役，亦复如是。

老爷们！是各种官法，不搂不富，不富不升，不升不大。是故搂法无他，无多少轻重，无东西南北中，无亲戚世学乡友，无交情，乃至无意识界。

注：此无意识界与心经异，作本义读。

无不要，亦无不要，乃至无昼夜，亦无昼夜息。无天地鬼神，无气始不要，以不能再要故。

老爷大人依乌焦巴弓法，心无疑虑，无忧虑，无有恐怖。一生颠倒梦想，究竟如何？

百种官职，依乌焦巴弓故，得一本万利法。

故知乌焦巴弓，是大明术，是无上术，是无上上等术。能发一切财，真实不虚。

能说乌焦巴弓经，即说咒曰：

可干可干，大家可干，是人都可干，老爷中国满。

（原载1927年9月20日北京《世界日报 · 明珠》）

---

① 乌焦巴弓为科举时，蒙学本《百家姓》中课文。——张伍注

② □是不必直写之处，读者任填一字可矣。——原注

野　狐　禅（十二）

世界上决不能佛化。唯其如此，就少不了有佛学。佛学只是想在人欲横流中，指出一个空字。好让人悟得万一，稍止夺杀。

孟子曰：予岂好辩哉？予不得已也。知道这个，然后可以看佛经。

孔子曰：祭神如神在（按这和纪念古人的意义差不多）。悟得这个，然后可以知道我们为什么挂佛像。

孟子曰：闻其声，不忍食其肉。一想这话，然后知道学佛为什么要吃斋。

老子曰：圣人不死，大盗不止。他不如佛经里无声色臭味触法说得平和。

老子曰：造化不仁，以万物为刍狗。他没有佛家大千世界那句话说得微妙。

佛学和这个世界的趋向，正是两极端。他所以能让世界人都为他所动，实在是为佛学对人生观太彻底了。

佛学和中国人尊儒崇孔的观念，也是两极端。中国人学佛的最多，正因为佛学的精神，实在太慈祥了。

我们不可以和尚之俗，藐视佛学。要知道一班尼姑她们正是在诋毁佛学。

学佛有什么好处，至少至少，能给人清醒思想安慰心灵。

（原载1928年9月24日北平《世界日报·明珠》）

不亦乐乎

红烧肉切冬瓜块，发面馒头橡皮松。燃灯独坐，偎炉大嚼。不亦乐乎。

东家有女，窥臣者三年矣。两家各为诗礼门楣，无可接近。夜间得梦，与人结婚。窃视新妇断红双颊，浅笑如痴，东家子也。不亦乐乎?

吃瓜子炒豆，卧读《水浒》智劫生辰纲一段。不亦乐乎?

脚患冻疮，以热水慢慢洗之，不亦乐乎?

坐乡下茶馆子，吃大块牛肉，大碗烧酒，看窗外一色杏花红十里，如火如荼。不亦乐乎?

村童放年学，抱书与学究作揖告别时。不亦乐乎?

抓大把钞票，料理债务，债权人眉开眼笑，说我顾全信用，不亦乐乎?

无意中寻获失儿，不亦乐乎? 杀臭棋，不亦乐乎?

在内地某城中，饶有古风。元旦早起，无所事事，与二三文字知交，戏步街头，闲看人家春联。谈笑风生，旁若无人。不亦乐乎?

睡新被服，更配以高枕。不亦乐乎?

久客归家，家人围坐，谈别后情形，夜深忘睡，不亦乐乎?

大将战胜而归，美女如花为之解甲。不亦乐乎?

三十年前之小姐，嫁得状元女婿。不亦乐乎?

打麻雀牌和四喜。不亦乐乎?

早起写斗方毕，腹中若有不适。家人忽然送来白粥如浆，配以油条香菜。对此，不亦乐乎?

佣书苦忙，日无寸刻闲。至除夕日下午，事毕矣，风暖日晴，闲步街头，看人纷纷买过年货回家。不亦乐乎？

有一要事，谋未竟，偶以仓促外出，忘而置之。半途思及，心殊不安，一归家，便问家人曾知此事否？细君答曰：已代了之矣。不亦乐乎？

泼墨学大米画。不亦乐乎？

（原载1926年9月20日北京《世界日报·明珠》）

填词一得

《明珠》读者，不以仆为不学，常自撰诗词或小品，会赉一得。在仆对影自惭，殊未敢以此自任。然一一置之不理，则人以骄妄相责，获罪相等。无已，姑就所知，略择一二，披露专栏。讨论者，暂以诗词小品为限，其他问答，仍付免费邮筒内。所以别庄谐也。谚曰：他山之石，可以攻玉，知我罪我，是在读者。

在《明珠》以小词相赐者甚多，要皆近是而实非，无法披露。最近如铁门幽亭君，象来街陈振森君，东四六条飞白君，均曾以小令见示，且令一加商榷。仆玩味之余，意非不佳，而因未得门径，遂有词不达意之苦。此无他，少读少作之病也。振森、飞白二君之作，平仄无大误，幽亭君则失粘处太多，请先以鄙意相告。

学诗学词，有三个步骤，不能不做到滚瓜烂熟之境。其事维何？一即辨声，储材，饰词是也。就作诗而言，先只须辨平仄，至于填词制曲，则非平上去入皆能一一分辨不可。但辨平之事，非笔墨所能讨论，必出于口授。勉强述之大概平声字，念之平和清远，仄声则反是，非激起则短促。若以此项定论，尚嫌空泛，则有一笨法可用，即将唐诗七绝，选出若干首，一一圈起平仄，以资练习。如吾人已知平起之七绝第一句，为平平仄仄仄平平矣，则吾人对于一诗摸索得开首二字为平，其下各字，按图索骥，甚易圈出。虽一三五之间，有不尽合者，然五字失粘者占少数，一三之间，则吾人不妨以二四两字为准也。

诚如上法试验矣，但第一字属平属仄，又下焉从而知之？予曰：此示有术。譬如取“葡萄美酒夜光杯”一句试译之，予可先以葡字，用俗音谐之，知与吴孤补甫等字相近，则在诗韵鱼七虞六语七遇等韵内，觅取下落。继而于七虞中得之，吾知其为平声矣。葡字既明，再译萄，及于四豪中觅得萄字，知开首二字皆平，合于平起“平平仄仄仄平平”之例，除美字不必知外，则酒夜二字之为仄，光杯二字之为平，即可断言者。如此办法，以检阅二三字之劳，可知二十余字之平仄，行之既久，当不期然而然，悟平仄之道矣，平仄既明再分四声，则偶翻诗韵，继可了然，毋须赘述，而第二步则为储材。

何以谓之储材？即准备材料耳。填词非可一蹴即至，必先为诗，犹之学代数者，必先能算术也。故于学填词之先，至少能作七绝七律二项（五律风格须紧练甚难，红楼中，宝钗教香菱为诗，先习五律，大谬。）若诗一道，能补景叙情，无格格不吐之病，然后取绝妙好词，《花间集》《白香词谱》（须天虚我生考证者，非此则谬百出，不可用。）日读四五阕。亦不必逐日读去，但就己所爱者读之。读之三四月，当恍然词之为词，与诗不同。更取名家词集，任意读之。则晓风残月之景，人比黄花之情，不烦推敲，当有能恍然大悟者。至此，偶把笔为小令，吾必知不至有无从说起之困难矣。

盖填词非如作诗可以任意为之。彼所用之眼（虚字尤其），所布之章法，皆在一定规矩之中，非多诵习，无所取鉴。至于能词以后，则熟能生巧，自可在规矩之中，极尽变化。譬之习工笔仕女，规矩极矣，然习成之后，或为仇十洲，或为王小梅，又各自发挥其个性也。

能辨声矣，能按谱填词矣，则尚有修饰章句之一事，不可不知，否则终其身仍为门外汉也。吾尝见少年著作家，偶占一句两句，未尝不头头是道，及令试填一阕，则毫无是处。何则？彼盖见谱上有一句，即照样填一句。一句既得，再续二句，依次填完，而词成矣。此其病，非支离破碎，即杂沓重复，将令读者，绝不知其命意所在。故吾人欲填某调，必须先将全谱结构，拟以大意。然后再就吾意，照谱填之。如此，乃为吾意思支配某调，非以某调支配我之意思也。

词之章法，小令在文行于空，不得铺景叙事。中调则不妨情景并重。长令，则大概上半阕叙景，下半阕描情。而能于叙景中，略点缀一二描情语尤觉全体生动。总之，当使一气呵成，不露拼凑痕迹也。

以上各节，皆就初学为词者之通病，略补正其一二。学词之要诀尚多，容得暇择要述之。

（原载1926年9月25日北京《世界日报·明珠》）

对伯雨君来诗之斟酌

大凡以诗咏时事，有两法，一为竹枝词，一为七古。此两种体裁，各以所咏之事，自为斟酌。譬如同一国庆，写提灯会，则宜用竹枝词，写阅兵，则宜用七古也。最近之万县案，实为最大之国耻，诗须一字一泪，一泪一血宣之篇章，方为得体，然非七古，无法安排，一首七律，实不足以尽之也。且七律重对偶，此等事无典可运，无情景可描写，若以议论语为对仗，任何琢磨，不能成规矩。运用外交等语，尤感浅俗。

至中秋偶成之七绝，亦多可商。若第一首云：人满天街夜色凉，远逢佳节更思乡。多情应笑团栾月，不入闺房入客房。第一句云天街人满，即不可押凉字韵，且月色，只有清晖，黄昏，无凉热也。第二句，化自每逢佳节倍思亲之句，此等处宜切改，否则永不能文自己出也。三四有意思，唯道不出，而月天下同照，亦无入一房不入一房之事也。若改为团栾却笑当头月，相对孤窗一味凉，或较原句含蓄。第二绝可改云：倚栏不觉醉颜酡，记得苏家水调歌。我亦乘风归未得，一樽清酒伴姮娥。原句通宵欢醉是东坡，千载犹传水调歌，与下文不接。而我欲乘风，用苏词原句，亦不妥。且末句，与白云明月吊湘娥之诗，亦有貌似处。只能云平适，意亦未超脱也。

（原载1926年10月5日北京《世界日报 · 明珠》）

洋头巾气

读书的人，大概有七种气。可分为骄气，邪气，臭气，正气，清气，富贵气，头巾气。这各种气里面，是好是坏，很容易一口道破。唯有戴这种头巾气的人，实在没有法子下一个定评。我们只觉得他可笑可厌，而又不能硬说他可笑可厌。

这话从何说起？譬如旧文人，开口孔孟，闭口尧舜，至多不好而已，你不能说他是坏人。可是充其量地干下去，讲究切肉要四方一块，桌子摆得不正不坐，你能不能说他讨厌？这种人的毛病，名曰食古不化，而其实也是死心眼儿。

自从文字界革命而后，这种死心眼儿的人，已是淘汰干净。头巾气三字，似乎可以取消。不料中国头巾气，虽然消减下去，外国头巾气，却又起而代之。到了现在，读书人的崇尚欧化，成了“洋屁”是香的之趋势。而且我们对于这种排场，只许说不懂，不许说不好。你若说不好，恐怕其罪不在旧时背经叛道之下罢。中国的头巾气，腐而已矣。洋头巾气，于腐的原质以外，还兼善骄气，邪气（如性欲之类），臭气，富贵气。而自负更是得着天地之正气清气。若洋头巾气者，也就极气界之大观了。

（原载1926年10月14日北京《世界日报》）

翻版的“也是离骚”

予前岁暮秋，任夜光之余，兼办北京《晓报》之晓星，为词力求诙谐，在当时颇以游戏三昧自况。今则穷愁潦倒，无复此豪兴。不愿为，为之亦不佳矣。昨日天梦君来信，谓予前岁在《夜光》上所作之也是离骚，颇堪一噱，嘱仿《晶报》太阳晒屁股赋例，在《明珠》翻版，藉未阅者一粲。此事可敷衍数行之稿，何乐不为。谨遵命，下面即我抄袭我之大作“也是离骚”也。

嗟予生之不辰兮，幼不习工商。挥秃笔之兔颖兮，绞脑汁以养娘。每鸡鸣之昧旦兮，茫茫然而起床。乃昏灯之既掌兮，而犹差稿之数行。细君怜予之冒寒兮，制半臂而棉张。式既巧小而入时兮，置两袋于其前方，予幸予稿之有所藏兮，左晓星而右夜光。予岂若孟轲之好辩兮？以予不肯做官之故也。彼女不知予衷情兮，犹以为予申申相詈也。雾蒙蒙其戚惨兮，昧日月之光华。天路迢递而无由兮，堕星辰如落瓜，惊予旁之梅丽兮，忽肆涕而欲回车。乃彷徨而四顾兮，戾气起于新华，本葫芦画出之依样也，更何须乎□家？瞻红墙之蝃蝀[①]兮，围沧沧之三海。波渺渺其愁予兮，分□□[②]之教派，燃灵犀之煌煌兮，烛彼中之多怪，右玉兔而左刚鬣兮，前金黾而后大蔡。唯牛鬼之蓬蓬兮，画皮而施粉黛，乃彼美之居中兮，喜洋洋血无碍。匪吾直言之不见谅兮，且信谗而加害。殡天道之好还兮，曹以加于刘者，司马又加于曹。观穴中之蝼蚁兮，入地网而焉逃？长太息以兴叹兮，先

① 蝃蝀为北海公园大门前石桥之牌坊。——张伍注。

② □□，原有字，因其已过时，今日有打死老虎之嫌，故易之。——原注

大笑而后号啕。悲前途之莽莽兮，况群复乎皮毛？笑曼倩之跃跃兮，目灼灼于蟠桃，吾乃回吾车兮，遁宣南之小巢。买龙井之半斤兮，佐花生之八两，有芝麻之烧饼兮，罗吾前以四双，唯酱干之素肴兮，更不需平生姜。嗟风雪之飘摇兮，叹天步之多艰。彼芸芸之众生一兮，孰不困于三餐？观揖让之雍穆兮，变征诛之戚惨。入虫虫之世界兮，奚能外乎饭碗？唯彼姝之玲珑兮，因长袖以善舞，得大人之怜爱兮，感戴如生身之父母。足未进而先拜兮，又先千千万万则后语。岂美人之怜才兮？实打拉之是务！宁死以流亡兮，予不忍为此态也。予岂不知贫之困人兮？以吾家有破书本在也。散吾发之蓬蓬兮，遁迹潜山之邱。辞良朋之奴隶兮，谢家庭之马牛。昂头于中原之野兮，返吾身之自由。吾不需四两之面包兮，复与人而何求？挖小地之三弓兮，种白薯之半亩。围柴扇之五株兮，为陶潜之秃柳。折其条以为器兮，留其干以打狗。闲植杖而入野兮，有披离之青韭。闻稻花之清香兮，醺醺然如中酒。枕芳草以为褥兮，曲肱而枕其肘。看白云之变幻兮，悟缥缈之宇宙。尚有何物以亲予兮？唯明月与清风。愿相思之灰尽兮，乃一睡而长终。

（原载1926年11月3日北京《世界日报·明珠》）

夜　　声

夜窗无事，凉月窥人。风吹院中落叶瑟瑟有声。此景此情，颇觉动人清兴。时方与友人品茗，因各述月下声之能动人者。约计如下：空山行人，夜月松涛声。梧桐月下，隔窗人读书声。冷露横天，残月将落，野寺钟声。潮落江平，月下繫舟苇岸，闻鲤鱼鼓浪声。五更早起，落月如盆，闻隔村晓鸡声。霜天月小，城楼鼓角声。登楼玩月，闻隔河长笛声。荒村寄宿，茅屋漏月，风吹户动，遥闻狼嗥声。

友摇首曰："此皆不足动人，子闻之，此何声也？"予侧耳静听，则隔室人叹息不已。盖夫妇算家账，深夜未睡也。但闻妇人曰：愁也没法，过一天是一天罢。北京城里住的人，谁也为难，不是我一家呢。其夫言曰：不想今年比去年更难过。言迄，复长叹。沉沉夜境中，闻此语令人浑身不快。即有佳思，亦不复能为文矣。

（原载1926年11月30日北京《世界日报》）

字纸篓外

耐穷是好事，挂诸口头，便只觉有些醋气扑人了。

耐穷是一事，安穷又是一事，在穷里能做出事业来，又是一事。

千古善处穷的，只有一个陶靖节。所谓采菊东篱下，悠然见南山，是何等胸襟。

不才明主弃，多病故人疏。这就穷得有些酸味。

医穷最好之一法，是读书。

作诗不离贫病二字，便落下乘。

吃一饱，穿一身，有书可读，有友可交，一点儿不穷。

勤俭是穷之劲敌，挥霍是穷之良友。

穷不必挂诸口头，但是也不可瞒着人，撑空场面。穷而好面子，那是自杀。

（原载1927年4月8日北京《世界日报·明珠》）

萝卜的趣事

萝卜这样东西，江南人叫土人参，对它的珍视，也就可想而知。这样好的东西，不能不拿来谈一谈。

江西丰城县，最出大萝卜。大的，可以有三四斤重的一个。南昌人有个笑话，说是曹操八十三万人马下江南，打丰城经过，吃了一餐萝卜，只吃了一个萝卜笃。按：江西人广东人，说底是笃，萝卜笃，就是萝卜朝下的尖端。八十三万人马，一餐吃不了一个尖端，其大也就可想而知了。

江南几省，萝卜丝是不用刀切的。有一种萝卜刨子，专门做切萝卜之用。拿萝卜在上面一擦，自会刨出很细的丝来。湖北有一个知县，叫罗宝芝，非常会刮地皮。后来人家就给他起了一个绰号，叫萝卜刨子，和他姓名，谐音有些相似。后来这句话传进张之洞耳朵里去了。一日召见罗宝芝，当面问他，何以有这个绰号。罗说：自家很俭约的。一件皮袍，穿了六七年。因此，人家绰号他罗敝袍。好开玩笑的人，常常加上一个子，成了罗皮袍子。再一叫就变了萝卜刨子。一阵胡扯，说得张之洞很是相信，居然没事。但是萝卜刨子的名字，越发遐迩皆知了。

（原载1927年4月12日北京《世界日报》）

一针见血（一）

实处着脚，稳处下手，自然可以办到百折不回的地步。

高楼，必先填厚地基。大事业不凭空做去的。

看得定，拿得准，便放手做去。什么叫试他一试？

向前走，莫回头，莫折衷，莫小不忍。

天下事不成功，都是人事未尽；成功了，便是火候已到，什么叫人定胜天？

法律不足畏，人言不足惧，祖宗不足法，向来是汉子做事的格言。其实不然。大丈夫做事，有所畏而来，有所惧而行，有所法而定。

能破坏不能建设，不是好手段。不顾一切的办法，是表示才力不够。

孤注一掷，原也是人生不得已的行动。有办法的人，不肯这样做，也不至于到这种地步。

（原载1927年4月13日北京《世界日报·明珠》）

一针见血（二）

人生除了为我，其余都是迷信。要把这种迷信完全铲除，人生观是很彻底的。不过人世要混乱到什么程度，很是难说。

儒家的礼，和宗教家的天堂地狱之说，同是一样的作用。因为有许多地方，是法律所不能禁的。对聪明人于是用礼仪去束缚他，对愚人用鬼神去恐吓他。所以礼与鬼神，论理都可以打倒。打倒以后，用什么来替代，很可研究。爱国心，也是一种迷信。这种迷信，只要打倒帝国主义，使世界上无弱肉强食的事情发生，就成了。

兔死狐悲，物伤其类，这是动物的一点同情心，人类何莫不然，牺牲人类同情心，巩固爱国心，这是明足以察秋毫之末，而不见舆薪。

（原载1927年4月16日北京《世界日报·明珠》）

四件说回来了的事

没 有 钱?

兄弟低声说：姐姐，借五块钱给我。

姐姐高声说：没有！上次给五块钱，怎么就没有了?

姐夫站在一旁，抽烟卷，不作声，可是脸色极不好看。

兄弟说：我走了。

姐姐送兄弟到大门口，给了他五块钱。低着声音说：呆子！你别当着他的面要钱呀。

姐姐进来了，一路自言自语地骂着：总是这样要钱，谁开了银行吗?

不 做 衣

小姐要做一件印度绸的衣服。

老爷不许，说道：一个读书学生，穿这些华丽的衣服做什么?

太太说：是的，绸缎庄上的东西，只许姨太太穿的。下个礼拜，舅舅家里做寿，秀英不要去罢。我不能让人家笑我孩子没衣服穿。

太太牵着小姐回房去了，脸板得什么似的。

明天吃午饭，太太小姐自吃饭，不说话。

老爷说：秀英，我给你二十块钱回头你去买料子去。可是老买些……

太太说：去拜寿的衣服，你让她素素净净的吗?

老爷说：我不过这样说。其实，我管呢。

误　了　事

混蛋！去了这么久。

是……

我不能用你了，你给我滚。

是……今天没敢耽误事。

你还没耽误事，我叫你半天了。

是……因为太太叫着买东西去了。

哦，买什么？

上第一舞台定包厢。

那就是了。怎么不早告诉我。

有什么事吗？太太还叫买东西呢。

你去罢，没有什么事。

是　善　人？

老爷，善人，可怜我，给我一个大花吧。

……

老爷，修福哪，给一个大花吧。

身上没带铜子。

老爷，恤老怜贫你是个善人，给一个大花罢。

追着车子，可恶极了！

您修福，您做好事，给一个大花，我买窝头吃，您在乎吗？

啰唆，说了没有铜子！

车子离远了几步。

没有铜子，你坐车。□你妈！你明日不如老子。

花郎骂了几句，又去追另一辆人力车去了。

（原载1927年6月19日北京《世界日报·明珠》）

观张宝庆奏技记（一）

曾闻人言，新自来京奏技之张宝庆，专演手术，有足解颐者。且谓其技，纯是练习而成，非如魔术之以伪作真，大可一观。予聆其言，遂于昨晚抽暇两小时，往中央电影院观之。除三场跳舞，一场小孩小技术尚属平常外，其张宝庆之手术，与两女孩之空中奏技，一时令人微笑，一时又令人为之挥汗，果不弱也。兹略志其技术如下。

张宝庆戴手套，执手杖，穿大礼服出台。帽落以足踢之，顶于鼻尖上，从容脱其两手套。脱已，以手套扣而为球，始自鼻尖取其帽，与手杖、手套一物，交互掷于空中。继而去手套，以火柴燃雪茄，后以此二物，与帽连环抛之，从此以后，见物即抛，种类甚多，最有趣者，以雪茄置帽中，将帽向下抛，帽落头上，雪茄则衔之口内，而雪茄固火头犹燃也。其次，张两手，抛三木球。以右手递与左手，左手抛入空中，由右手接之，此三球在空中作辘辘转，令人目不遑视，手术真快极也。抛球后，又抛瓷碗，抛瓷盆等等，或三或四，各尽其妙，而最妙者，则为抛火把。是时，全场电灯尽熄，张手执三火把，连环抛掷。火把在空中，能旋转数周，落于手上。张一手一火把，空中一火把，无不火端向外，是亦难能也。

以上关于手术者，此外则为举重。以一酒瓶，上插铁棍四，四棍叉又向上，顶一四脚之桌。桌上罩以白毯，置大灯一，小灯五。张以酒瓶衔在口中，高举桌面，坐弹琵琶一曲。复以六七寸之棍，顶之额际，棍上有一板，大如砚。顶之稳，加玻璃一片于上。玻璃上，放瓷杯五。杯上仍覆玻璃一块，再置已燃之小灯五盏。以上各物，均由张宝庆亲自安放。放已，又坐弹琵琶一曲。

（原载1927年9月16日北京《世界日报》）

观张宝庆奏技记（二）

此事观之，虽觉甚难，但略懂物力学者，知此为重点适中之故，犹不为奇，而可奇者，乃为下列三事：（一）以台球之杆一根，顶一木球，立诸下巴之上。另以球杆一根，立于额际。此两杆，平立面上，高在三尺外。而额上之杆，能徐徐向前，将另一杆端之球，接顶过来。于是二杆仍复原位，并不堕落。（二）面上顶洋烛两支，一燃一不燃。已燃者能俯引上前，将未燃者燃之。（三）以报纸卷、尖角，顶之鼻尖，自擦火柴，将报纸焚化。报纸焚至鼻尖，全副成灰，犹能顶立不坠，然后一吹而散。夫顶重不难，难于顶轻，顶轻而至能顶纸灰，真异闻矣。

张奏技毕，两女孩在空中奏技。两女孩一在十二三龄，一在十龄上下。技均烂熟。惊险之处，为空中之双盘杠，杠如秋千，距台面约二丈余，由悬梯攀援而上。大女孩倒挂杠上，小女孩则更在大女孩身上倒挂。大女孩执小女孩一手，或执小女孩一足，能舒卷空中，上下自如。更能以绳圈一，悬大孩后脑，而小女孩亦于圈中挂后脑，为投环状，一人倒悬，项脖上更挂一人，险不必论。两小孩共不过二十岁，力能任此，颇可惊也。

书竟：又忆一事，即大女孩于盘杠已，一人独立于铜棍秋千之上。其处距台愈高，四角以铁索牵制之，使不摇动。女孩于上奏技毕，然后放其握绳之手，突立铜棍上，约静息二三分钟，台下有人吆喝一声，女孩往前一倒，脚不离棍，人不落地，如以身为轮，以棍为轴，在空中旋转一周，仍立棍上。又息数分钟，更复为之，则绕棍做三转。此种技术，若是硬工，未免出人意料。以予度之，当系鞋上有吸铁石，或有机关，与棍相扣住，否则无人在空旋转足不离棍之可能也。

（原载1927年9月17日北京《世界日报》）

不亦快哉

日来心中烦郁，达于极点。晚来急雨，晨起犹阴云黯淡，不见天日，心中愈不知如何而可？因思圣叹有赌说快事？以破积闷之举，戏效为之。

其　一

一二十年来，为室家所累，柴米油盐，日日萦回脑中。忽然一旦觉悟，这是为着什么。于是随身一衲，大笑出门。此后茫茫宇宙，无处不可安身。走至野外，正值天高日清，秋风送爽。此时羁绊尽脱，栩栩欲仙，不亦快哉！

其　二

剧院中观剧，满座叫好声，谈话声，卖瓜子花生声，敲茶壶盖声，摔鼻涕声。咳嗽吐痰声，闹成一片。不知何处，请来大令一支，有在座作声者，以军法治罪。于是四座寂然，丝竹歌唱之声，一一入耳，不亦快哉！

其　三

夕阳欲坠时，看满山红叶，不亦快哉！

其　四

琐碎账目，并不为多，而手头枯窘，恰是无法敷衍若干债主。忽然借得一笔大款，将债化零为整，以后只认识债主一人，耳目为之一新，不亦快哉！

其　五

案上积稿盈寸，弃之可惜，用之须大加斧削，因循复因循，于兹数目。偶然出门，归视稿失所在。询之，仆妇已换取灯[1]矣。初虽不无惋惜，俯视窗明几净，若闻桌上素笺呼之：清党运动成功，不亦快哉！

其　六

某有心计人，望其外，俨然一道学先生也。突有醉汉当大庭广众之中，拍胸大骂，数其罪而逐之，不亦快哉！

其　七

工作毕，买落花生置袖中，行槐荫下，且剥且食，缓步归家。不亦快哉！

---

① 取灯，北京方言，即火柴。——张伍注

其　八

围炉独酌，看玻璃外，雪花掌大，不顷刻间，天地一白，不亦快哉！

其　九

儿时，在蒙馆读书。岁律云暮，抱香烛入校。途中见人，告曰：今日放年学矣。不亦快哉！

其　十

灯虎下，许多人俯首沉思。我灵机一动，将最难者射中，不亦快哉！

其十一

秋日小雨之后，远山如洗，陌尘不起。于白云黄叶外，摇鞭驰马，不亦快哉！

其十二

元旦夕，醉饱之余，与二三同事，在灯下打年锣鼓，不亦快哉！

（原载1927年9月26日北京《世界日报·明珠》）

零碎绸子（一）

抱着什么主义干的人，都有些迷信。倡非宗教大同盟的人，他不知道自己也组织了一个宗教。

人所不欲，不加诸我。我所不欲，自然也不得加诸人。天下之平等在是。

有哲学家出，凡庸之理，便都高深。有科学家出，高深之理，便都平凡。

吃窝窝头的人，忽然餐顿鱼肉。这人好像是快活了，其实他同时得到一种新的烦恼。

每日吃鱼肉的人，忽然吃窝窝头。他必然知道曾做了一个大梦。

梦总是梦。梦醒以后，再又入梦，依然昏天黑地，决不会镇静些的。

人换了一个阶级，就会换一班朋友。换上升，是我丢了人；望下降，是人丢了我。若是换阶级不换朋友，这人一定可以做出一番事业。

人生出世以后，便是向墓中去。可是走近墓门，谁也不肯说墓门在望。

人生拼命达到欲望的目的，达到以后，又怎么样呢？

世上许多人，不肯直接吃禽兽的人，却间接地吃人的肉。有为他间接吃了人的肉，所以不吃禽兽的来忏悔，这种人最是卑劣。

（原载1928年4月15日北京《世界日报·明珠》）

零碎绸子（二）

对失意人，固然不可谈得意事，对得意人尤不可谈失意事。就前言之，不过扫兴。就后言之，却有些像乞怜了。

怎样免除不平？一件东西分开放在那里，可以任人取他一部分，那就平等了。

自满，是失败之母；自谦，是成功之母。

物质文明到了极点，往往令人意志颓废，所以精神文明，更加重要。

（原载1928年4月17日北京《世界日报 · 明珠》）

零碎绸子（三）

岁月干戈里，山河落照中，耳闻目见，是何景象。

豺狼入室，魍魉当前，低首下心，时时有供人齿牙之虞。我济南城中同胞，日前非如是耶？

兄弟阋墙，外御其侮，人人能道之，人人又故犯之，此中国之亡，所以不足惜欤？

投不了班生之笔，追不上祖逖之鞭，恨煞煞煞！

北京梨园，十之七八，已不演戏，虽添一种愁惨之象，然亦令人稍减隔江商女之恨矣。

夕阳下矣，燕子飞来，登楼远望，我亦不知何以怆然涕下也。

（原载1928年5月3日北京《世界日报 · 明珠》）

零碎绸子（四）

一百年后，人成骷髅，二百年后，人成泥土，骨肉筋血，终久还不是我的。田园屋产，哪里能算我的？虫虫世界，我叹息这一只一只的虫，争那片刻间不是的我。

人类不如虎豹，也不如鹰犬。虎豹吃人，张牙舞爪，就来吃人，鹰犬要为人残杀的工具，尽管去残杀。不像人类，他要戴上一个不得已的面具。

（原载1928年5月19日北京《世界日报·明珠》）

零碎绸子（五）

欲哭无泪，此是真哭。

天下事值得一哭者多，天下人值得一哭者少。

人生得一知己，可以死而无憾。然而知己在，则死又有憾也。

淡月西斜，万籁俱寂。我每徘徊不寐，风露满衣。此时此情，有谁解得？

世道愈恶，佛学愈盛，人穷则转求解脱以自慰也。承平之世，人生饱食暖衣，则唯情欲之放纵，而不肯事寂灭亦自苦也。

诗话在而诗亡，和尚多而佛教亦亡。

（原载1928年6月4日北京《世界日报·明珠》）

零碎绸子（六）

人生无良好之婚姻，即不能有良好之家庭，无良好之家庭，则我为我犹不能干净也。故婚姻不良，不如无有。

小不忍则乱大谋，以恶意加人，而令人忍受，非我之福。

无端之兴奋，不如长时间之守秩序。

天下最不公平者，莫如钱；最公平者，莫如死，为钱而死，是求公平于不公平也。

培养天才，胜于教人用功读书。

真聪明人大概不会不读书。但不肯读不相近之书耳。此事正不必强迫。

能悬崖勒马者，其事业虽稍挫折，终必有显著之进步。

（原载1928年6月5日北京《世界日报 · 明珠》）

零碎绸子（七）

人家敬我一尺，我敬人一丈，报恩未必，负恩或不至于。

闲时栽花，等开时来看。花开时候来栽花，赶不上去，反而扫兴。

男子求男子知己，不如男子求女子知己之易。此中似乎有些性的哲学在里面了。

旧式的丈夫，是妻的粮台，旧式的夫家，是妻的殖民地。

旧式的妻子，不是把她当菩萨供养，就是把她当畜类看待。总有一方面无人格。

举世人只知道将家产传给子孙，不知道将所以有家产之法传子孙。

有钱不用，傻。有钱而不会用，更傻。有钱人，傻子多。

聪明人不读书，容易学坏。读书而不明理，更易学坏。

科学越不发达，学科学的越没有饭吃，越是学科学的人没有饭吃，学科学的越少。中国怎样会物质文明呢？

中国不是无可为之民，不是无可为之地。只要十年不打仗，一切就有办法了。

（原载1928年6月11日北京《世界日报·明珠》）

零碎绸子（八）

——几个升高落下的古人

高升者，亦即堕落之媒，但未经过者，不易觉悟耳。

秦始皇不欲并六国，当不至二世而斩。

吴王不以勾践为降虏，当不至为越而亡。

石崇富不敌国，不至杀其身。

韩信不求齐王之贵，当无未央之惨祸。

苻坚无投鞭断河之雄心，草木皆兵之象何由而来？

祢衡不矜才，曹魏而外，孙刘均可依也。而乃为竖子所戮。

王莽终其身为相，则谦恭下士之虚伪，人莫得而知。

杨玉环不宠夺六宫，则将军何至不放过蒙尘辇下之一弱女子。

卜氏输财，留芳万古；子房避谷，终其天年。大丈夫须担得起，放得下。得意而图再往，风满不肯收帆，皆傻子也。

刘后主对卧龙先生，言听计从。而以骄奢淫侈过甚，而卒不免亡国。

马援，国家栋石也，乃以功高望重，而不免薏苡之冤，况不如马援者乎？

掌大权，居大位，得善终者，莫如郭子仪、曾国藩。然唐之忌郭，清之忌曾，亦时时流露。故当时疑郭曾经篡位者，大不乏人。

项羽大小八十战，战无不利。而一夕楚歌，一美人而不克保，威力之不足恃，亦有如此者。

傅曰：象以齿焚其身。良然。

千古致富易，守富难。成才易，养才难。

（原载1929年6月30日北平《世界日报 · 明珠》）

零碎绸子（九）

妒，也是人生羞恶之心，能利用这一妒字，不一定就坏。

让，是人类博爱之心，不会利用这个字，就是恶德。

爱情自然与脸子有问题，但不是绝对的。所以脸子不好的人，未尝没有爱之途径。

聪明人为精神牺牲物质；愚蠢人为物质牺牲精神。

聚社会而为一国，聚家庭而为一个社会，聚夫妇而为一家庭。婚姻不良，影响国势，非危言也。

（原载1928年7月3日北平《世界日报 · 明珠》）

零碎绸子（十）

纨绔中无通人，冠盖中无达人，市尘中无雅人，儒林中无真人，山林中无学人，我欲得一友，我不知于何处择之。

率真者虽有过，其过出于无心；矫情者虽有德，其德实非本意。

苦海茫茫，回头是岸。然而千万年来，几个回头者？故人只见海岸，不见彼岸。

我有一隐事，格格于胸不能去。忽然大解脱，向众暴露之。于是嗟叹者有人，纠正者有人，劝慰者有人。而从无人因是不容我也。孔子曰：吾无隐乎尔，敬闻命矣。

（原载1928年7月31日北平《世界日报·明珠》）

随感录（一）

闲人对阔人说，请您给我找个事儿，显着不好意思。而今改着说，能不能给我找点工作，这就既漂亮，又大方了。

妇女们，十之八九，是没有职业的，结婚便是职业。她们也没有技能，脸子就是她们的技能。

朋友问，人生为了什么？我答为面包。朋友说：不光是为面包。我说：为恋爱。朋友说：不光是为恋爱。我说：为着众人或人类的面包与恋爱。纵无我之圣人出，不能反对我言。

一国的国民，必要定有一个信仰中心点，有了这个中心点，可以补法律教育之不及。无他，就是宗教了。只是宗教家难于离去神道设教，利与害往往相等。只有一大半中国人奉孔子为儒教，没有这弊病，所以孔子是值得纪念的。至于尊王忠君这一点二千年上的主张，已没法用于现代，也就不足为虑。

（原载1928年8月18日北平《世界日报 · 明珠》）

槐荫清话（一）

家有碧槐，高入云霄。夏窗稍暇，常聚友朋清谈其下。友朋绝少从事政治及商贾者，故名利皆不出诸口，偶尔海阔春秋，忽然陌上桑麻，每得一题，辄谈而忘倦。

此事思之，甚觉可乐。秋来矣，槐荫渐老，天渐凉，客来谈者，当亦渐稀，偶一转瞬，此事当俟知明年，而明年此会，槐与吾之谁健？抑或皆健皆不健？均不得而知之，是亦不可任其返诸太空也。因就可忆者，把笔迹之，稍留泥爪云尔，至每一言者之为谁，初不必计亦不能计矣。

航海最乐之事，莫如看日出。当东方初白，水天不分，而海一角，时作金黄之色。于是云彩变幻，红火乍涌，奇伟壮丽，不可方物。

海上遇大风浪，每一浪来，则全盘震荡，坐卧不得。只觉时时刻刻，皆有性命之虞，辄转念四海漂流，为着甚底。

风浪之后，海平如镜，登甲板远眺，碧天无际，微烟起于水上。海鸥上下，掠舰而飞，胸襟开阔，转险为夷，此乐登仙不啻。

航行最乐者，莫过于经扬子江宜昌至汉口，汉口至上海两大段。江轮高大如重轮，居其中，如在旅舍，绝无风浪之苦。苟移一榻，傍槛而坐，则平林远岫，水郭山村，荻洲苇岸，如展图画，徐徐而去，真妙境也。

（原载1928年8月19日北平《世界日报·明珠》）

槐荫清话（二）

闲立绿柳荫中，看漠漠水田，一鹭空飞，便觉诗情画意，荡漾不已。

斜阳欲尽时，湖光明灭，辄有淡烟一抹，著水欲飞，画家前来，亦唯有望洋兴叹而已。

山深经密，寂无人迹。老松千百，如怒龙伸爪，掷入半天，每有微风，则浩浩荡荡，松涛大作，如入巨海。虽虎豹不出，飞瀑不鸣，此心得毋动耶?

往荒山古庙中，适值大雨初霁，淡月清风，松子打琴床，扑扑有声，弥觉动人诗兴。

看和尚在小溪清盂钵毕，穆然而去，深入竹丛，便令人有出尘之想。

前屋种梅花，后屋植修竹，尚余隙地若干，则附以怪石数尊，芭蕉两三树。

在梅花下看月，是一副情景，在梧桐树下看月，又是一副情景，在一角红楼前绿杨下看月，更又是一副情景。

与友人走长堤上，且谈且走，耳鼓中唯闻河声淙淙然，知在水边，不识其他。行至尽处，深草塞途，不复可前，便转身行。且谈且走，更不期回至初登堤处。时暮霭横空，飞鸦投林，炊烟起于远村。遂与友人一笑而别。

看巨瀑回来，仿佛坐卧不宁，耳鼓中亦隆隆有声，旬日勿去。馆主曰：吾亦忘为孰友所云，此真善游者之言，不足为外人道也。

（原载1928年8月19日北平《世界日报·明珠》）

槐荫清话（三）

斜风细雨，若在疏篱黄叶间，便是陶潜对之，亦难为此乐陶然之句。

村前多白杨，更多枫树，则西风残照间，深紫疏黄，其声瑟瑟，自有一番萧疏景况。

春柳可爱，秋柳可怜。春柳有风流潇洒之象，秋柳有不衫不履之概。春柳如公子在青春，秋柳如名士到中年。走笔至此，令人黯然。

扬子江头，远山隐约可见。淡烟疏日，一水茫茫。而疏柳古城边，添胡笳两三声。搔首江边，令人有中流击楫之感。

（原载1928年8月29日北平《世界日报 · 明珠》）

槐荫清话（四）

黄花天，红叶地，西风紧，北雁南飞。相传董解元作曲至此时，吐血晕倒，不能下笔。然菡萏香销翠叶残，西风愁起绿池间之句，则胜此数倍矣。

今宵酒醒何处？杨柳岸晓风残月。柳七之句，尽人所知者。而其起句，乃为寒蝉凄切四字，亦殊意想所不到也。每于清水河边，夕照西下之句，树间残蝉，若断若续，辄忆此词，即不送别，亦复黯然。

友人郝三，因周君到平，曾致书予之曰：“足下如果南下，道过皖庐。则田家稻熟，鸡鸭初肥，家藏村醪，尚足数日之乐。然后着夹衫，乘小舟，沿山下湖岸，送子往浔阳江畔。时则一路荻花枫叶，秋色迎人，其快又复如何？”此书大有宋人函札意味，岂秋水轩望其项背哉！

（原载1928年9月19日北平《世界日报·明珠》）

槐荫清话（五）

小院无人，苔厚如绿毡。墙边有千叶碧桃一株，春风一过，百花乱落。苔上嫣红狼藉，自成纹理。此是一幅极幽艳送春图也。

梨花宜在新月下看，桃花宜在夕阳边看，杏花宜在细雨中看。

芦荻丛中，露竹竿一枝，渔网半角，便可想其下为何物。画画作诗，当知此意。

绿水一溪，两岸丛苇数尺，间杂垂杨老枫一二株。水中放白鹅五六，日放而夕收之。只此区区，便有无限美景在内。故林泉之美，在于清疏自然，愈雕琢愈伤天真。

圆月如盘，高在碧空。人在万松林下，渺小如禽，清幽两绝，胸怀都有古意。于高枝疏叶间，昂头观月，遮断人境，孑然一身，疑鬼疑仙也。

（原载1928年9月21日北平《世界日报·明珠》）

秋风起矣

前天下了半天细雨，昨日刮起一天北风，天气突然就加凉了。早晨起来，见院子里的槐树，落了满地的黄叶。东上的日光，正由叶网子穿了过来，也并不照眼了。在大门以外一阵一阵嚷着卖菊花的过去。只这一些儿点缀，我们便觉得秋深了。这个日子，拿着一本《陶靖节集》，坐在窗下看。案上陈列几盆新菊，十分助人的诗兴，所谓春秋多佳日，也足以让人快乐了。

但是一展开本日的报纸，便是北平失业者若干人的报告，又是难民急待救济的消息。这一阵秋风秋雨，只算给人报告了一个凉信，以后这样下去，天气更要凉得可怕了，这些失业者吃还没有，衣哪里来？

十点钟后，亲自到邮政局去发了一封信，藉着走几步路，当是一个小运动。路过一家当店，只见那当店里的生意，比往常兴隆，原来都是赎取棉衣的。我们身上穿得很暖和，不会觉得怎样。可是那些无钱取当的，那一种感觉，恐怕不是言语可以形容的了。秋风起矣，我不免听评书掉泪，替古人担忧了。

（原载1928年9月25日北平《世界日报》）

人过节羊过劫

新年，端午，中秋。端午，中秋，新年。中秋，新年，端午……三个大节，就这样循环不已地转着，光阴就和射箭一般的过去。许多青春少年，不久就成了白发衰翁了。千古的大英雄，西如拿破仑，东如成吉思汗，尽让他一扫多少国，一拳两脚，打尽天下的好汉。至于这一身骨肉，实在没有法，断住他不衰败。一个人自己的血肉，还不能保持，又何况其他。这正是普天下无量数的人，始终为难的一件事。

但是光阴之不能断住，是向来如此的，我们也不要想在我们手里，破了这个例。金圣叹在他的《恸哭故人》一文里，曾说到此事，大意以为，我不曾要求天生我，生下来了恰是我。既然生了是我，为什么又不留住我？这位金先生真也是贪得无厌。你不曾求天生你，天就生了你。这正是得着便宜，便宜货得之可喜，失之实在也不足以为忧。所以我们做了人，在做人的岁月里，乐得快活，不要为了光阴易过，就去怕死。死本来躲不掉，怕又奈何？我这好像是说大话救命，我当真不怕死，何不去跳河？其实我不是那样想，我是另有一个感触。

在民国十四年的中秋节，《世界晚报·夜光》上，我曾作了一篇应时小说，用了一句《左传》的歇后语，名曰：今日之羊。我觉得人过节畜生遭劫的这一句话，实在有道理。中秋到了，街上羊肉铺，搭上棚，点上煤气灯，一天到晚忙着杀羊。屠案的挂钩上，鲜血淋漓，挂满了赤身露体没有脑袋的羊尸。屠案下面，还拴着一二十匹活羊。那些羊俯首帖耳，眼睁睁望着钩上的同类，被屠夫一刀一砍，一砍一块，分给四面八方的主顾，而自己拴在屠案下，若干小时内，也要那一样。我不是羊，我不知道那活羊看着钩上的羊尸，起如何的感想。但是杀羊的屠夫，一定要把活羊拴在这血肉淋漓的屠案下，让他们目睹这种惨状，这是什么用意？羊若是有知，不会心肝俱碎吗？不仁哉！人类也。

一个中秋，街上为供人类的口腹，要杀多少羊，又要杀多少牛，猪，鸡，鸭。这样看来，人类吃了，喝了，乐了，一直到寿终正寝，实在要比畜生强万万倍，而还要怕死，未免太不知足了。我既出了世，好好的死都不能。畜生出世，早就断定要供给我吃，这话说得过去吗？

我知道了，仁义道德，那都是人类的某种手腕。若是有一天要求足欲望的时候，就不会顾许多的。你看许多念经婆婆，踏死一只蚂蚁，她会说是罪过。若是有人杀鸡给她吃，她要先捡鸡腿子吃了。人类还应该过节而伤老大吗？过了节令，才显得他该死呢。过节的诸位读者，别生气，我所写的，连我也在内。

（原载1928年9月28日北平《世界日报·明珠》）

穿　插

穿插，这是作长篇小说里，一个必要的条件。因为长篇小说，无论是一个主人翁和许多陪客，如《红楼梦》似的；或者聚合许多人的小传，如《水浒传》似的，这都要会穿插，才能把他们有时分开，有时聚拢，指挥自如，不现痕迹。

我们为什么要分开呢？这就是评书人的老套头，“花开两朵，各表一枝，一支笔难说两处话。”我们作小说，自然注重主人或主干人物。但是老这样写，就嫌笔直，毫无意味。况且有时候非把主人以外的人描写尽致，那件事往往不能明了，我们若不放下主人，去谈陪客，这书简直作不下去。不过写了陪客，怎样又回到主人身上，这就看作者的本领了。像《红楼梦》这部书，反正是一个贾府，写来写去，总不会远，那倒不要紧。像《水浒传》的主人，有一百零八，这要不留心安排，就会成了一盘散沙。看来固然不好，就是写的人，也感到收不住。《儒林外史》就是一个例子。

穿插，是需要的了，他的法子，可得闻乎？关于这一点，以我个人一点愚见说起来，倒有些办法。写出来请教高明：

（一）在一段紧要关键已过去的时候，可以找出一件事，递到一个宾位上去。我愿意以后写什么事，就选择一个近于某事的陪客。

（二）在一段穿插的文里，这位陪客，摇身一变，就是主人，不能放过他。他自然是和原来主人接近的，仍可由他回到主人身上去。

（三）插有顺插法，就是上面举的例；也有倒插法，叙到某一件事情揭晓的时候，说明他的缘故，可以添不少材料。缘故说明，自然回到主题。但不善用的，往往弄得拖泥带水，不可多用。

（四）许多小说，在大事件中，硬加一段事进去的，这可以叫横插。譬如《水浒传》三打祝家庄，生出劫孟州牢一件事。放下热闹关头，又节外生枝，究嫌累赘。

大致办法如上，穿插得好，一部小说，可以写许多事情，也可以添读者许多兴趣。至于烘云托月，欲即欲离，那些老话，我不必再举，读者大概也知道的了。

（原载1928年10月4日北平《世界日报·明珠》）

作大狮子吼（一）

国家只可产圣人，不可产英雄。英雄非乱世不出，圣人则不尔也。

金钱非收买英雄之物，收买英雄者，美人之心耳。且英雄往往多儿女私情，见美人辄不克自制。故古人倾城倾国之言，殊非虚语。

铁笛铜琶，唱大江东去，一抹残霞，半边红日，此千古英雄薄醉时也。

上马杀贼，下马作露布，为大将者，不能不有如此才略。

战亦死，不战亦死，战耳。此英雄最没奈何时，然亦建功立业之会也。

曹操为乱世之贼臣，治时之能臣。使其遇光武辈，未必不能入凌烟阁耳。此所谓时势造英雄者欤?

朱元璋自是一个革命家，然而不再传而有燕王之乱，明于天下者往往忽于治家，何也?

千古最苦是英雄汉。早知道三分鼎足，尽痴心六出祁山。哀梨曰：尽人事耳。使假诸葛以年，未使不可人力回天也。

（原载1928年11月26日北平《世界日报·明珠》）

作大狮子吼（二）

古今天下，只有两个半圣人，一为孔子，一为释迦牟尼，半个则属于耶稣。何则，孔子与释迦牟尼，均于救人之外，创有极深极奥妙之哲学，以成其伟大。故其学雅俗共赏。若耶稣只是为普通人说法耳。

东方未明，残星渐稀，寒风拂面，零露沾衣。于是披衣而起，挥鞭上马，一瞬千里，驰乎原野。此时救国男儿工作时也。

大英雄要救国救民，圣人则就是救民，于此可见圣人与英雄之别。

是大英雄，除事业外，无所介于其心。若近代军阀，旦夕□□于黄白物，犹以英雄自命。此当今流寇笑人耳。

奸雄亦奇才也。王莽自比周公，曹操自比文王，彼又何尝不知黑白。但理智不克制服私欲，而遂不得为英雄耳。

假设书史所传之尧舜禹汤文武，其功业如彼，然只是个英雄，非圣人也。

（原载1928年11月27日北平《世界日报 · 明珠》）

作大狮子吼（三）

天下唯书呆子无用，天下亦唯书呆子是真人。凡聪明人，皆不免斫伤其天真者也。

清朝文坛三怪人，曰毛西河，曰金圣叹，曰袁子才。毛终身坎坷，士林嗤为狂徒。金以悖圣犯罪，致落其头。袁子才致仕独早，随园养晦，得享高寿。而至今不免为缙绅先生所谄笑。文章重性灵，千古谁知己！

人非草木，不能无情。发于情感，可以理智，上也。自知难恃，牺牲一切以赴之，犹不失为中道。若朝秦暮楚，倡合则留不合则去之言，以为自由恋爱，此特淫夫淫妇耳。

屠狗沽酒之辈，正多英雄，特不遇耳。享高位，拥多金，金珠玉帛田园财产，件件可宝，乌能望夫己身牺牲。若左袒一呼，千夫麇集，身家荡然，义无反顾。其能急公赴难者，正在屠沽辈耳。

汉高号称明主，特故一地保耳。机会之来，拙者智，愚者贤。遇与不遇，千古英雄同此一哭！

（原载1928年11月28日北平《世界日报·明珠》）

作大狮子吼（四）

或问哀梨[①]曰：人有瞧不起者，尔将何以应付之？哀梨曰：彼果胜我乎？瞧不起我，当也，我应师事之。彼不如我乎？则瞧不起我，是无知也，吾何暇怪之？

前不见古人，后不见来者，为豪杰所不堪事。唯其如此，责任斯重。是伟大人物，所无法放其仔肩者也。

孟子曰：人皆可以为尧舜。此为最警惕后生之言。孟子一生功夫，初不出此。范文正作秀才时，便以天下为己任，亦此意耳。

黄河落日之间，西风出塞之曲。凡女子不忍见闻，大丈夫则以为人生最痛快时也。

---

① 哀梨是张恨水的笔名之一。

虬髯公以仇人头作下酒物，亦鞭尸三百之意。然大丈夫只应付能敌我者。人死已如粪土，何仇视之有？故吾犹嫌其量小。

狂为人圣之初步，非可蔑视。然今之所谓狂者，则妄人耳。

（原载1928年11月29日北平《世界日报 · 明珠》）

作大狮子吼（五）

才不足以济德，至多不过失业。德不足以济家，则必败家亡身。乱世人才，往往不得善终者，皆少道德之培养耳。

男女之爱，入者恒忘其生死，情感有以致之也。情感之生，嗜好有以成之也。使移好色之性以好功业，则往往为爱国男儿。嗜好非不可有之物，当善保之。

以诚待人，识者感之，不识者以为愚而已；以巧取人，不识者只可愚其一时，识者蛇蝎我矣。

人生得一知己可以死而无憾；人生负一知己，则虽死而憾莫可去。美女委身，男儿流血，千古来多少为知己牺牲者，盖在此耳。

能敛财非理财家，能用财方为理财家。

（原载1929年1月8日北平《世界日报 · 明珠》）

作大狮子吼（六）

大鹏大矣，一飞九千里，而未穷宇宙之大。蜗牛小矣，而有人国于其角。悟得此，而后知多寡之不足争。

事有小如芥子，而以千钧之鼎视之者。事有大如泰山，而以浮土一撮视之者。大丈夫处世，时时要如此。

人之处世，不能尽合我意，睚眦之怨不能除，则胞与为怀之念将无可适。愿做大事业，而不欲之人太多，为我用者疑，不为我用者将有以坏我事矣。

以凡人待我，我以凡人报之。以国士待我，我以国士报之。夫然后于己无愧，于人无怨。行其心之所安，成功不必在我。

当死必死，不当死，力求其不死，虽死，可以对天地父母。

欲子爱我，当知亲之所望于我者。我抚子而或疲劳，当知父母待我亦复如是。孝为博爱之基础，不孝者不足与言之道。

（原载1929年1月14日北平《世界日报·明珠》）

作大狮子吼（七）

怯懦，卑鄙，阴狠，险诈……世界上一切耐听之名词，均在地僻人稀之处发生。人当努力于大庭广众中之事业。

社会不谅解我，无碍也，乡党师友不谅解我，无碍也。若朝夕团聚之家庭，其间或不谅解我，则根本无生活之地。有何乐趣，大苦也。故大丈夫做事应当曰：匈奴未灭，何以家为?

社会上迷信，我亦迷信；社会上骚动，我亦骚动。人人如此思想，则社会上如有错误，永无更正之时日也。

科学宁可信其确，不可信其虚；鬼神宁可信其无，不可信其有。俗云眼见是真，科学，可眼见者也。

婚姻问题过度之时代，少年之烦恼，在所难免。而少年解此烦恼者，多出于消极，其事可哀，其志则非。吾以为凡人值此，当将儿女心肠，易为英雄胆略。将旖旎风光，易为伟大事业。人生消磨岁月耳，能引起兴趣消磨岁月，斯可矣，奚必拘拘于儿女子之爱哉！

尔之亲友，有于尔略示不满者乎？有之，则社会上之谤兴矣。

对任何人，勿徒于表面上之观察，而遽下肯定之判断。

担得起，放不下，那不是真英雄。真英雄，即放下去，亦复高举得起也。

有容德乃大。人生最难堪者，在难容而又必容之际。能做得过去，便可成佛。

晨钟初动，东方未明，倚枕遽遽然，自问平生有不安于心者否？任何人，皆不免涔涔汗下也。

顾一切，妙。不顾一切，亦妙。徘徊歧路不知其可，斯吾人之最不幸事也。

知己死，解人绝。言无人和，行无人识，纵富贵极品，亦行尸走肉耳。世有为富贵而与非知己伍者，何异与鹿豕游。吾将披发佯狂，走遍天下矣。

（原载1929年8月9日北平《世界日报·明珠》）

作大狮子吼（八）

多财引盗，多势树敌，多才招妒，多情人易失恋，故于天下事物宜存知足，且勿贪多。

“毒蛇螫手，壮士断腕”，重在首尾二字；如云蚊虫螫面，虽壮士，吾知其必不肯断头。

晨钟声不如洋钱声的清亮，晓鸡声不如妇女声之娇脆，世人舍彼就此，正非无故。

认不真“情”字者不能谈恋爱；认得真“情”字者不必谈恋爱。

狮子搏兔，不用全力，未必得兔，其云故注全神，游戏三昧者夸也。

我愿遇十万怒目金刚，不愿见一个低眉菩萨。

最多的是妇人的心眼儿，最尖的是文人的笔头，最短的是财神的眼光。

人生固无价值，留名亦属无谓。

若说人肉不可吃，为甚有人肉市场？若说人肉可吃，为甚有衣衾棺椁？

量脸皮之厚薄，莫如大官，量人情之厚薄，莫如黄金。

若说铁不坚，何以能断金切玉？若说铁坚，何以能任人鼓铸？

你的戒指上宝石的亮光，有烛光那么大，可以使一室中人注意你；有电灯光那么大，可以使一路中人注意你；有星光那么大，可以使全世界中人都注意到你！

（原载1929年9月12日北平《世界日报·明珠》）

容纳批评

艺术家一方面要去研究人，一方面很欢迎人来研究我。必定是这样然后可望到改良与进步。

人家来批评我，不一定完全对。但在我，却要完全容纳。因为他若和我不是仇人来故意挑眼，那他的批评，多少有些意味。有意味的商量，当然有容纳的价值。

《明珠》《夜光》的读者，大概知道作小说的张恨水，就是编辑《明珠》《夜光》的张恨水。有时读者批评到我，除了与我以无理智的骂，我从来不敢将这种文字，送进字纸篓。

并不是我沽名钓誉，一个人要想望好，应该要宝贵这个交换意见的机会。

（原载1928年12月25日北平《世界日报 · 明珠》）

旧京之漆画匠

凡在北平稍久者，必知北平民间有数种特殊之艺术，为南方所无者，试列举于下：（一）架棚匠，平地扎架，高至数十丈，或屋或坊，期日可成，而不须植一寸之柱于土内。（二）裱糊匠，以纸糊屋，无论如何凸凹不平，纸刷其上，有如油漆。（三）花儿匠，颠倒四时，无美不备，牡丹能开于冬，菊花能开于春，真奇技也。（四）漆画匠，北平之雕梁画栋，皆出此辈手。工整精美，固无论矣。而其工作时之手腕，尤令人羡佩。

昨日予至中山公园，见社稷坛大殿内，搭架齐屋方事绘画，又有数点可称道者。（一）一人立架，仰画梁之下面（与吾人写字姿势，适得其反）。以粉笔在双十字间，每作两个半围，信笔涂去，其整如一。（二）一人侧卧架上，画梁之侧面，于已成形之图案中，以粉笔勾勒，其平直一如吾人之用画尺，而速过之。（三）一人在一镜式图案中，绘二龙，龙各左右向，中间一球。龙姿势飞跃，矫健之至。然彼下笔时，略不经意。而其左龙之一鳞一爪，恰与右龙之一鳞一爪，大小上下无不相等，真入化矣，此庄子所谓目无全牛者乎？（四）全殿梁柱，皆匠人随手书去，而其同式之图案，则任何一部，皆与其他一部相等，不见其用绳尺比拟也。

张先生曰：此等人，率皆蓬首垢面，终朝栗碌，而不过谋一饱者，试请艺术家，图案画家前往一看如何？吾知彼必怫然不悦曰：此有雅俗之别，恶可一为此拟。张先生曰：此艺术界视为最公道之言也。

（原载1929年4月8日北平《世界日报》）

大　鼓　书

大鼓书，为北方特产，其种类甚多，有文明单弦，有河北大鼓，有天津大鼓，有梨花大鼓，有快书。然其以三弦与小鼓，佐奏艺者之唱，则无不同也。十年前，大鼓初至南方，予因其字音清楚，且以十余龄好女子娓娓唱之，别有风趣，颇好听之。而于河南姑娘合唱这梨花大鼓春秋配一则，尤数听而不厌。其中小姐托乳妈问李春芳，几个“你去问问他”那段，闻之顿觉动人心脾。后北来，所遇甚多，转觉平常矣。

听大鼓，以天桥落子馆为中心点。然往聆者，醉翁之意不在酒，予偶然顾之，其后即不复往，唯在游艺园杂耍场，对男子大鼓，则不时尚有片时之勾留而已。以言大鼓，刘宝全自不可及。唯其所唱，亦止宜三国诸曲，若乌龙院等，以六十老翁状淫娃口吻，辄令人不忍卒听。仿佛白云鹏会唱黛玉悲秋，尤为肤栗也。更有甚者，老倭瓜之滑稽大鼓，其鼓调并不滑稽，只是以黑面男子，目桃眉语，搔首弄姿，做女子态，更不知与唱大鼓书有何关系。然而居然享盛名，更不可解矣。

（原载1929年5月20日北平《世界日报》）

艺术家的态度

一个艺术家的态度，和他艺术生命，有莫大的关系。所以艺术要修到炉火纯青的时候，不能不加以身心上的修养。固然，艺术是要自己造成一种偶像，才有人来供奉。然而这种偶像的塑造全靠你在艺术上去努力。诚然因事业上的需要，不得不宣传，也只可就事论事，将艺术介绍出去，并不是一出戏，要拿戏份三百元，一个扇面要卖一百五十元，这就是抬高身价。还有些人，在艺术界，略略有些小名，便把眼睛生在头顶上。这实在是错误。这个世界，除了竞争，便是出戏，若恃才傲物，无论多大的本领，先就要遭同行的反对。一个人遭同行反对，是最容易摇动根基的，这是何等危险。谦逊本来无害于艺术的，又何必不低低头呢？

谦逊受益这句话，不能完全适于现代，我也在晚报上说过的。不过不必谦逊的时候，也看人看地。譬如会国术的人，本领越好，越是像个懦虫，吃一点小亏，不必介意，直至遇到不知进退的人，然后才拿出点本领给他看看。若是平常人家恭维我，或平平相待，我实可谦逊一点。你若是有真实本领为证，谁又能说你谦逊是无用呢？

（原载1929年6月9日北平《世界日报》）

华北奉安影片

总理奉安大典影片，有好几家公司摄演，现在北平所演的，乃是华北公司所摄的。

片子第一幕，是灵车在北平启行。全车与灵车，分两次摄出，还清楚。

济南站的一幕，有陈调元念祭文的一段，是近摄，当然是摄影员一点成绩。但是在片里有一个长衣人牵着一条狼狗一闪，不知当时如何让此人混入会场。

兖州站没有什么，只是那欢迎的女学生，穿着小袖长衣，梳着发辫，令我回想到十几年以前了。

车到了浦口，这是很重要的一幕，党国要人，都是车站恭迎。最可引起兴趣的，就是一排百十人，全是长袍马褂。

最忙的是孔祥熙，穿了中山服，加武装带，手执指挥刀，引着杠夫头前行。

吴稚晖亦长袍马褂，将帽子拿在手上，脸上愁云满布，不是平常游嬉三昧的样子。

行三鞠躬礼的时候，宋庆龄的相，照得最清楚，穿着黑衫挽着髻，两腮清瘦的了不得，又悲哀，又严肃。宋美龄站在后一排，只一闪，看不清楚。孙夫人回国后，是拒绝摄影的，这次摄得如此清楚，大概是摄影员特别努力所致。

灵榇运上兵舰的一幕，光线太强，几乎看不出人影子来，这是全片最坏的一段了。

过江只摄放炮的外舰，不知何故？而且把美国一条兵舰，大摄特摄，去题太远了。

下关及狮子山景，均未摄，系缺点。

中央党部一幕，尚清楚，不过系外表罢了。

奉安这日，灵榇由党部赴紫金山，系在城内中山大道所摄，只是迎榇人员，未摄观众。

迎榇人员，多系军队。以党童子军的女子队，衣饰最过讲究，帽作五梁，罩发上，紧衣，短裙，长袜，襟佩一花。江南女子，自不凡也。

党童子军，有一指导者，穿漏纱的长坎肩，倒有些炫目。中央大学的学生，全副武装，有北方健儿之概。

外交部员全体白中山服，一个少年女员做领袖，居其前焉。

外交团，不大分明。但是有一个日本人穿和服，踏木屐，杂在人丛中，颟顸可笑。

出城的一幕，取景于一便门之前，摄了城墙一大段，没有城楼。此片若到外国去，可失了中国城墙伟大的面目。

灵车前有开道旗多面，上写“肃立致敬”四大字。

灵榇由城内赴紫金山，是特制的花汽车，并不见司机生。车两旁有根长绋，长数十丈，执绋的步行，与汽车速度相等。

紫金山陵墓，白石台阶，像太和殿面前，伟大过之。墓门外像牌坊，内作圆洞门三个。门上是中国的雕刻，壮丽之中，不失古雅。

灵车到石阶下，仍用棺罩抬上石阶，杠夫缓步而行，谨肃之致。盖操练已有一年余矣。

最后有紫金山远望全景一幕，摄得很合。足见该处气象开阔。

最后字幕，为总理精神不死。市党部一旁所放的玻璃板，是博爱之神，永站在紫金山之顶。以玻璃板为佳。

（原载1929年8月1日北平《世界日报》）

我的三位古人先生

我很自知，除了儿时不算，过去的二十余年，我实在没有读什么书。现在能东涂西抹，手糊口吃，我不过是在一些零碎杂书上，消遣时光，偷来的本领。因此，在前清一代，我所得益之处有三个人。一个是金圣叹，一个是袁子才，一个是纳兰性德。我自十二岁，就跟三家村里先生学五言诗，那先生以试帖为根底，实在让我走入魔道。自读了《随园诗话》，我知道用我的心思作诗，于是我就立了一个标准，口所欲言笔述之，不用那些陈陈相因的话。在二十岁以前，我还不懂填词，不过看过一部《红友词律》罢了，后来会填词的朋友，劝我学稼轩或白石。稼轩的才力，当然是不能学的。白石的词，不知道什么缘故，我只觉他不知所云，揣摸起来，真要头痛，于是我就单留心南唐二主，可是他两人的词太少，学不出什么来。不久，我得纳兰的饮水词读了，我才得了合味的东西，作起来，也无格格不入之病了。

最有益于我的，要算金圣叹了。我十岁的时候，就看了《三国演义》《西游记》《封神榜》那些小说，那不过当故事看罢了。十三岁时，我同时读《西厢》《水浒》，看到金圣叹的外书和批评，我才知道这也是好文章，得了许多作文的法子，后来再看《石头记》《儒林外史》，我就自己能找出书里的好处来。而且我读小说的兴趣，也格外增加。以至于到现在，我居然把这个当饭碗了。

在宗法社会之下，科举盛行的时代，一个亡明的秀才，能够给后人开出金矿来，指示小说是文学。这种眼光，胆略，怎样不令人钦佩？我相信曹雪芹之作《石头记》，吴敬梓之作《儒林外史》，都受有他的影响的。我因为金圣叹原姓张，因之我自名圣叹后人，以示景仰，不过不兴主义的人，都以为我要姓金，我只好取消了！然而我不但作小说，是圣叹给了我那点石成金的指头，就是作散文，也很得外书许多故作波澜的法子。以上是我的实话，有人若说我取法乎中，我也承认“斯下矣”了。

（原载1929年8月10日北平《世界日报》）

滚　过　去

张、王、刘、李四位先生，从一家清吟小班里，带着满脸的笑容走出来。

张先生说：“老王，你有些胡闹，今天这抬花酒，太阔了，花了二百多吧？”

王先生笑着说：“面子问题。”

刘先生说：“那都罢了。你私下又给老六一叠钞票，那也是面子么？”

王先生说："赶花酒，她们是没有好处的。完全是面子，不过落几块钱而已。她的境遇很可怜，不能不……"

"老爷，赏一个大花买窝窝头吃罢，老爷出来玩儿来了，在乎吗？只当多抽了一支烟卷……"一个叫花子，在电灯暗处，弯着腰，哆里哆嗦的，带走带说，跟在他们身后，他身上没衣服，之前后用绳子捆了两块麻袋，胳膊上，又用绳子缚了一些报纸，无情的西风，吹着报纸一扇一动，露出他那枯腊似的筋肉。脸是看不清，只有一头干燥蓬乱的头发，罩住半个脑袋。

王先生喝着说："没有没有！"

叫花子说："可怜可怜穷人吧，老爷那里不花几个子，给您请安了。"

"滚过去！"四位老爷不约而同地喝了一声。

（原载1929年8月27日北平《世界日报 · 明珠》）

秋　来　意

天高日晶，庭荫欲稀。明窗净几之间，时来西风几阵，微杂木樨香。不必再读道书，当呼"吾无隐乎尔"矣。

芦花浅水之滨，天高月小之夜，小舟一叶，轻蓑一袭，虽非天上，究异人间。

乱山秋草，高欲齐人。间辟小径，仿佛通幽，夕阳将下，秋树半红。孤影徘徊，极秋士生涯萧疏之致。

荒园人渺，木叶微脱，日落风来，寒蝉凄切，此处著一客中人不得。

浅水池塘，枯荷半黄。水草丛中，红蓼自开。间有红色蜻蜓一二，翩然来去，较寒塘渡鹤图如何？

淡月西斜，银河倒泻，中庭无人，谁有徘徊凄凉露下者乎？

朝曦初上，其色浑黄，树露未干，清芬犹吐，俯首闲步，抵得春来朝起也。

焚一炉香，煮一壶茶茗，横一张榻，陈一张琴，小院深闭，楼窗尽辟，我招明月，度此中秋。

夜半凭栏，歌大苏水调歌头一曲，苍茫四顾，谁是解人？

（原载1929年9月19日北平《世界日报·明珠》）

隔壁王妈妈死了

这真是我的不幸，自从搬到宣武门内以来，总共有六个月。六个月之内，胡同左右前后，差不多死了十五六个人。平均算，每个月里，要死两个又几分之几吧？读者说，慢来慢来，这不关你的事呀。从前有个秀才不剃头，有人问他什么道理，秀才说：隔壁王妈妈死了。那人说：隔壁王妈妈死了，和你什么相干？秀才说：那末，我不剃头，又和你什么相干？这篇南天北地，似乎也是秉此原则而来，未免言出其位，有伤君子之德吧？

这话，诚然！但是读者未尝做我这个不剃头的秀才，你若是做了这不剃头的秀才，你一定感到：隔壁王妈妈死了，却是痛痒相关，未可漠视。何以言之？原来我胡同里每死一个人，至少我总要受一天一夜活罪。头几回呢，那还罢了，昨天死人真死到我隔壁来了，虽然不知道是不是王妈妈，我真成了某秀才了。

白天自上午九时起，鼓咚隆鼓咚当，鼓咚隆鼓咚当，曾到国会请过愿，总统私邸示过威的杠夫先生，闹了一天的大钟大鼓，那也罢了。到了晚上，杠夫先生下班，换了一班唱曲子给死尸听的和尚上台，这可就受不了。我刚从外面回家，就听见一阵呜哩呜啦的声音，顺风而至。我猜：这是小唢呐配着笛子之类，令我感到有听蹦蹦戏[①]那样难安。好在家里人，也是刚吃完饭，饱食无事，闲谈闲谈，也就不理会了。一会儿，呜哩呜啦停了，换了呛当呛当，大概是大钹和大锣，诸位若是曾听过老戏，你就知道男女二将交战打出手的时候，和这种和尚曲子的锣鼓差不多。无论如何，两耳要未经过旧戏院的训练，是不大受听，而何况这又是光听而不瞧。我这时，真有些不耐烦了。

好容易呛当当呛当停啦，接着便是呜哩呜啦一会子吹，一会子打，一直就闹到十二点。我真佩服我一般街坊，他们一律安然入睡。于是四围寂寂，万籁无声，声在后院茅厕之后。当是锣声，鼓咚是鼓声，叮是小铃声，呛是大锣声，嚓是大钹声，呜啦是唢呐声，呜哩是笛子声，还有秃秃秃，是木鱼声，我全能分辨了。我听得正烦恼，他们就越打越起劲，越吹越起劲，大有再接再厉之概。我在游艺园步月而回，肚子里两句歪诗，早是油然而兴，这时想写出来，不料被他们这一阵锣鼓冲锋，它小巫不敢见大巫，就吓回去了。

虽然，吹打犹可听也。吹打之后，和尚师傅，又实行唱曲子了。那声音是：呵呀呀呀！郎当郎当又郎当！叮叮叮！呵呀呀！哼哼哼！我这真不知其可了。孔子曰：是可忍也，孰不可忍也。我真恨不得跑了过去，在秃脑袋上，一个个给他一爆栗。

写到这里，一点多钟了。以后应当是焰口。前次胡同口上放焰口，我领教了，先是工工四尺上，合四上。一阵八板头，打花鼓[②]出台。接上多勒梅梅勒，扬州打牙牌。再下去，梅索梅勒多梅勒，探亲家[③]。最后，挑起担子走四方，一脚踏到王家庄，大补缸[④]。今夜晚，我又要在枕上领教这个吗？写到这里，我真不寒而栗。

闲话少说罢，市政当局呀，死人，我们从俗，无法能禁人家请和尚

① 评戏旧称绷绷戏——张伍注

② 打花鼓，民间小调。——张伍注

③ 探亲家，京剧戏名，演唱民间小曲。——张伍注

④ 大补缸，京剧戏名，演唱民间小曲。——张伍注

念经。但是念经何必要乐器？要乐器罢了，何必唱小调？我就极端迷信地说，让我做了阎王或小鬼，我也不能听了一阵小妹妹打牙牌，就放过新勾来的死者。恐怕还要治他家人以败坏风化之罪呢。那末，这种和尚淫曲子，就事论事说，不也应该禁吗？至于一家死了一个人，吵得四邻整夜不安，关于晚上不准念经一节，未免太维新，不是中国人说的话，我也就不敢说了。

书于月斜星角，叮当呜啦之声中。

（原载1929年9月20日北平《世界日报》）

四人合作扇

今夏，曾购绢质团扇一，欲请牧野弟画之。适其砚友关南屏君来，予大喜，以与牧野合作为请，且定题为杨柳燕子。关君慨然诺，以燕自任。关君以菊得郑曼青真传有名，而亦善翎毛者也。迟三日，牧野先得柳，法以花青藤黄墨水三样配合，以轻重分阴阳远近，除一横干外，余均无骨，自顶下垂，向右卷，若受风也者。予阅之，喜其俊逸，令送关君加燕。明日，扇归，一燕约寸许，正收翼而半张，口微开露其丹项，示燕之受风，作势欲上也。翎毛除项外，全以浓墨为之，楚楚可爱。扇尚空其半，为留题处，余乃填采桑子一阕，特造吾友厉南溪之庐，请书之。南溪故善工笔画，字亦秀丽如好女，于美术无所不爱，见扇，嗟赏不已，谓其下须有水，于是且谈且抽彩笔，横扇拖细纹，复倒笔作钉头草，不五分钟，事毕，柳与燕乃倍有神焉。至予词，南溪更不推却，即书之。

其词曰：

婆娑画出多情样，树树凄凄，叶叶依依，著个风流燕子区。
懊侬生长江南岸，秋水江篱，春草斜晖，惯向人间管别离。

词实不佳，咏柳仅略似耳。唯字小而作行书，风流之至，与画恰称，可玩也。

此一扇，虽四人为之，均同道中人，固不难也。而南溪则以为韵事，每向人称述。秋风起矣，纨扇已捐诸指，而犹以此向询者。予殊不必自秘，乃书其经历如此。

（原载1929年9月22日北平《世界日报 · 明珠》）

刘天华先生雅奏记

但觉婉转动人凄凉欲绝

果然毕竟天上岂复人间

我太懒，像这样一篇应该作的文字，一直等到今天了。不是下雨的那一天，就是天晴那一天，反正有那一天吧？同事吴范寰先生说：玉华台的淮安汤包好吃。雨花台？这名字由新都那挪过来的吧？倒好听。我便答应去。上星期五，吴先生又是两次电约，盛意殷勤，却之不恭，我就不远西城而来。到了王府井大街，原来是玉华台。管他，为汤包而来，非为雨花而来，且进去登楼。在座除了吴先生，还有音乐家郑颖荪先生。我们由肥大盐水鸭子吃到砂锅豆腐，由郑先生赴首都请愿，火车不通，自临城折回，谈到了梅兰芳老板渡美。也不知如何，后谈到了红豆馆主，更谈到许多音乐家。我说：刘天华先生，琵琶真好，可惜没有听过。郑先生说：二胡更好，他的拉法，是创造的，与别人不同。吴先生说：什么时候，介绍我们去听一回雅奏。郑先生说：刘先生家离此不远，马上就可去。我和刘先生会过几次的，首先赞成。吴先生虽然觉得有点冒昧，禁不得我的力促其成，于是同到刘先生家。刘先生正由学校回家，还不曾用饭呢，仅只稍延几分钟，便来客室相陪，这真让我心里过不去……且住，又犯了写卖驴文契的毛病，归入正题罢。

郑先生似乎知道我们害臊，不肯直说，便代达了来意。我就老着面皮，跟上说：似乎冒昧一点。可是不用我转入然而的字样，刘先生已经完全表示允许了。郑先生真机灵，先给刘先生拿了二胡来。那二胡似乎比平常的大，筒子上并不滴松香，刘先生只把松脂块在弓弦上抹了抹，微笑着说：大家一定失望的，我拉一段《病中吟》罢。我们都沉寂了，便望着刘先生的双手和那把二胡。刘先生拉时，弓有时拉得很长，有时又拉得很短。那按弦一只手，像弹三弦一般忽高忽低，忽疾忽徐，尤其是按弦的手指，上下一抹，有不尽之妙。把数，也估量着，有九把之多。那琴声，先还不过是婉转而已，到了后来，声音是非常之清缓。在那说不出所以然之间，我们都无端伤感起来。有几个音调之中，我几乎凄然下泪。琴声慢慢的不绝如缕，便完了。我们不约而同地鼓起掌来。我不但没有见过，也未曾听人说过，刘先生将二胡改成这样拉，我除了说好而外，还佩服他勇敢。

我们很不知足，又想听琵琶，还是郑先生代为转达。刘先生除了客气一句，又要失望而外，便答应了，弹个《飞花点翠》。我们由这名词上，可以知道这又是一个很幽静的调子了。初弹时，大有古琴味，很简单几响，表示花片的静中落下一片二片，后来似乎是表示一阵风到，一个繁复的音节以后，一阵一阵的，落下花来。我们听这调子，只是觉得悦耳，便不像以前那样哀怨了。琵琶弹完，我们不好意思再要求了，只得随便说说。郑先生看出我们的情形，就代为要求或弹或拉，由刘先生再奏一曲。刘先生真赏面子，又将二胡，拉了一个《空山鸟语》。这个拉法又不同，在二胡里表示许多鸟音。但是，读者不要误会，以为像耍口技的人一样，随便做做鸟叫。他这调子，依然是很婉转，不过在音韵中，可以想象许多鸟语而已。有几处，音非常之高，手几乎与筒相接，那也是表示一只鸟语呢。此曲奏完，已经三点钟。我们真觉把人闹够了，又随便谈了几句话，我便和吴先生告辞。刘先生一直送到门外，再三地说，请有空再来。然而，我心里说，我们已作了一次牛，一之为甚，岂可再乎？

我是音乐的外行，避重就轻地说了这一大堆。有不通之处，还请刘郑二先生原谅。早安！

（原载1929年12月10日北平《世界日报》）

潜山县秀才

——一辈子不发达

“潜山县的秀才，一世不发达！”这是三十年前，安徽读书士子的一句话。当他们无可奈何，要取信于人的时候，就把这句话来起誓。由此，我们知道安徽潜山县的文风（其实也是官运），是不大高明的了。据说：前清三百年，未曾点过一个翰林。就是再追溯上去，也未曾出过什么伟大人物，在历史上很不容易找着一个挂潜山县的名人。在我二十岁以前，少年好胜之际，曾把一部潜山县志，背个滚瓜烂熟，以为我终不甘“数典而忘祖”，要沙里淘金，找出一个人来。然而结果只是失望。

我为什么这样热心替潜山县人挣气，说起来倒有点羞答答的。因为我若有一天做了刘邦，那些潜山佬，却是我的“丰沛故人”哩！虽然，我终于是拍案而起曰：得之矣。这或者是庄子所谓“道在屎溺”。然而我觉得“楚国无以为宝”之余，这是我有“人杰地灵”之感的。这究竟是什么？就是北京出版的《梨园外史》，“开宗明义”之下，“大老板程长庚本记”，给我穷措大吐了一口气。原来大老板便是我的同乡。我有了大老板，较之临邑桐城人士之夸耀张家父子宰相，以及姚方古文正宗，却不相上下。

看官，你不要以为我“喜而加诸膝”的，太看重了一个戏子。我相信五百年之后，人家知道有程长庚，而不会知道衮衮诸公。谈起大老板，人家或者不一笔抹煞潜山不出人了。谈到这里，我又觉得人情势利，连骨肉之亲，在所难免。大老板有两支后，一支还唱戏，便是名小生程继先。一支做官，也到了简任职。他们的履历上，一律把潜字改作泉（潜泉同音），虽然是安徽并无泉山县。

起初，我也有点不愿称潜山籍，而况我在江西出世，一直活到十七岁，至少是半个江西老表。然而我仔细一想，……羞为潜山人何用，……本来入什么美国籍，英国籍，也不难。但是黄面孔，黑头发，总改不掉，到底比不上白人呀！只好怨投胎的时候，走错了路，到了中国。并不埋怨潜山的风水不好，老不出大官。而况有个大老板，足可标榜呢！这有什么法子呢？自今以后，我将刻两印章：

其一曰：一世不发达的潜山人。

其二曰：大老板同乡。

（原载1929年12月27日北平《世界日报》）

世界历法鸟瞰

有纯阳的有纯阴的，也有名阴而实阳的

我是一个拥护阳历年的人，因为它比较科学一点。现在阳历年有名实相符的趋向，我们自然可喜。然而回顾看看旧历，它在东亚，还有相当的势力，究竟何日彻底废除，很难说啊！原来世界的历法，不下十几种，概括说，分为三种：

（一）纯阳历，（二）纯阴历，（三）阴阳合历。现在除用阳历者外，用阴历（阴阳合历在内）并兼用阳历的，很是不少。所以中国旧历的势力，尚不可侮，现在分述于下：（一）纯阳历这就是中国现在采用的了。每年三百六十五日又四分之一。地球绕太阳一周，就是一年。它的老祖，来自埃及与巴比伦（原来肯定三百六十五日，少却四分之一，无闰日），后来罗马引用了他，又加了四年闰一日，就成了所谓西历。现在欧美基督教国，十分之八九是用此。

（二）纯阴历这不是中国的阴历，乃是完全照着月亮算的。每年也是十二月，月亮圆一周，就算一个月，所以一年只有三百四十五日。奉行这个历法的，都是在赤道边下的回教国家，所以和地球公转赶不上，也觉察不出来。然而比世界上一般历法，一年少过二十天，十八年，就要少过一年。而且也不能拿到温带来用，因为赶不上四季的推运哩。

（三）阴阳合历就是中国的旧历和犹太历。每年十二月，也照月圆来算。但是三年两头闰，三年两不闰、加上闰月，去凑付地球的公转，实在还是把三百六十五日算一年。所以《尚书》说三百有六旬有六日了。它的力量，从前很大，除中国外，日本，朝鲜，安南，缅甸，暹罗，犹太和俄国一部分，都是如此。现在中国，日本，暹罗，都改用阳历，然而实际上，这三国的国民，因习惯不容易改除，还是大过其旧历年。

今天是元旦，我的天职上，应该作一篇有趣而应时的文字，但是我实在作不出。这只好对不住读者，把读过的旧书新书，统计一下子，公开的袭（不是抄）上一分，塞责一下。在一部分读者（有研究的不算，故云），今天放假，无事谈天，谈到历法上，也可拿来作个引子，作为谈助，省得去开书箱了。

（原载1930年1月1日北平《世界日报》）

二十年前之一席菜

物质文明，则生活程度增高，此为一定不移之理。吾人今日所吃之大米，每包价值十六元上下，以后欲求十元一包之米，当不可得。更进论之，今后大米之价值，每包在二十元以上，则欲求今日之十五六元一包，其事亦绝不可得也。趋势如此，吾人对于生活程度之递进，似无所用其不满。不过仅就我国论，物质并未有何项进化，而日用所需，独价值与年月并进，是则中产以下，手糊口吃之人，有竟走不上之憾者。夜窗小坐，闲思二十年前事，更忆及当日之生活程度。真觉我之尊长父老，皆羲皇以上人矣。譬如平常家中来客，不过鱼、肉，鸡蛋、青菜、豆腐等物，以供一嚼。此在今日旧都，非二三元不办，若在彼时，则微乎其微矣。试列表以明之。

猪肉一斤，六十文。鱼一条，五十文。鸡蛋四个，十二文。鸡一只，一百五十文（三斤重）。白菜一斤，五文。豆腐四块，八文。萝卜一把，三文。黄花木耳，约二十文。酱醋佐料，约十文。

合之：仅三百文有奇耳。当时予在南昌，此账可代表长江一带。长江交通便利之地如此，全国可知。江西抚州人办席，有言曰：中间一碗肉，四围九十六，其贱愈不可言。手书一过，觉二十年间，已不啻沧桑一劫也。

（原载1930年3月4日北平《世界日报》）

信口开河

《新民报》举行两周年纪念，写了两封快信来，要我作点文章登在增刊上。我自己固有的文债，都延误了两个月，大有北平剃头司务的一句拿娇话：“不作外活”之势。哪里还能管南京的闲债哩。话虽如此，究竟朋友交情，也不能不顾，我便将旧作秋柳七首，抄上搪塞一阵儿。继而一想，仄仄平平的调儿，或未必是一般读者所乐闻（其实是瞧），于是只得打起精神，另作上一篇，提笔之后，先写上信口开河四个字的题目。这倒老实，比一般文豪先写文后安题目好得多，因为一看题目，就表明是跑野马了。既是跑野马，反正是跑，帽子不必太大，言归正传："潜山县的秀才，一世不发达！"这是三十年前，安徽读书士子的一句话。当他们无可奈何，要取信于人的时候，就把这句话来起誓。由此，我们知道安徽潜山县的文风（其实也是官运），是不大高明的了。据说，有清三百年，未曾点过一个翰林。就是再追溯上去，也未曾出过什么伟大人物。在历史上很不容易找着一个挂潜山籍的名人。在我二十岁以前，少年好胜之际，曾把一部潜山县志，翻个滚瓜烂熟，以为我终不甘"数典而忘祖"要沙里淘金，找出一个人来。然而结果只是失望。我为什么这样热心替潜山县人争气，说起来倒有点羞答答的。因为我若有一天作了刘邦，那些潜山老，却是我的"丰沛故人"哩！虽然，我终于是拍案而起曰：得之矣。这或者是庄子所谓"道在屎溺"。然而我觉得"楚国无以为宝"之余，这是我有"人杰地灵"之感的。这究竟是什么？就是北京出版的《梨园外史》，"开宗明义"之下，"大老板程长庚本纪"，给我穷措大吐了一口气。原来大老板便是我的同乡。我有了大老板，较之邻邑桐城人士夸耀张家父子宰相，以及姚方古文正宗，却不相上下。

看官，你不要以为我"喜而加诸膝"的，太看重了一个戏子。我相信五百年之后，人家知道有程长庚，而不会知道衮衮诸公。谈起大老板，人家或者不一笔抹煞潜山不出人了。谈到这里，我又觉得人情势利，连骨肉之亲，在所难免。大老板有两支后，一支还唱戏，便是名小生程继仙。一支做官，也巴结到了简任职。名字不必去提他，他们共有三兄弟，不但不承认是戏子之后，而且不承认是潜山人。他们的履历上，一律把潜字改作泉（潜泉同音），虽然是安徽并无泉山县，他们不顾也。呜呼！

起初，我也有点不愿称潜山藉。而况我在江西出世，一直活到十七岁，至少是半个江西老表。然而我仔细一想，在二十世纪，中国人就是落伍民族，羞为潜山人何用？最好是羞为中国人。本来入什么美国籍、英国籍，也不难，但是黄面孔，黑头发，总改不掉，到底比不上白人呀！只好怨投胎的时候，走错了路到了中国。并不埋怨潜山的风水不好，老不出大官。而况有个大老板，足可标榜呢？这有什么法子呢？自今以后，我将刻两颗印章：

其一曰：一世不发达的潜山人。

其二曰：大老板同乡。

谈到了做官，就觉得中国立国五千年来，是个病入膏肓的重症。恐怕将来亡国，不会如现在人所疑惑，是内忧外患国计民生等问题，而是在于民无不思官。而现在官之外，要摩登一点，还带一个性字。谈起了性，三十以下的青年，马上就会兴高采烈接受。于是你若站在讲台上一讲性育问题，以及什么美的性育，包管讲台下会像戏园子里唱好戏一般，到处加凳。降而至于和朋友谈话（指男子），一谈到了女人，你看吧，十个人就有十个人嘴角挢将起来。设若你谈一谈马克思唯物史观，新是新，大家的兴趣就减半了。再科学些，把这位物理学大革命家"爱因斯坦"请出来。你不必说相对论是什么了，恐怕有好些个青年，还会不知道这是哪一世纪的人物哩。

爱因斯坦他自己尽管了不得，若把实在的知名的算起来，他万不如中国的曹锟，我敢武断地说一句，至少至少，有一万万人曾知道他。这是因为他由布贩而升了大总统了。爱因斯坦，我就不敢这样武断了。所以做官实在是好事，又挣钱，又传名，又能拍桌子骂人……还有许多，我不能细举了。人生在世，为着什么，所为的，不就是行衣食住性吗？这不算什么，你若是做了官，就有法子可以得到。那么，为什么不做官呢？

"进得窑来把礼见。""我问儿夫做的什么官？""进得窑来，开口就问我做的什么官，难道你吃官穿官不成吗？""不是啊，你出门的时节，也曾言道：做了官才回来，不做官就永不回来。而今回来了，想必是做了官了，但不知官居几品？"这是京戏《武家坡》，平贵夫妻的一套见面礼。看了这出句戏的人，我想若是久客未归，要发生许多感慨吧？中国人就是这样，只要他家有个子弟读书，拿出老饭店掌柜的身份，父诏兄勉，总望他做官，来还房饭钱，自然连利息复利都算在内。为子弟的，花了父兄的钱，不做官，就没法子交卷。所以明明知道做官是毁了，也不能不进这毁人炉。官，自然有许多英雄豪杰，然而至少也有一半是混蛋。明明知道官是混蛋，也只好走上混蛋之路，呜呼！岂不哀哉？

谁都知道棺材是丧气的东西，可是因为这两字太好了，梦见了，就是要升官发财。正月初一出行，若是碰见盛了死人的棺材，这人必得像得了“官”“财”预约券一样，要高兴得了不得。这官字是如此好听的，安得而不成为“中华官国”？张宗昌大封丰沛故人，人家曾说：“会说掖县话，就把洋刀挂”。我想老张实在不愧为中国人呢。

某晚上听了一晚戏，其中有一出战太平。说的陈友谅捉住了朱洪武手下大将花云，要他投降，陈友谅说：“花将军，那朱元璋乃是牧牛养猪出身，怎抵孤乃两榜进士出身？”陈友谅是科甲出身，之前倒未闻。这且不管，招降一个敌将，卖弄出身，何言之丑也？戏台上的陈友谅，本是白脸，白者，奸相也。本来编剧的人，就不肯抬高他的身份，或者故意如此云云，挖苦他和一班两榜吧？陈友谅这人的出身，据说是个打鱼的，但是无论如何，和那庙里逃出来的小和尚朱元璋，也有个“二五等于一十”。只是他败在朱氏手上，落得一个寇字归结，戏台上，也只好让他白脸了。

秦失其鹿，群雄逐之。这其间只有司马迁是个公正之士，给项羽作了一篇本纪，翻遍一部廿四史，找不到这样第二个例子了。到了现在革命的时代，我们纵不能说洪秀全是革命先进，我们又不是曾国藩左宗棠彭玉麟的灰孙子，又何至于还叫一声“发逆”。难道忘了三百年前，我们的祖宗都是长毛吗？然而现在一班不大留心是非的文人，下起笔来，依然还是发逆长发逆短。这真是“汉人都作胡儿语，争向城头骂汉人”了。

“听评书掉泪，替古人担忧”，正在我辈。然而古今颠倒黑白的事，还有的是，哪里忧得了？张献忠做了草头皇帝，下一道手诏说：“奉天承运皇帝诏曰：咱老子叫你们不要攻潼关，你们偏要攻潼关，弄得损兵折将，驴□□了你妈的□，钦此！”君臣奉诏，三呼万岁。唉！后人不自哀，亦复使后人而哀后人也。

姓张的人，实在太多，在中国哪一段历史上，都会碰到一个姓张的。譬如这一段不相干的文字，信手举了几个例，便有两个姓张的在内。不才失之于潜山人者，或可得之于姓张，这也足以自豪了。不过这篇文字，又是吃姓张的亏，因为吾弟友鸾，服务《新民报》，为了这个张字，我不能不替《新民报》捧捧场。话又说回来了，我这种文字，只好当是北方人说相声，南方人唱马浪荡，有何价值可言？也谈不上捧场。今天《新民报》这初生的孩儿办周岁，我叨光一场堂会，给诸位取个乐儿罢了。

（原载1931年9月9日南京《新民报》两周年纪增刊第四版）

徐孺子后人

儿时昼入学校，夜归就塾师习国文。师徐姓，终日端坐无笑容，灯下相对，凛然读不敢少辍。但常旷课，每肩舆扶微醺而归。先父固敬其人，未尝有难色。后闻师徐孺子后人，家南昌城外七里街，自东汉以来，徐嫡系子孙，均躬耕郊外，即读书，以授徒终身，不入仕途，亦不应试，师旷课则族中先生为人排难解纷，免兴讼也。予虽幼，读小说好慕隐士为人，因亦奇吾师。一夕，师出题“徐孺子下陈蕃之榻论”。予抄手边《纲鉴数语入文，以证徐之所以不仕。即徐同时隐逸魏恒语：“后宫千数，其可损乎？”师大喜而笑曰：“抄书亦须在行，汝今是也。小子勉之！”

师此一笑俨然又一黄河清，终身不能磨灭其印象。七里街近毁于炮火，师亦早作古人。山窗小恙，风雨凄其，枯坐灯前忆儿时，惘然久之。

（原载1941年3月9日重庆《新民报》）

鸡　　公

本栏所载郭沫若先生所豢养者一文，内有鸡公鸡婆两名称。鸡而称公，大有与周公周婆争一日短长之势。北京人大概觉得很陌生，其实这是极熟名词，盖川语也。郭先生是川人，笔下偶不留神，就会把土语写出来，毫无足怪。

川语字音，和国语差不多，有时却颠倒得有趣。例如热闹，川语是闹热。可笑，川语叫笑人。所以公鸡叫鸡公，母鸡叫鸡婆，小鸡叫鸡娃儿。

我们川居，邻居有位山东老太太，她当鸡鸭贩走过门口的时候，她操了极纯粹的土语问道："有小鸡儿么？"贩子以极纯粹的土语答道："鸭娃儿喀。"我的她，以为有相声意味，直笑了半年。

地北天南变一家，乡音川语乱如麻。

终推抗战功劳大，能问鸡儿答鸭娃。

当时，我曾诗以油之。离开四川，到这十二月初头，整整是一周年。想起那八年和川人生活的水乳交融，虽说我并没有再入蜀的企图，过去的事，倒是让人处处有回味的。

（原载1946年12月8日北平《新民报 · 北海》）

阳历年杂谈

民国十五年前，对阳历年，究竟是那么回事。所以那时民间有这样说法：公说公有理，婆说婆有理。

你过你的年，我过我的年。

这已经该尽力当时民间对阳历年是什么感想。下层阶级的人，更把这个阳字误会了，把阳字当了洋字，说是洋历年。更通俗一点，说是过外国年。你若把地球绕日一周的情形告诉他，他们明白的认为海上奇谈。不明白的反倒是糊涂了。

这不但下层阶级如此，便是如今六十岁以上的人，很少明白阳历年一年分十二月，一月分二十九或三十日，究竟怎么回事？这层不懂，三年两头闰，或三年两不闰，其中忽然闰上一个月，是何原因，也就不知道行为。所以社会上对八十岁的人，常有这么一个看法和说法：“连闰年闰月加起来，他已满足一百岁了。”他们不明白这闰月正是补足阳历三百六十五日的时间。

中国事实上是过着阳历，而且月亮绕地球一周来做一月，以致弄得统夹不清。而国史上的律历法天文诗，第一既咬文嚼字，含混模糊，第二又掺杂些阴阳术上的说法在内，并非完全用算术来说明。所以二十四史里的这一门，都是天书。读书种子，看看头痛，百分之九十几，不看这一套。直到了长衫朋友，都不明这一套，当年由阴历改为阳历，社会上的惊骇，那也就人情中事了。

记得在民国以前，北京政府曾印过小册子，解释用阳历的原故。这小册子推行不广，在社会上并没有发生效力。这多年来，由于银行的结账，由于工厂的清理，由于机关或学校的休假，在都市里，总算大家知道是有这么一个年，至于何以会把过年提早一个多月，始终不太明白，还有不少的人，以为这是染着欧俗，和外国取得一致。

大家说是过新年，起劲无人也枉然。

一切排场都不用，国旗只要挂三天。

这是民初对阳历年的打油诗。于今的阳历年虽不是那样简单。可是比起过阴历年闹哄一个来月，那就差得多了。

（1947年1月1日北平《新民报》元旦增刊第三版）

张恨水郑重启事

顷阅中和戏院电影广告，有“张恨水原著鬼恋”字样。且于迷信方面，夸大宣传。鄙人生平未作鬼恋小说，亦未编有鬼恋剧本。该项广告，显系冒窃名义。除函中和戏院，将鄙人名义在广告上取消外特此声明，以免社会受欺。

又抗战期间，鄙人在川。关内外无耻文人，冒鄙人名义，伪造下流小说，达二三十种之多。胜利后，此等伪品均已毁版自可勿论。同时，上海汉奸影片公司，夺窃鄙人小说，编制电影者有《夜深沉》《秦淮世家》《现代青年》《金粉世家》《啼笑因缘》（此部系重制）五部。去年，伪影片公司均已倒闭，主持人亦多隐遁，故未追究。然再在广告上冒用鄙人名义，则不能默尔也。

（原载1947年3月21日北平《新民报》）

旧 年 怀 旧

舍下老屋数椽，仅堪蔽风雨，先人遗产，曾系三代之盛衰。后人虽有改建之力，以念先人，未敢易也。然屋后青山，蜿蜒遥抱，屋前平畴，一望无际，有足乐者。门外即草塘一所，环堤种古柏垂杨之属。更其右，有旷场，冬青一树，高入云霄，数里外即望之。年期既届，在满日阳春之下，与群儿戏冬青树下，以急线爆竹掷水中燃放，终日不倦。今十年未归，闻堤树多坏，冬青亦已倒却，弥增感慨也。

余今砚田自活，固为将门之子。先祖父上字开，下字甲，驻节江西广信府。衙中为三国周瑜行营，大可数里，大门内，东西两校场，一习箭，一习杂艺也。营中老卒，山羊一，小弓一，无镞之矢一，赠予为年礼。予于是挽弓矢，跨山羊。驰驱校场之上，俨然一小英雄。今则困顿词场，呻吟终岁，愧对先人矣。

（1929年2月10日北平《世界日报·明珠》）

夜光篇

谈谈北京的戏院

中和戏院

在去年下年，还是中和园。它原来的舞台，是个劣马回头式，最不方便。阳历今春，已大加改造！内容大概和开明真光具体而微。虽然对号入座，但是他们的椅子，不是一个人一把的活动椅子，乃是既粗且笨的露椅，用几条木档，将它隔为四座，而且摆得太挤，进出很不方便，它的楼，也不是像真光开明新明，凭空架起的。楼底下却支着几根铁柱子。这是美中不足的事情。

其他的规矩，和旧园差不多。不过没看座儿把持座儿的恶习，倒是具有革命的精神。台口是半月形，也像真光开明。另外有种好处，就是这地方并不望洋大人光顾，台口没有那个奏西乐的特别包厢，观众和演戏的，多接近几尺路。

第一舞台

这是北京最大的戏院，唯其大也，乃属无当。如若不是演义务戏，不但不能满座，就是上五成座，也为少见的事。

此院仿佛上海的丹桂第一台，并不是欧化式，是上海式，所以它的座位，也可以分出什么月楼二包厢、头等正厅、二等正厅等等来，不过没有这种名目罢了。

这里看戏是很舒服的，但因为租金太贵，只有海派的人来京，敢在这里出演外，其余北京的伶人，无论哪个，不敢问津。

华 乐 园

华乐园在鲜鱼口内，其地向来不上座。因为程砚秋，虽然在那里可以卖满座，其实到几百人，就座无隙地了。后来朱琴心和前台商量好，将园子翻造，可以容纳一千人以上，情形就大为改变了。

这戏园子完全像吉祥园，所以和老戏园不同之点，就因为它台上没有大柱子，包厢楼上，分两层，也没有柱子，看戏的人眼前少了一桩厌物而已。此外，不过是新盖的，不是那样阴沉沉的。说到布置和旧式戏院的习气，那是丝毫未改呢。

（原载1926年5月1日、2日、5日北京《世界晚报》）

笔战与出风头

打战是时下最时髦的举动，这个老大国家，要是不打仗，怎样能够显出这样老大国家的威风？

现在说到打战，其中也分好几种。

这几年来，净是炮火连天的兵战。

当初诸葛老先生打过一回舌战。

近来又有什么商业打仗的念头。

现在文坛上又兴出一个笔的战来。

这“笔战”就是本题所要说的。想笔仗要是打起来，虽然用的是三千毛瑟，但一没有炮火连天，二没有红旗呐喊。安安静静地在雪白纸片上打个两头不见面的战。打到结束，胜的也无须乎唱凯旋歌，败的也无须乎卸甲曳兵而走。反正打到几时，还是那么回子事。

再者笔战不打则已，要是打起来，还是不止一两篇文字可以了结的。因此，那些作者的大名，便常常显耀在上至达官贵人，下至于贩夫走卒的眼前了。这够多么痛快呀！为这我们小小的名儿，劳那些贵眼贱眼去看，这岂不是比拍他们的祖还好得多吗？现在惯爱出风头的主儿，不由得就采取了这个路径。

不过在我看来。要出风头虽不难，要下苦功夫，仔细看对方的短处，用几个弹子就能致之于死命，那才能叫作打笔战，这样就是你本无心出风头，久而久之，大家也公认你的风头十足。

若是没事光放几声不响的空炮，人家要是一质问，他就没有话说，把看家本事拿出，胡吹乱骂一阵，骂个头昏，他好像得胜似的扛着小旗，得得地跑了！这样是干什么呢？

出名的法子，到了光以乱骂乱打取胜，那不是文坛上的好现象，所以我忍不住板着少年的老面孔，说上这一篇不知进退的话。

（原载于1926年5月16日北京《世界晚报·夜光·快人快语》）

耽误了许多好题目

昨天告诉朋友，说我这个买卖不能干，天天为《小月旦》搜罗题目，苦得不得了。朋友说：那有什么难，我只要出一趟门，就有许多题目了。譬如由中央公园到骡马市去，可以得下面这些题目：过天安门有感，过东交民巷有感，过东车站有感，过西河沿银行有感，过廊房头条照相馆门前有感，过琉璃厂小沙土园有感。哪儿哪儿哪儿，这都不是题目吗？

我说题目倒都是好题目，就是作文不容易下笔。那人说：那就怪你无本事，不能怨没有题目了。我也没有话说。

（原载于1926年5月23日北京《世界晚报·夜光·信手拈来》）

哀梨《小月旦》之时间问题[1]

吴稚晖先生说：上海《申报》陈景寒（冷）的诗评，放在衣袋里三年，拿出来还是可用。你们去想，陈先生这文字的灵活（不应说是空泛），到了什么程度？不料《明珠》《夜光》上专做《小月旦》的哀梨先生，现在也得了这种秘诀。他的《小月旦》，虽然不能放在衣袋里三年，大概放在衣袋里三个月，再拿出来用，我敢保险，那是没有时间问题了。

学到了陈先生，那是有好处。可以称文豪，可以住洋房，可以坐汽车，以及其余。哀梨先生这样做去，总有那一天。到了那个时候，《春明外史》里的线索人物，要出城去祭那位梨云女士，也就不用得临时雇汽车了。上海人说话，多么写意！

哀梨先生带出来的那一班徒弟，还在那里口没遮拦乱喊，真是傻子呢？

哀梨曰：其然？岂其然乎？

（原载于1926年6月6日北京《世界晚报·夜光·强为欢笑》）

刻板的题目

从前批评人家说老话，这叫刻板文章，而今是更进步了，有刻板的题

① 张伍附识：此篇文章署名并剪。“并剪”系父亲笔名，此名与哀梨一人也，以为“并剪哀梨”痛快淋漓。因作文不得“痛快”，以“并剪”嘲讽“哀梨”，可作作者自嘲解。

目。就常见的和几个题目如下：

一个……者

读了……以后

……之夜

我也来谈谈……

……的悲哀

爱之……

……的她

……的结晶

……及其他

关于……的几句话

够十个了，打住。别再挑臭茅厕了，新文豪新诗哲看了，又要说我们顽固了。

（原载于1926年6月15日北京《世界晚报·夜光·信手拈来》）

反讣闻

不死罪孽深重，不自陨灭，顽延于大清封布衣。政府特准给予未来亡国奴头衔。张公讳哀梨于夏月五月十一日病愈客中。距病于本月食樱后一日，病期计有一星期。不死经医言证实，悲喜交集，亲视勿药。已择于五月十二日重新作文字奴隶，暂葬灵魂于敖包隙中。

叨在谊特此反讣闻。

（原载于1926年6月22日北京《世界晚报·夜光·强为欢笑》）

王克敏的奇怪人生观

在报上看见王叔鲁先生的谈话，大谈其人生观。这一位先生，困顿抑于了这么两年，居然学到了这劳什子，可说士别三日，刮目相看啦。他说：原来人生都是假的，有事就应办事，无事就应吃饭睡觉。怪呀！这又是新逻辑学。既然知道人生都是假的，“有事”两个字，根本上就站不住脚，后面一段话，从何说起？姑舍是因。有事自然办事，无事自然吃饭睡觉，难道这要人生是假的，才应该如此吗，反过来说：人生若是真的，有事就应该吃饭睡觉，无事倒应该办事？这是怎样的说法？

他又说：至于害病而死，与死于非命，均是一样之死法。这我可糊涂死了。死法者，死的法子也。若照王先生之言，吞鸦片的法子，等于吊头。吊头的法子，等于抹脖子。抹脖子的法子，等于跳河。跳河的法子，等于害病。这是什么话？天下的等号岂是这样可以容易写的。有人说：王先生这话，是有深意的，他是由三王之仁而死，五霸之霸而死，那里化来的。我说：绝不是，他不是于死字下还添了一个法字吗？这大概是他死里逃生，发出来的一点感慨吧？王先生！这种什么人生观的话，是书呆子干的，我劝你还是谈谈金佛郎罢。

末了，我附带忠告和王先生谈话的某先生一句，您所问先生原东山再起否那一句话，以后最好只和下野的总理谈话，才拿出来，否则删去东山二字为佳。这个典不是逢人可用的。对不住！

（原载于1926年6月22日北京《世界晚报·夜光·快人快语》）

打仗如赌钱赋

打字，太梗韵，兹从俗，作德马切，入马韵。因为不声明，为内行所笑。押梗韵，又怕人说我不识字。所以用佩韵而加以声明。题目典故出黄报社论，又声明。

呜呼嘻嘻，之乎者也。昊大不平，祸降有夏。群雄并起，相拼今日之国中，一个不饶，那问谁家之天下？揭竿而起，动众无名，争地以战，杀人盈野。东方既罢，方归桃闹（本是林字，林平声，故改闹以求念得入口）之牛，西土又兴，更牧华山之马。知有涯而欲无涯，利孰能平？什么僧甚多而粥甚少，云胡不打？是故北极三秦，南降两广。有地皆兵，无仗不打。三战三北，岂无未尽之军，一卒一枪，亦有成名之将。（仗字养漾两叶，故本赋亦通韵）由是言之：兵团困荥阳，天祚汉，璧存外商，地已亡虞。（此字飞韵）八十三万曹兵，江东未下，一百单八好汉，水泊堪居。有土自有财，原靠时来运凑，出兵不由将，岂能手到病除。代罪吊民，古有下棋之号。兴师动众，今成赌博之如。富其出兵也，左树旗，右鸣鼓。前军歌，后跳午，（本不通，凑一句）灭此朝食，本为已定之天，对我财生，亦属难下之虎。知己知彼，奚必有德者王？自东自西，不是止戈为武。栽花有意，风来成不测之虞。得月无心，云破是未定之数。斗智斗力，同出一争有输有赢，却成双赌。嗟夫，赌是对冲，汉子何期胜败，博亦致富，英雄固爱金钱。拼命竟来，偏为玉碎。沉舟作去，卒又瓦全。翻本可能，即为中兴之举，投机很吃，亦如相急之煎。今日赢而明日输，终无把握。一方赔而两方吃，若有因缘。赌与打仗，实非二焉。噫！万国皆兵，四民叫苦。欧美侵蚀，我自内争，兄弟阋墙，谁御外侮。小劫将过，大家莫赌。爰引有意之题，藉作无聊之赋。

（原载于1926年7月8日）

新阁员大号之干干干

新阁员未发表之先，外面就有人传出了消息。说张国监内务，蔡廷干长外交，罗文干长司法。有人问我，这话果确，他们干不干？我说不但干，而且干干干。你不见他们的大号吗？一个是要朝廷上去干。一个可以斯斯文文干。一个虽然是国监，但干同音，谓之曰为国家而干。亦无不可。凑起来就是干干干。

诸位不信，你试看号干而不干者有几人？我想当局一定是根据他们的大名，知道他们要干，所以把他们凑在一起，让他们干干干呢。这个年头，胡同都要取个吉兆儿，也无怪阁员之取于名干的了。可惜田应璜不叫田应干，不然就临不到假干之张国了。哈哈！

（原载于1926年7月8日北京《世界晚报 · 夜光 · 信手拈来》）

莳 花 浅 识

月季花喜鱼腥水。唯灌后须覆以土，以免蝇逐。

竹喜狗粪，邻家有竹，埋狗粪墙下，竹自来我家也。

花稍大者，移植不慎，辄死。若策万全，可埋小麦斗许于根下。

黄豆浸冷水，日曝夜露，约一星期后，以之灌茉莉（京人呼洗澡花为茉莉大误）为无上品之肥料。

小盆石榴花，置廊下，略施肥料，不时以水灌之，可开至秋深八月。若置曝烈日中，则三日不死矣。

牵牛花拂晓开，见日则萎，宜植于屋之西偏。否则迟起之主人，终身不与花相见矣。

每肥田粉一钱，加水一斤，与盆土调和，任植何花均可。但不可以水临头浇花。

花籽于春季下土，无不出者。但不可太深，只宜盖细土一分至三分厚为止。如洋马齿苋籽（京中俗呼为五彩杜鹃花），则只可撒于潮细土上。且须覆以麦草，以防风吹日曝。

俗传埋鼠牡丹下，则花肥，故曰鼠姑。此理至简单，鼠腐化，自成肥料，不仅可施于牡丹也。且牡丹非老干，犹不可埋鼠，否则必以肥重而死。

滴桐油于桂树根上，则满树之花全落。制糖多者，可采此法。

（原载1926年7月13日北京《世界晚报》）

《新闻报》的一等新评

吴老丈常说：上海《申报》陈景寒的（即署冷字者）时评，做好了，放在衣袋里三年，拿出来依然可用。时评而不含时间性，一至于此，诸位想想它的价值怎样？不过吴老丈虽评了《申报》的陈景寒，却没有提到《新闻报》的李浩然，却叫人疑惑上海大记者，仅仅是陈先生一个人说空话的。《新闻报》和《申报》，上海对待之两大报也，北京人已经知道陈先生如此如此，我不妨来介绍李先生一下，也可以知道他是如彼如彼。

《新闻报》的时评，不叫时评，却叫新评。其原因，据老德子说，时评是时报开始的，曾把招牌嵌在里面。所以《新闻报》为嵌招牌起见，就把《新闻报》之新字为题，叫作新评。这种新评，每张一个，所以有新评一，新评二，新评三。这新评一在第一张之上，归主笔李浩然先生办理，每天一段，除害病外，十余年如一日。他的文字因为是和商界人相见的，所以他不是什么桐城派，阳湖派，却是商业尺牍派。不像陈先生咬文嚼字，那样费事。至于论断呢，却是逢着说一件事，举出甲乙二说来，末后归纳于不甲则乙。这虽然是X+Y-X+Y之公式，比陈先生公式都不肯列，就高明多了。空口无评，剪载李先生新评“将来之趋势”的一段，以为证。

……就事理论，将来之趋势，不外三途。其一，各方都无诚意结合，爰悔前日之非。其二，涣散既久，不复能断结，各种事业，皆自然消灭之境。其三，势穷则变，别起波澜。今后将出何途，殊难预测。第一说固举国所愿，但今人未必能悛悔。第二个亦难实现。大抵将趋向第三说。唯其形式及方法如何。则随时转移，非此时所能知矣。

这真是大报的主笔啊，他能料到将来之趋势，不外此三种。好像说：人一吃米、麦，或者其他的东西。至于吃哪一种，事先也不能断定呢。呵呵！这就是《新闻报》的一等新评新评一。

（原载于1926年7月27日北京《世界晚报 · 夜光 · 毛瑟架》）

戚老子查夜

吾儿时，随先人宦游南昌，尝闻到“戚老子查夜”一语。初未解典自何出，稍长，始悉指南昌县戚扬也。戚入民国为江西省长，声名狼藉，赣人恨入骨髓。而其为知县时，则察察为明，颇有清誉。说者谓戚故为如此，欲以“欺以其方”之诀，以逢迎上峰耳。

父老相传，戚在任时，常亲自查夜。而出又无时，仅以四役相随，二持灯笼，一持刑具，一则荷皮椅也（可收拢，赣人谓为皮札子）。一晚，路遇一行色仓皇，若失常态，拘而察之，则下体着有花瓣女裤。戚曰：此非奸即盗也。笞之述其理由，问服否。行路人曰：不服，行色匆忙，为母急病觅医，着女裤，则以从梦中惊醒，误着妻物耳。戚亲押往其家询之，果确，乃曰：夜行不持烛，已犯法，更着女裤，有伤风化，罪当重罚。姑念汝孝，不复责焉。率役扬长而去。

（原载1926年7月31日北京《世界晚报》）

甜葡萄和嘎嘎枣

在六年前，我在北京害过一场大病。这个时候的我，固穷，那个时候的我简直穷斯滥矣。一个人躺在老屋子里的床上，仿仿佛佛，也不知道过了多少天。深巷之中，忽然一阵声音喊着，甜葡萄呐，嘎嘎枣儿。我在床上，觉得秋深了，发生无限的感慨。

一直的过了六年，我个人境遇，不知道经了多少的变幻，可是每年一听到胡同里唤着，甜葡萄呐，嘎嘎枣。我就恍然还躺在那个屋子里一般。心里想着，今天留着我这一个文丐！真是侥幸，痛定思痛，不觉得悲从中来。

这并不是甜葡萄、嘎嘎枣，为作什么祟，可以叫人发愁，不过在一个时候，给了我一个深刻的印象，就叫我忘不了。所以这种深刻的印象，不可轻易施与，也不可轻易受领。葡萄和枣儿给我的暗示不少，愿以此事奉告诸公。

（原载1926年8月20日北京《世界晚报》）

京尘一幕

碧落君所写之京庆一幕，短小精悍，颇觉可喜。夜窗慵书，戏效为之。

布景：庭阶前

登场人物：主人　听差

　　　　　煤铺掌柜　上差

主人：来呀！叫他进来，他敢来要钱！

听差：是。（退下，偕煤铺掌柜上）

主人：你讨账来了？（瞪着眼，挺着胸脯）

掌柜：不敢，您啦。请您借几个钱使，好批一点儿货。（极卑躬屈节之能事）

主人：你混蛋！上次的煤球，差我三斤，这一次又差一斤半，你还要钱？叫几个人把他轰了出去。

掌柜：老爷，咱们是生意买卖。

主人：你□□□！混账王八蛋。叫人来，把他送到邮政局，打他八百斯的克。

掌柜：老爷，我不敢说什么。（面无人色）

听差：还不快滚。（带推带骂，掌柜下。听差复上）

听差：上差来了！（上差上，主人极卑躬屈节之能事，欢迎上差。）

上差：你简直混蛋，办的事没办，叫我又来催一道。

主人：因为……

上差：你□□□，混账王八蛋，叫人来，把你送到邮政局，打你八百斯的克。

（煤铺掌柜复上，作冷笑，幕急下。）

（原载1926年8月22日北京《世界晚报》）

与《夜光》记者之谈话

新闻记者采录新闻的时候，常常把和别人谈话，登了出来。上而军人、政客、学者、名流的名言，固然值得大登特登，就是下而男女名伶电影明星的谈话，也珍闻似的登在报上。可谓善尽宣传之责。但是自古以来，却没有把新闻记者的话发表的，出而不显，这未免太吃亏了。昨访《夜光》记者于其私邸，蒙亲自接见，（并未派代表）却也有些谈话。现在特反其道而行之，来一则与《夜光》记者之谈话。谅关心报尾巴者，所乐闻也。

问：先生每日吃几餐饭?

答：二餐而一点，有时光吃两餐。

问：先生每日撰稿若干?

答：多则四千字，少亦二三千字。

问：未免太苦。

答：为面包问题所迫耳。（言时作微笑）较拉车痛快多矣。

问：先生对于新闻界之旨趣如何?

答：就我个人言，倒也觉得吃不饱，饿不死。

问：先生投身新闻界，抱有何项方针。

答：到了月底，房钱伙食账，可以无忧无虑了，所以极力巩固我的饭碗。

问：对贵刊之旨趣如何?

答：望观众不讨厌，东家不指摘，能继续干下去。

问：闻先生反对新诗，其故安在？

答：此非一言可书。但是我要当大学教员，或者编新式的刊物，也许不反对。

问：又闻先生对国产影片，向不满，何故？

答：每次看国产影片，花的冤钱太多了。我不愿他人再去上当，所以。

反对时报馆正打电话向记者索稿，某乃与辞而出。

（原载于1926年9月1日北京《世界晚报 · 夜光 · 记事珠》）

不 忍 闻

半夜风雪，永巷中小贩卖物声。

屠夫缚猪声。

死囚呼冤声。

树颠巢伏，老鸟唤雏声。

大兵之后，荒村饥犬声。

雪林狼嗥声。

灾民诉苦声。

秋阶蟋蟀声。

迷途小儿呼母声。

平沙无垠，断雁声。

孤城落月。胡笳声。

（原载于1926年9月6日北京《世界晚报 · 夜光 · 信手拈来》）

未来的北京（一）

我不是预言家，我也不是什么哲学博士，所以我这篇未来的北京，只是用过去的事实，映证现在的事实，更推进一步，说到将来。用这种存腐的事实，来窥测人类的进化，那是有些胡说，所以又总其名曰姑妄言之。

我们一出大门，看见的就是车子，车子和人类进化是很有关系的。北京城里人家家用的骡车变马车，马车变汽车，就是一个明证。而今就从车子说起。

几年之后，北京城里的马车，简直可以说是没有。偶然看见一两个，也不过是送殡的丧车，和娶亲的花马车，马车行十有九家关门大吉。因马车行少的缘故，汽车就格外多出来那个时候，坐汽车很不算奇。头一点钟只要一元钱，而且可打折或八折。不过有一层，像现在人力车包钟头一样，若是只包一点钟，或者跑得路多，人家却不干。因为热闹些的街上，可以随时雇汽车坐，由前门到后门一趟，也要五毛钱，若路远只坐一个钟头，他却吃亏了。

（原载于1926年9月27日北京《世界晚报·夜光·姑妄言之》）

未来的北京（二）

汽车所以这样便宜，就因为电车是他们的劲敌。城里不必说，就以西直门外而论，电车已经直通海甸，由海甸又展长到香山这道电车路，正走颐和园门口经过。若是由城里去逛颐和园，除了电车钱而外，所花无几。就是门票，（也许不要票了）只要一道，大洋一毛，里面就不另外索费了。

由西直门到香山的马路，修的极好。一下雨就满地小沟毛病早已没有了。夕阳西下之时，只看见三三五五的男女青年，在柳树荫中，走来走去。因为国立十五校，有六校在这一带，还有几家私立大学也在这里。所以满地都是密斯脱和密斯C。最妙的就是几个大学校的教员，他们在香山脚下，组织了一个新村，充满了“洋隐士”的气味。

（原载于1926年9月28日北京《世界晚报 · 夜光 · 姑妄言之》）

未来的北京（三）

学校所以都往外搬，实在因为城里的物质文明，日见进步，中国的旧道德，已铲除殆尽。娱乐场所，和消耗时间金钱的地方，实在太多。那个时候，大学生是完全自动的读书，若在城里，就不免为社会上的恶习所引诱了。别的不说，单说那种容纳污秽的饭店，南城增加到一二百家。南城有家顶大饭店，天天晚上，举行跳舞，青年男女，趋之若鸿。

因跳舞这种嗜好，由上海传来，北京有风靡之势，所以跳舞这种娱乐，已经不算奇怪。北京饭店，虽然依旧开着，却不很和中国人的脾胃了。所以谈跳舞的，都上南城大饭店。

南城大饭店，正开在繁华的中心点，大门口真是车水马龙。热闹极了。这中心点在哪里呢。就是天桥先农坛一带。因为东西两车站，不在前门，已经移到天桥以南去了。

（原载于1926年9月29日北京《世界晚报 · 夜光 · 姑妄言之》）

未来的北京（四）

天桥之为天桥，早已是有名无实了。从前那里还有一片敞地，可以想到桥的旧迹，而今四围都是高大楼房，桥的旧址在那儿，也捉摸不到。天桥之所以热闹，作了火车站之外，便是饭店，戏园，电影院，都凑在这里。

说到戏院，戏的趋势怎样，是我们最注意的。这时候的戏，讲究整本。左一出，右一出的戏，简直没有了。每演一出新戏，戏园子门口挂了许多照片，像以前演电影，把电影的内容，宣布一样。街上的海报，固然一律是白纸写大字。可是有多数的海报，画着许多图案，引人注意。还有出奇的，把戏装的伶人，也画在海报上。

（原载于1926年9月30日北京《世界晚报·夜光·姑妄言之》）

未来的北京（五）

戏里的海报，已经进步到这个样子，戏的内容如何，不言而喻。戏一好，戏价自然也不会便宜。楼下的散座，平均卖到三块钱一位。再贵一点儿的，就是一张五元的钞票。因为社会上生活程度日高，百样东西，都比民国十五年以前，要贵七八上十倍。戏子和开戏园子的人，他不能过民十五以前的生活，自然要把戏价订得高起来。

诸位！你说生活程度高到怎样？就以日用必需而论，米卖到五十块钱一包。从前两个子儿，买一个酒盅子大的窝窝头，已经嫌贵。现在窝窝头跟着望上涨，一毛钱只买三个。不过比两个子儿一个的，稍为大些罢了。何以不论铜子，而论钱价哩？原来这个时候，已实行金本位，没有铜子了。

（原载于1926年10月1日北京《世界晚报 · 夜光 · 姑妄言之》）

未来的北京（六）

东西一贵，人工也贵了。挣十块钱的，现在挣十五块钱，挣二十块钱的，现在挣三十块钱。这种工值的增加，自然有一种趋势，这也不必去细说。而工值虽增加了些，可是中产阶级以下的人，生活比以前更是难过。生活艰难，而他们娱乐的方法，却又不减少，这也是不可理解的事哩。

何以见之？我们单说电影院就知道了。就北京东西南北四城总算起来，这时共有三十多座电影院。从前演一张中国电影片，以为罕物，现在却虽时虽地，可以演映中国片，实在不算一回事。不过有一桩事。却是出于意料以外的，样样东西涨价，电影院却涨得有限，非大片子，平均也只好卖六七毛钱一张票罢了。

（原载于1926年10月3日北京《世界晚报 · 夜光 · 姑妄言之》）

未来的北京（七）
——灾官数目之可惊

未来的北京，做到第六条，我自己觉得太老实了，有些近乎讲学。夜光里面的文字，是不许有头巾气的，所以现在换一换口气，还是说我们那顽皮孩子的话。而未来的北京却移作小题目，免得沉闷。

交代已过，言归正传。却说百物都涨，何以电影价目依旧呢？原来这样东西，嗜好的人太多，价钱贵了，反而拒绝普通的观客。这普通观客，除了工人，小贩……之外，就要算是灾官。因为这个时候，北京的灾官，已经达到十万人上下，像早年的人力车夫一般，政府是无法解决。而前面的灾官，刚刚罢免，后面又有一批，跟上来做官。做了官，依旧是不能得薪水，就变成了第二批的灾官。这样一批批多下去，所以达到十万，尚有加无已。

这时就有人提议，把灾官编成二十个混成旅，开到西北去开垦。

随时随地，昨误为虽时虽地，特此更正。

（原载于1926年10月4日北京《世界晚报·夜光·姑妄言之》）

未来的北京（八）

这种编灾官为二十混成旅的话，虽然有些奇异。可是灾官得了这个消息，却欢喜得了不得，以为到了西北，有地可垦，有畜可牧，总不至于饿死。居然在天安门开了一个灾官大会，要商议进行这一种事情。谁知群众的地方，人心最容易获发，登台有几个人一演说，把木头抛开了，有人主张到国务院去请愿，而且还举行示威运动。

结果，都办到了公推一位欠薪二十四年的主事，当示威队指挥。又定了八个字的口号：要求政府！发清欠薪！也不知道谁人预先带了白纸识帜，藏在衫袖里，这时都拿出来了。上面写着枵腹何以从公！殊属不成事体！不胜迫切待命之至！

国务院听了这个消息，连忙召紧急会议。

（原载于1926年10月5日北京《世界晚报·夜光·姑妄言之》）

未来的北京（九）

——发行欠薪公债遣散灾官

当时大家议论之下，这种灾官，聚众滋事，本来有失官体，至干未便。但是官官相护，大家都是做官的，又何必难为他们。再说灾官在十万上下，诛之则不胜诛，也不敢怎样。后来由财政总长提议，发行欠薪公债三千万，遣散这些灾官回籍，以为一劳永逸之计。大家都说此法甚好，照计而行。一会灾官示威队，到了国务院，国务院就把遣散的话隐云，发行公债的话提出，大家果然欢天喜地而去。

后来政府发了一道命令，所有灾官，一律缴呈凭状，领资回籍。计特任官每名三十元，简任官每名二十元，委任官每名十元，荐任官五元，舟车准予免费。如有不缴凭状者，捉到者去拆城修马路。这些灾官，事出无奈，只得听候遣散。

（原载于1926年10月6日北京《世界晚报·夜光·姑妄言之》）

未来的北京（十）

——大批学士投考警察

自从政府遣散灾官之后，北京到少了许多闲人。不过灾官走了，候补做官的，依然不少，第一，就要算是大学毕业生。官既补不到。后来索性降级以求，像什么电车卖票生，公司里的小书记，都肯去做。有一次警察厅招考，只考四十名警察，却有二百多大学生投考，而且里面还有两个硕士。

到了考试之期，这二百多大学生，戴着瓦块平顶的学士帽。穿着大袖翩翩的学士衣。手上拿着毕业文凭。前去入场。考试的结果，自然完全取的是大学生，可是还有一百多大学士名落孙山呢。就两是个硕士之中，也有一人落选。

大学生这样，自然男女一律。可是这时候女权膨胀得厉害，女子在社会，服务的已多，单以女招待员而论，就有整万的人了。

（原载于1926年10月7日北京《世界晚报·夜光·姑妄言之》）

未来的北京（十一）

——送座儿的改为女招待员

用这种女招待员的地方，很多很多，大概说一说：旅馆，番菜馆，咖啡馆，理发馆，洋货店，文具店，绸缎庄，南式茶楼，酒馆，球房。总而言之，凡店里不用卖力气，而为上等人物光顾的地方，都有女招待员。

譬如原来绸缎庄送客的，酒席馆送座儿的，原无设置之必要，后来一设置惯了，你家没有他家有，为商业的竞争关系，不得不添设。那时家家用招待员，情形也是如此。酒馆门口，从前原是坐着几个粗人，满身油腻了。如今就改为女招待员承之。她们梳着烫发卷，穿漂亮的衣裙，主顾一进门，她说一声Good Morning Sir！比什么您来啦两个字好听得多了。你若是走出走，她也不是说。走啦，乃是伸出一只雪白的手，和你握着，说一声“谷得摆”！

（原载于1926年10月8日北京《世界晚报·夜光·姑妄言之》）

不入耳之言

属于甲方者

禁烟，裁兵，办教育，婚姻自由，法律平等，尚俭德，物质文明，白话文，打倒帝国主义。

属于乙方者

尊孔，守贞，旧文学，爱情专一，信教自由，戒多言，风俗敦厚，线装书，取缔暴民专制。

在这甲乙两方，当然有个调和派，调和派就样样可入耳，样样也有时不入耳，教我们怎样列表，就不容易出来了。所以天下唯有调和派的心理难测。

（原载于1926年10月11日北京《世界晚报 · 夜光 · 南天北地》）

忆江西会馆堂会

民国九年，予借寓宣外大街某会馆。江西会馆，则望衡对宇焉。时天下方承平，士大夫宦囊既饱，嬉酣无事。偶值喜庆，必有堂会（其堂会价目，亦不如今日之昂）。堂会之地，东西南北城，各有一固定之所。若为南城，则十九在江西会馆也。

时予一人卖赋京华，月入不过五六十金，除以半数汇家供甘旨外，而衣食所需，绰有余裕。且事亦简单，每日可得半天工夫读书。故江西会馆有堂会，予必作不速之客。但此亦有诀，未可贸然而往。大抵夜间十一二钟，酒宴早罢，贺客暂稀，于是峨冠博服，从车马中从容步入。门禁（大概为步军统领所辖之游缉队）者目逆而送之，以为客也，漫不过问。及入戏场，则豪竹哀丝，好戏方登场。主人间而觉者，明知为知音之客，亦安之若素焉。

江西会馆附近人家，无不忆此，去亦决无享闭门羹者。有一天无赖，看白戏不足，见主人以茶点享客（予友某君，曾被拉去吃酒一次，主人且亲劝酒，自谓之为不安数日。益当时如不去，转觉为不速之客也）且争五爪攫之，熟人或视之以目，亦甚为难堪也。

此事去不过五六年，偶一思之，便有天宝宫人之感，更何须远溯十年以上耶?

“有一技之长，即不冻饿死。不见鸡鸣狗盗之徒，犹得孟尝君而事之乎？”

（1926年10月14日北京《世界晚报·夜光》）

劝善金科

予昨言江西会馆堂会，今复忆及一事。约在民国九年秋，该会馆堂会，有一剧名曰《劝善金科》。剧为昆曲，大意为目莲僧拜佛求经，观音化一少妇戏之。僧意志坚定，遂卒得观音见。末场观音立于旋转之神龛中，（绝似邮政总局之转门）且唱且转，第一格为观音正像第二格为少妇，第三格为金面披发之神，第四格予已忘之，其戏观音也。此剧观音陈德霖饰。目莲妙香饰，而诸茹香且反串善财童子。五六年来，未见何处有此戏，亦未闻及也。某杂志有阅于此事之记载，记录于次。

昆剧《劝善金科》，一名《观音戏目莲》又名《四面亲音》，盖一种劝化世人谨持色戒之神话剧。往者为陈德霖年老。戏中之化身少妇，代以王琴侬，各种砌末，悉属新制，辉煌煊丽，极其美观。末场莲台转动，分如今日新戏之转台，可见转台一法，旧剧已早开其先矣。此剧精粹，全在戏目莲一场。然所谓戏者，试也，与其他花旦戏之淫荡戏证，迥乎不同。作者于此必须体贴斟酌，曲曲传出，不及固无以达乎戏之情，太过又未免背乎试之旨。琴侬演此，居然不即不离，不支不蔓，揣摩合宜，洵足惊叹。

（1926年10月15日北京《世界晚报 · 夜光》）

难 得 糊 涂

有人屡次相告曰：尔我知己。即从而知己之可也。

有人指月曰：此方而非圆。亦称之为方月可也。

有人曰：孰为奸，孰为忠，唯我识之。亦唯唯称是可也。

有人曰：生平处作若干善事，殊不愿人知，今特以告君。当点首曰：信然信然！

有人曰：生平不二色，告人屡矣。君信之否？必曰：信！

有人曰：我孝父母，我友兄弟，处世如我，乃不可得，我亦雅不愿人知，免笑我顽固也。君以为然否？必曰然！

哀梨曰：遇此等事，当谨记郑板桥言，难得糊涂。苟必深辨，其不免为傻瓜也哉？

（原载于1926年10月18日北京《世界晚报 · 夜光 · 南天北地》）

镇擂者言(一)

近来我心绪太坏，简直做不出趣味文字，万一有一二篇，也是饥来驱我，这就叫着强为欢笑了。近日白丁君夜光设擂，如金圣叹所谓，人生消遣法之一，这自是正当的娱乐。在我的领土里办，可以叫我少写几个字，我尤其是欢迎了。

夜光老主顾，一定知道老牌小可。白丁是经小可的介绍，到夜光里来的，老读者也当认识。他俩，正是一对富有趣味的端士，而异与评花捧角者流，（因为他们都有宗教观念）他肯给夜光撰稿，我自然信任的了。至于梧君育蟹呢，虽然是陌生朋友。《孟子》上说：尹公之他，端人也，其取友必端矣。我因信任小可白丁，也就信任他了。

蒙四君推我镇擂，为编稿的方便，义无可辞，就此就职。但是镇擂者，当然是报告而已，所以我就写这几句报告。话犹未了，那边白丁先生上场来也。

（原载于1926年10月21日北京《世界晚报·夜光·小擂台》）

菊花状元才

昔年政局闲暇，届秋每有赛菊之举，浓翠淡绿，瓣肥燕瘦，极一时之盛。今岁仅社稷坛罗列老本数百盆，无所谓赛。且花出自园夫，间有仙品，亦培植衬托不宜。予曾于笔墨之间，偷闲一游。而蛟龙蝼蚓，杂然并陈，求冠一军者不可得焉。

予以为菊花可中状元者，必合以下之条件：色必淡黄，办必疏落，枝必挺秀，叶必浓厚，花头必以三或二，花身必在一二尺之间，于是而始得有高人逸士之风。其雪白，水红，醉紫各色，即置身三甲，亦不宜点元。自郐以下，更无论焉。尽菊贵正，贵瘦，贵淡，贵傲，非可以奇艳论也。世有陶潜癖者，曷申论之？

（原载于1926年11月12日北京《世界晚报 · 夜光 · 群芳谱》）

我何尝是贵胄式的吃学家

圣云：（这自然是个大帽子，相信还不至于压死人）饮食男女，古人并重。我看了《大同晚报》的晚霞，我相信他能实行这一条圣谕。这也不在话下。咱本家有疑先生，一月来大谈其吃学，面不时地提到区区。且加之以贵胄式的吃学家的尊号。这一来，真使我笑啼不是，认否皆罪。阿要难煞人，因为这个年头儿，真个自夸富有，恐怕犯了三吹主义。虽然是真名士善吹牛，我又不是个名士，这自然使不得，再说我出来否认，像有疑先生一般，挂上平民吃学家的招牌。却又犯了工愁旧病，买赋送穷，那极报尾巴编辑的滥调。你看，道便如何是好！

我希望本家先生以后发表吃学大作，把区区的名字除了。万一不然，那贵胄式三个字，最好将他取消。若嫌吃学家三字，范围太广，而欠缺形容词的帽子，则不如赐我以胡调吃学家，或滥污吃学家。因为北京头二等馆子，固然大概有一度之光顾。但是三四等馆子，也不回避的。譬如半夜中卖炸面筋的，声音一呼唤，我就想吃烧猪头肉。虽然那上面，有不少的菌子，也不时尝试。这种不科学化的吃学，非滥污如何？既滥污，则不贵胄矣。深恐晚霞的读者，有所误会，特声明于此。责晚霞能翻印一下，我倒是不究的。岂但不究，且很感激呢。那末，为什么不直接送晚霞？这也很容易明白的，无非自己做了稿子，要补自己的白，舍不得白送人罢了。

（原载于1927年1月21日北京《世界晚报·夜光》）

镇擂者言（二）

好久想叫人打擂，无如大家已休手，只是鼓不起兴来。无意中为一篇望低处看的问题，居然又重振旗鼓起来，这倒有趣。俗言道：有意栽花花不发，无心插柳柳成行，毋乃类此。

前天北杏君子竹心两篇来稿积压没有发表，恰好我有一篇声明的文字，搁在桌上，像煞打擂一类的东西，也被搁下来，反而觉得打的太厉害了。晚上拆信，又拆律初君的也回他一阵，连我那篇，已是四篇了。若一天发表一篇，则前账未清，后账又来。大年三十夜，这盘账有些急人。因此决定倾囊一泻，出个特刊，全体发表。打的痛快，看的痛快，岂不很妙！

（原载于1927年1月21日北京《世界晚报·夜光·打擂特刊》）

征对

友人民哀君，前得一联曰“康南海吃长素”一时竟无偶语。因康有为别署长素，下联亦必如前语妙双关者。倘曰“南海圣人康有为，吃长素”，则愈加难对矣。民哀在沪征对颇久，无能对者。兹再宣布报端，阅者不乏明达之士，其亦能为记者代撷一聊否乎？苟有佳偶，当有薄酬。

（原载于1927年1月22日北京《世界晚报 · 夜光 · 文字因缘》）

孔家的三字主义

如今的主义，都讲究用三字来形容，以为很时髦，殊不知老早老早，孔老夫子，他就用的是这个办法。孔家的道法，在四书上有一大半。我们试找一找：君子有三乐，这是三乐主义。君子有三畏，这是三畏主义。君子有三戒，这是三戒主义。曾子一日三省吾身，这是三省主义。南容三复白圭，这是三复主义。偶然一说，便有许多，真是举不胜举了。

这还不算，因为他是说明白了的，我们很容易领悟的，此外暗示我们的，还多着呢。你不信，论语开宗明义，就是一个乎主义在那里。你听：学而时习之，不亦说乎？一乎也。有朋自远方来不亦乐乎？二乎也。人不知，而不愠，不亦君子乎？三乎也。这不是圣人告诉后生小子的三乎主义吗？

由此说来，三字主义，真是陈腐滥调，唔煞稀奇！唔煞稀奇！我们要从头做起，还是来提倡三乎主义罢！

（原载于1927年1月22日北京《世界晚报 · 夜光 · 趣之素》）

只剩得两行秋雁一枕清霜

云南附郭大观楼有一联，共一百八十字。对联之长者，当无过于是。

以意度之，堆砌郁塞必无足观。然细读一过生气流动，固自有议论也。其文曰：

五百里滇池，奔来眼底。披襟岸帻，喜茫茫空阔无边，看东骧神骏，西翥碧鸡，北走蜿蜒，南翔缟素。高人韵士，何妨选胜登临。趁蟹屿螺洲，梳裹就鬟云鬓。更苹天苇地，点缀些翠羽丹霞。莫辜负四围香稻，万顷沙鸥，九夏芙蓉，三春杨柳。

数千年往事，注到心头。把酒凌虚，叹滚滚英雄谁在？想汉习楼船，唐标铁柱，宋挥玉斧，元跨革囊。伟烈丰功，费尽移山气力。尽珠帘画栋，卷不及暮雨朝云。便断碣残碑，都付与苍烟落照。只赢得几杵疏钟，半江渔火，两行秋雁，一枕清霜。

上联不过如是而已，下联叹滚滚英雄句下，由汉习楼船至一枕清霜，一气卷舒，有意境，有魄力，诸多英雄见之，正亦不免昂头一叹耳。

（原载1927年4月16日北京《世界晚报》）

到来今雨轩跳舞去

报上说，中央公园来今雨轩，要加开跳舞。从这个礼拜六起，就实行开幕。在这阔人越阔，穷人越穷的北京城里，多添一个男女消遣所，那并不值得奇怪。我们所要说的，就是来今雨轩老板的德政，实在可钦佩哩。

北京可以跳舞的地方，不过几处外国饭店。他们的茶点，都是极贵的，邀两三个朋友去喝点咖啡，吃一点饼干，总要个四五元。像北京饭店，到了夏季屋顶花园去喝茶看跳舞还另要门票，实在太贵族式了，非真正的老爷太太小姐，谁敢前去哩？现在来今雨轩一开跳舞场，那就好了。以我们不会跳舞而论，花上几毛钱喝一点汽水，就可以一饱眼福，怎能不谢谢来今雨轩老板那愉民乐化的大德呢？至于会跳舞的，虽然阔人居多，当然也有外强中干的。而今有了来今雨轩，比到北京饭店，六国饭店去，也就省钱多了。而且穷小子，学会了跳舞的话，花钱不多，也有找女伴搂抱的机会哩。

大家来呀，到来今雨轩跳舞去！

（原载1927年4月28日北京《世界晚报》）

妙峰山娘娘又出来了

这又是上妙峰山，给妙峰山娘娘磕头的时候了。你在街上留心看，有些人，脸上晒得漆黑，如黑炭团一般，可是他头上戴着一顶瓜皮小帽，无论如何，总要插上一朵颤巍巍的大红花。这个花是妙峰山上戴来的，这就是香客回来的一种表示，值得在人前夸耀的。

我们虽没有上妙峰山，单看城里，这些插花游街的香客，也知道妙峰山的娘娘，威灵不小。不过有一层，在去年这个时候，我们并没有看见这种插花的香客，同时也没有一个人提起上妙峰山进香的事。至于妙峰山三个字，报上倒是有。不过是谈到那个地方，为贾马两团叛兵所盘踞。妙峰山的香火，也就为着叛兵耽搁了。

我要问贵娘娘，在那个时候，你是怎的不言？怎的不语？诸位，事到如今，天下太平，他又好起高来了，足见佛爷也是看风而转舵啊。佛爷倒了运，还有转佳的日子，何况是人？我劝上大连的那班大老，倒不会悲观呢。

（原载1927年5月6日北京《世界晚报》）

谁人不为己

“为人不为己，天诛地灭。”俗语中这有两句，我觉得乃是天经地义。我们不信，睁开眼看看，在家里坐的，在街上跑的，那个不是为着自己。就算是为大家利益均占，恐怕总也把自己能否不挨饿，能否不受冻，作为前提。由是言之，谁人不为己？若是这人说：我并不为己，那末，我们先请他饿两餐，成不成？

天下戏然个个都为己，这为己二字，是普通的，是大家所必需的，当然用不着去隐瞒。有许多人标榜着什么主义，说我无一点自私自利之心，这应该走上前去给他两个耳刮子。还要问他说：你为什么生成这样一副贱骨头，不去为己？然而真要打他，可委屈了他呢。

（原载于1927年8月5日北平《世界晚报·夜光》）

全班合演大锡壶

一日，予与友人戏数剧之五金名。甲曰花子拾金。乙曰银空山。丙曰铜网阵。丁曰铁弓缘。至戊，久思此锡字之剧名不得。已忽起而言曰：得之矣，全班合演大锡壶。众大哗，不知有此一剧，乃请书出之。已欣然提笔，书之曰大赐福，众又哗然，予亦轩渠不置。

（原载于1927年8月12日北京《世界晚报·夜光·趣之素》）

活　钱

北京人做工叫做活，理发也叫做活。但是普通的工钱，并没有异称，独是理发的工钱，叫作活钱，这却有些不可解。

若依理说：人不能不理发，理发给钱。理发的人，只要肯做工，这钱确是活钱，由此类推，似乎人生必需的工匠，他们所得的工钱，都可以叫做活钱。

活者，死之对也。什么钱是死钱呢，我想中国人所不需要的，就是满坑满谷的官，他们的薪水，恐怕是死钱吧？唯其是死钱所以灾官如此之多了。

（原载于1927年9月1日北京《世界晚报 · 夜光 · 趣之素》）

南腔北调馆隽谈（一）

——石和尚

安徽南陵繁昌乡下，到处有一种石和尚，放在田地里。这种石和尚，不但是赤条条无牵挂，而且比现在的裸体雕刻，还要难看十倍。异乡人到了这里，没有不叹为奇观的。可是习见者不为奇，当地的妇女，大概都目若无睹。

我曾问当地的人，这种有关风化的东西，何以不禁止？据说：这是制服旱魃的，不得不如此。因为父老相传，旱魃是个最会害臊的女子。看见这石和尚，她就要跑了。所以石和尚的形象，越不好看，越是厉害。田地里放着石和尚越多，越可以免除旱灾。我这才明白了，也可知道究竟吃饭问题是大，维持风化问题是小了。

可惜一班美术家，他们没有到南陵繁昌去过。他们若是去了，一定佩服内地的石匠，在美术上能为忠实地描写。而且他们的态度，也实在勇敢。

（原载于1927年9月25日北平《世界晚报·夜光·趣之素》）

石达开翼园匾额

——了不得不得了

石达开为太平天国一代名人，其逸闻轶事，人多能道之。最近失败之唐生智，日以石达开再世自夸，则石之为近人所崇拜，可知矣。

石达开受封翼王后，于府旁筑园，亦名之为翼。园门上有六大字匾额，乃是“了不得不得了”。其文者甚属可怪。时人以为石之意指成功则了不得，失败则不得了也。然石之意，果然如此。则似嫌显露。而洪杨知之，又岂能默尔。石为人本甚旷达，其意当系就园本身故作超脱之言。了不得，谓今日；不得了，谓园将来也。

幼时客南昌，居停主人李某，年八十余，曾在太平天国当兵，随征七八年，据云：忠王翼王，皆极爱百姓，求之清官中，亦不易得云。

（原载于1927年11月23日北京《世界晚报·夜光·记事珠》）

无情妙对

无情对，须两方面皆出于自然。如木已半枯休从斧，对果然一点不相干。工则工矣，上联大做作，又混账东西王八蛋，对纵观上下五千年，稍稍可矣，而王对五，又不工。以吾所知，则以旧诗一句对三国名，诚为绝作。其联如下：

公门桃李争荣日，

法国荷兰比利时。

（原载于1927年11月26日北京《世界晚报 · 夜光 · 艺海一勺》）

诗吟杜甫其三句

北京人家婚事，犹张喜联于门外。虽守旧，其事尚雅，不妨存之也。常见嫁女之家，有一联云：诗吟杜甫其三句，乐奏关雎第四章。关雎四章，人人所知，毋待于解。所谓杜甫其三者，当然为杜诗之第三句，无论此联之语气，通与不通，而杜诗之存者，在千首以外。所指之第三句，果何首之第三句？抑任何第三句都算乎？真不合逻辑之至者矣。

或曰杜甫客至诗，有花径不曾缘客扫，蓬门今始为君开一联。喜联所云，即花径字也，果尔，女家用之，未免过谑。为嫁女之家道破之，亦系一场功德也。

（原载1928年4月5日北京《世界晚报》）

广幽梦影

半亩槐荫，一丛竹影，小屋三间，虚窗四敞，闭门谢客，摊书静坐，未尝不是避暑胜地也。

万芦蔽天，一水成泊，榆柳数株，欹斜水草之间，亦覆萧疏入画。

明月一钩，淡云微抹，明星数点，依稀可数。此时水边瓜架间，当无纤尘染心曲也。

坐绿柳荫中，看人载满船西瓜过河，热气欲消，此予所实验，未经人道者也。

夕阳西下，沿堤行，看水中人影楚楚倒行，亦是乐。

月朗星稀，江空欲碧，挂帆夜渡，芦花满舟，真清幽世界也。

万花怒放，群蝶乱飞，日晴风定，一倚树干，当有春深似海之感。

芭蕉数株，叶大如屏，青叠翠，绕屋一周，开窗凉气扑人，须眉都绿。小楼一角，面湖而立。湖上多杨柳，对岸围来，直至楼底，远山一列，如云如烟，参差树杪，清淡欲无。夕阳西下，偶一倚栏，为人生最无可奈何之时矣。

黄花篱下，斜风细雨之天，纸阁芦帘，香消茶冷，奈何，清凄欲绝。

（原载1928年7月1日—2日北平《世界晚报》）

水

能宾先生：

像你这样，对贱名发生疑问的很多，甚至生朋友会面走来就问这一句话。我真苦于解释，其实这个恨字，是形容词，不是动词。恨水，亦如春水秋水，恨海恨石也。人家对恨海恨石，一概不生疑问，独对恨水发生疑问，我真不解是何理由。我为免除解释起见，本来想去了一个恨字，缩成一个水字，但在事实上，又有许多地方不许可。所以读者喜欢疑惑像先生一般，也只好让他疑惑到底了。

恨水拜白

附：来函

水是人要喝的呀，一天不能离的啊，为什么要恨他呀？恨水先生曷有以答我！

以水君要打倒水阀，一则曰君，尊之也；一则曰阀，深恶绝之也。何水君要打倒水阀哩？因为水君恨水阀之作霸也，因而要打倒他；因为恨他，所以要打倒水阀，不是吗？

能宾

（原载1928年7月25日北平《世界晚报》）

李莲英演黄金台

李莲英，雅善音律，能演山门伏虎别母惨睹等出。演京剧亦佳，能串须生老旦黑头，而黑头戏尤擅胜场，沪上名净刘寿峰，即其徒也。一日李串黄金台之田单，当查夜，猝见太子时，飞足踢灯笼，用力过猛，致灯笼飞落前庭，中德宗额，帝大怒，命笞四十鞭。李跪而哭，孝钦为之缓颊曰：此误伤也，当曲恕之。命叩头求主子开恩。德宗挥手命去，遂不欢而散。由是李深衔德宗，嗣后母子不和至戊戌，而有二次垂帘事，此辈亦与有力焉。

（原载1928年8月北平《世界晚报》）

不解之戏

歌台所演戏剧，不通不解者，书不胜书。仅就目前言。（一）《黄鹤楼》与《空城计》，既不见于《三国演义》，不解。（二）三闯辕门之际，诸葛亮已有长须，赵云则方当壮年，面目无须。及天水关时之孔明，髭须略花白，而子龙已须眉尽白，故容易衰老乎，然孔明乃心系王室军民之事集于一身，杖二十以上者皆亲视，其鞠躬尽瘁，更有甚于赵者，何两人之状貌悬殊，有如是之甚，不解。（三）天水关孔明收姜维事，而西皮原板中有“怕的是五丈原□□□”一句。岂孔明已预知，或云：戏场演武侯，有半仙之道。头戴纶巾，而用羽扇，自称山人。天下三分，尚能预定。何况□□生死。□尔，□□荒诞，□使此说为信，亦不应泄漏天机，不解。（四）临江会演关公侍从玄德过江赴宴，而剧场上有时不用关公，而扮张飞，究竟孰是，不解。（五）《武家坡》与《汾河湾》，一演薛平贵回窑，一演薛仁贵回窑，情状相似，词句仿佛，究竟先为何本，不解。（六）《红梅阁》中慧娘入书房与裴生相会，必拔头上之针，以拨开门闩。但慧娘已为相爷所杀，早成鬼物，夫鬼之往返，飘忽自如，门户安能阻其进退，何以不惮烦劳，亦效人之所为，不解。（未完）

（原载1928年10月25日北平《世界晚报 · 夜光 · 菊部丛谈》）

这三炷香

献长安戏中，二夫人在花园进夜香，有云这一、二、三炷香如何如何。说者以为此事本于西厢。因莺莺拜月，有此云云也。但南唐冯延已所作《长命女》乐府，则早有此语。其词三：

> 春日宴，绿酒一杯歌一遍，再拜陈三愿。一愿郎君千岁，二愿妾身长健，三愿如同梁上燕，岁岁长相见。

似此，则《西厢》亦有所本矣。近人作文，不必处处学古人，但我所言者，多半为古人已言之，后出则不免为模仿。袁子才曰：不生古人前，偏生古人后，有以也夫！

（原载1928年11月16日北平《世界晚报 · 夜光 · 艺海一勺》）

明日之田中，失败的非英雄

我在平奉车上，很是无聊，曾拿了一本戴季陶的《日本论》消遣。这一本书与其说是日本论，不如说是几个日本政客论，所以我对于这位日本通的大著，有些不满意。不过他论田中有几句话，极是，《小月旦》里，大可以拿来用用。

他说：昨日的田中，是要去干。今日的田中，是不能不去干。他又说：日本近代史上，有许多失败的英雄。可是田中呢，将来一定是一个失败的非英雄。只这几句话，把田中说尽了。田中对国内，一认错就倒，对中国一认错，就无以对国内，对世界一认错，就无以对中国，于是只好错到底。这样拙笨的手腕，岂能不失败，岂是英雄。所以明日的田中，乃是失败的非英雄。

（原载1928年12月23日北平《世界晚报·夜光·小月旦》）

试看明年之时历，竟是谁家之天下

日历撕完了，民国十七年完全过去了。照着我们新闻记者的老套头，又该说几句应时的话。在今年这个情形之下，换了青天白日旗过年，当然可以是有词可措。但是我的意思，莫如在年说年。

现在不是提倡新年，废除旧历年吗？但是我以为旧历年传下来几千年，印象到民众脑筋里去太深，恐怕不是这十七年根底的阳历年所能挫翻。就是推翻，也不是一蹴而至的事。与其说是马上推翻，莫如说是自今为始。就是说开始，恐怕都谈不到呢？何则？因为阴阳合历印刷品，如日历，历书，月份牌之类，却真正在开始宣传呢？不信，试看明年之时历，竟是谁家之天下？

（原载1928年12月31日北平《世界晚报·夜光·小月旦》）

买菊的研究

我年来除了电影场消费而外，便是以下几样嗜好，都有同等力量，听戏，吃小馆子，买花。现在又是菊花上市的时候，我们嗜爱摆花的北平市民一定关心这件事，提出来谈谈，倒也是样投机的文字，而今先谈关于买菊花的。

[甲] 选种

在八月尾上，市上就有菊花秧子卖了，卖花的，也会在秧子上标下许多金金玉玉的名字。但是，那是绝对靠不住的。你若是对于花贩子没有三年两载的交情，切不要在这时候去买，免得上了当。及至花上了市，我们然后可以因自己的嗜好，分别去选择。其选择法如下：

（一）花头千万不可求多，以两朵为最妙，三朵也好，其次是一朵的了。四朵以上，就怕长得乱蓬蓬的，两朵花，一高一低，一大一小，最能掩映生姿，带些画意。三朵花，照例是品字形，或倒品字形朵得一小二大，或一大二小，三朵一样大，那就不好。一朵的花，花身须矮花盘须大，方好看。否则旗杆上顶灯笼，未免难看。

（二）菊花类别有几千种，现在要指出哪几种好，当然是不可能的。

大概的说，以瘦，秀，奇三字为标准，总不会错。不过要注意的，瘦字，并不是说花不许茂盛，乃是指不得臃肿而言。譬如瓣子细的，尽可重重叠叠，瓣子宽的，就以七八片以至十片为宜，多了就失菊花的本质了。

（三）买菊花，不仅是看花头而已，叶子也最要紧。瘦的花，配上肥大的叶子，或丰满的花，配上零落的叶子，都不好看。至于枝干直要瘦而有劲，曲要跌宕生姿。

[乙] 买货

自从重九以后，大街小巷，天天可以听卖菊花的声音了，但是这种沿街叫卖的菊花，一本五六个头至十几个头，乱七八糟，简直不成东西。虽然贱的有几枚铜子就可以买到，然而买花，是种雅事，决不应该凑合，没有钱，宁可不买也罢，论到买菊花的市场，各处庙会都有，东城隆福寺好花不少，不过价钱太贵，大概也是那里有钱的主顾太多，抬起来了。以我的经验而论，大概以土地庙的花，种也多，价钱也公道，一毛钱，往往可以买一盆很好的花，此外其他几处庙会，花少，价钱也不贱似土地庙。中山公园，每年也有花卖，不过真好的，却是非卖品，普通都二毛一盆，不带脚力，这不能算贱吧？

[丙] 供养

供养菊花，本不应放到文艺一文之内，因为有数事颇有点关联，也不妨说说。胡同里叫卖的菊花，枝干虽极恶劣，花头也有很好的这种花，不过六七枚铜子一棵，一枝有花六七朵，截短取长，折了供在花瓶里，计亦良得，但是此处有一件事要注意，就是菊与落瓣之花不同，菊的叶子先凋敝，而花次之。欲免此，瓶里的水要装满另加白糖一撮于瓶中，隔一二日，沥水于叶上，这样，叶子也可经久不坏。不然，你到花场或花厂去买插瓶菊花，往往要一二毛钱一把，还不见得好呢。

（原载1929年11月6日、7日、8日北平《世界晚报》）

公园购菊记

记者前数日，因述买菊花，曾附及中山公园出产。而吾文有与事实恰相反者则今岁公园菊花适大贱，乃非吾初料所及也。近一旬中，除观影外，恒少出。八日天气晴朗，因忆今岁公园菊花，尚未一观，遂驱车往。至则门首大书一木板，菊花陈列唐花坞（即玻璃房）。盖往年陈列社稷坛正殿，今已改为中山堂，不得不迁地为良矣。予入花室中，见群菊成堆，他花几完全摒色。壁上张有菊花价，除大桶大缸外，其他概售五分至二角，且连盆在内。以花市比较论，实不能再廉。惜予来已迟，半已花事阑珊矣。予徘徊久之，挑选一尺盆十盆，又大盆二盆，共不过价八毛，其中有并头莲六郎面两种，往日均可值四五毛，今不过售一毛五耳。唯花减价搬力则不稍减，每挑四盆，至舍下（未英胡同）脚力四毛，吾乃商量用车推，十二盆花，亦共脚力三角，若少购，则不合算矣。

（原载1929年11月10日北平《世界晚报》）

麻雀探鹤病

鹤病于笼，呻吟若不胜情。笼固巨如小屋，围以槛。麻雀从槛外过，见其中鳅养于盆，（鹤料之不可少者）菽储于匣，而鹤乃视若无睹，欣且馋焉。麻雀之一较黠，从槛隙飞入笼，愀然曰：吾伟大而清洁之友，病乎？鹤点首然之。麻雀曰：君太枯寂矣，吾拟召吾族，歌舞以娱君，君许之乎？鹤未语，此雀即狂呼其伴。未既群雀纷纷入，相与环鹤之左右，既歌且唱。其音虽不佳，而舞则至酣，鹤顾而乐之，几忘其病。日暮，群雀陆续去，起视菽匣，则空无余粒矣。鹤愤然曰：群伧利吾食耳，果为恻隐之心而娱我哉？吾受欺矣。明日，鹤仍病，匣中亦未添菽，麻雀纷纷从槛外过，方立孔雀笼上，为孔雀屏作赞美之歌也。

（原载1929年11月11日北平《世界晚报·夜光·寓言十九》）

冬日盆景

冬居寡出，唯作卧游。卧游之法有二，即挂画与养盆景也。我非艺术家，不敢言尽，兹略言蓄盆景之法。

冬日盆景，约为晚菊，梅花，迎春，碧桃，天竹，洋绣球，西番莲等。以上等花以瓷盆栽之最宜，既雅观，又免日日灌水。大抵瓦盆养花，至少须二日浇水一次。瓷盆则可四五日一浇。盖浇水过多，非烂根，即不免将花催谢也。浇水量，视花之大小而别，标准只以土潮湿为止，不可使成烂泥。此外，如晚菊天竹洋绣球，须喷水沫，除叶上浮尘。因叶过垢有损美观，亦碍于花之发育也。

（原载1929年12月28日北平《世界晚报》）

诗　中　趣（一）

古人谈趣诗者多矣，吾人把笔一思及此，便觉不免炒古人剩饭，故非老醋作哥伦布亲自发现者，不敢引以为趣也。

吴佩孚在山海关失败后，遁迹黄州，常有诗发表于南北各报。常忆其有句云：“修到梅花常多事，为谁辛苦去调羹。”寄托遥深，实是佳作，盖杨云史代为之也。吴本人之真笔，吾只记得一句，乃吴由平汉南下往征革命军所作。其诗云：“坐罢火车上火船”。火船，指兵舰也。吴固以叠用两火字为妙句耳。

吾游苏州留园，偶登厕，见粉壁上大书曰：“半日相寻遍，那妨臭得凶，进来两足快，出去一身松。”读其诗，卑之毋甚高论。然游客有方便事者，亲此必为之一粲矣。

“书画琴棋诗酒花，当年件件不离他，而今七字皆更易，柴米油盐酱醋茶。”诗见随园诗话。半瓶醋斋友人，有反其意者云：“绸缎绫罗葛布麻，新衣件件作凭他，开门七字何曾管，梳罢油头叫买花。”亦后不弱原唱也。

（原载1930年1月10日北平《世界晚报·夜光·半瓶醋斋》）

诗　中　趣（二）

十七八岁时，颇涉于狂放，对人辄好言诗，不自知其陋也。然亦有信手拈来，遂成妙谛者。冬日，寓浦东，四友大被联床，晚间且谈且睡。睡不寐，各欲方便，床下有虎子二，互相传递，不期其满，予因得句曰：“虎子奈如何，天寒尿更多。”一床哗然，而亦卒未成章，十余年来，未有此乐矣。

联句不逢敌手，便是活受罪，常于乡间席上，逢二三村学究，必欲作诗，于是推一年长者起句。年长者且思且理其须，得句曰：有茶有酒过东家，皆仿自无花无酒过清明也。然尚通。次及一秀才，秀才颇自负，略一思之联曰：一桌才人乱似麻。秀才之在座，正为一麻子，麻子怫然曰：先生何故以麻字入诗？秀才亦曰，麻字何故不能入诗？乃以“把酒话桑麻”为许。且曰：此麻字非指人有疤痘也。纷辨久之始已。三及一村先生，因不必落韵，且已经时甚久，甚易得，因曰：丰盛八盘鸡鸭肉。举座又大哗，谓桌上并无鸭，最后秀才谓诗人撒谎，并无关系，乃嘱第四人联之。第四人因此系七律颈联，须与上句相对，百思不得。谨谓可以花字瓜字落韵而已。终席大众沉思，郁郁不乐，而卒亦不得，三日后，彼欣然相告，谓已得之，则新鲜三碟菜蔬瓜是，予笑颔之。彼去后，予乃为对若干句，有“溜酸几个老翁爹”七字。盖乡人以某老，某翁或某老爹为尊称也。然而此诗千载悠悠，亦终半首而已。

（原载1930年2月2日北平《世界晚报·夜光·半瓶醋斋》）

小说中之兀字

前有友人致函相问，谓仆之说中，喜用兀以代忽字，知读《水浒》烂熟。然事有不尽然者，敢举一知半解，以供研究。

兀，颇似北人所读之物字，落目韵。词源中收此字，以为系语助词，元人词曲多用之，亦未尽其义，就愚在小说上所看来，宋代京本通俗小说中，即用此兀字。如《碾玉观音》中，“兀自来到家”是。《大宋宣和遗事》中，亦有此兀字，如写高平章至李师师家，“女奴来报，兀的夜来那个平章到来也。”似宋朝人说话，此兀字为通常应用语也。

兀自，犹言“犹自”也。《水浒传》中，多半做如是解。兀的，则于本文语气中，亦有“犹自”，“依然”之意，唯不甚明显，不敢附会古人意思。至元词曲中，如“兀的不是……某某来也”，等等，则兀的又有与来也牵连之处，其义仍不可解，唯如做忽然之意，不如做“那里”解较觉近似耳。

所谓京本通俗小说，其年代分明在南渡之后，京应为今之杭州，而非开封之东京，亦非洛阳之西京。故文中之俗语，袭汴洛遗音，杂南方语气，不能纯粹。而平话本，又不免为说书先生底稿，甚至杂入市井话，以求人之了解。如吃酒，京本通俗小说，均做喫酒。不是平常，则作“奢遮”。喫与奢遮，《水浒》亦同也。《水浒》成于元初，元去南宋未远，则宋人用兀，元人亦用兀，在平话文字，为当然可通之事。至近人用此字，本可不必，唯系一种习惯，下笔之时，偶不留心，即为羼入，实未尝有意。盖好涂鸦小说者，未有不读小说之理，亦未有不受先代小说影响之理。为免除读者疑惑起见，最好是不用耳。

仆颇有心研究唐宋小说，以穷小说之源。苦于学识浅陋，而家中又缺少可读之书，只得空具此宏愿。因友问及兀字，乃连琐成为此文，读者进而教之，固所拜嘉也。

（原载1930年2月3日北平《世界晚报 · 夜光》）

何不读《水浒》

予寻与客论小说，推《水浒》《红楼梦》为此中巨擘。而客更又为之批评曰：《水浒》起得好，《红楼梦》收得好。言外之意，若谓《红楼梦》起得不好，《水浒》收得不好也。吾昔日亦常研究稗官家言，则客之批评。初不得认为非是。唯予对《水浒》收得不好之点，颇有所感。起改《水浒》之金圣叹相对，吾言如是。起作《水浒》之施耐庵相对，吾言仍如是也。

人谓《水浒》之收得不好者，以其不该坠下一块陨石，上列一百单八名之星榜也。但吾亦仔细思之。不是施耐庵收得不好，乃是施耐庵布局布得不好。更不是施耐庵布局布得不好，乃是形势所趋，不得不如此也。试思一部大书，将一百单八名好汉，零零碎碎，陆陆续续，一一置诸水泊，而其毕事也。乃不为算一篇总账，乌可得乎？此一篇总账，出之于论功行赏乎？非其地也。出之于安排一番乎？固已行之数四，而秩序不能一一详列也。出之于一一死却之乎？而又太费笔墨，且无此理也。无可如何，只得如此，于是以星榜结束之矣。

俞仲华作《荡寇志》，指星榜为宋江伪托，以为施耐庵写宋江奸诈，向不说明，此亦例也。施耐庵之立意是否如此，吾不得而知之。即俞仲华能为施耐庵解一层束缚，施耐庵之立意，是否如此，当亦不得而知之。然施耐庵或已明知收得不好，不能不如此，则必然之势也。何以谓之必然之势也？曰：树高干大，枝叶蔓生，有以致之也。吾以为如施耐庵者，秋郊野马，电掣风驰，力尽筋疲，犹收得住，放得下，而更余韵锵然，犹是好手也。使他人处此，不知所可矣。

（原载1930年2月18日北平《世界晚报·夜光》）

干将莫邪虞缺折

善泅者，死于水，善猎者，死于兽，善剑者，死于斗。此事骤然言之，若于理甚悖。然按之人事，则固彰明较著者也。盖愈言技能之人，则其自信力愈深。自信力愈深，则为事愈无所忌。人而至于无所忌，则摩顶放踵，悍然莫顾，赴汤蹈火，有所不辞。其前途之危险，顾可以意测乎？

马之善驰者如乌骓，可以无往不前矣。然古人之歌有云：时不利兮骓不逝。剑之利者如莫邪，可以无坚不摧挨。然古人之诗有云：干将莫邪虞缺折。故恃才傲物，天下之大患也。今人常举拿破仑之言告人曰："难之一字，唯愚人字典中有之。"吾以为不然。人可以不畏难，不可以不知难。当拿翁盛时，风云叱咤，目无世界，而其结果，则偷生荒岛，抑郁以终，正坐不知难之病也。朱柏庐曰：一粥一饭，常思来处不易。左传曰：蜂有毒，况国乎？吾惜拿翁之未闻是言也。吾以为人于智识技能，必有两个阶级：我不知，谋所以求之，我不能，谋所以能之，此第一步也。我知之矣，设法不竭我所知；我能之矣，设法不竭我所能。此第二步也。今人大抵于第一步，均竭力赴之，至第二步，则无有计及之者矣。

干将莫邪虞缺折，我愿以此言告之普天有才有力者！

（原载1930年2月19日北平《世界晚报 · 夜光》）

秉笔曲书

孔子作《春秋》，而乱臣贼子惧，故兴风作浪，胡帝胡天之徒，无不惧文人，从来文狱党祸之兴，盖有由然矣。然天下事，往往利害相衡。文人毁可畏惧，即未尝不可利用。因彼之所可惧者，不过为其秉笔直书，若势迫利诱，使之秉笔曲书，则可惧者可喜矣。

明洪承畴，既为清人所俘。京师大震，争传洪已殉难。于是朝廷恤之，崇祯帝亲制诔文以祭之，人民敬之，戚族朋友哀且钦仰之，说者固谓载之竹帛，永垂不朽矣，既而死者不死，更以降胡闻，因之恤者变而为恨，敬者变而为忿，哀且钦仰者，亦无不变而为怒且笑骂焉。其家人呼天抢地，表扬忠烈之讣闻，昔所引为传之不广者，今则恨不能一一收回，拉杂摧烧，不留片纸只字矣。明社稷无，洪复莅京师，虽衣冠尽变，而丰厚依然。又若干年死于官，时则为满清之功臣也。至是家人二次为哀启与讣闻发生大困难。置明之事迹不言乎？官何自来？置清之事迹不言乎，势且得罪。于是代为撰述者，乃两存之。洪之家族研究再三，终以为无以盖偷生叛明之耻。遂扬言有能为洪作哀启者酬二千金。有文人某，取原作略观之曰：此已可，但少十四字耳。遂于文中洪所以自述降清之处提笔加两句曰：杀吾君者，吾仇也。杀吾仇者，吾君也。其家人读之大喜，倍酬而谢之。

如上一事，洪且为亡明忠臣，直奇文也。吾故曰：秉笔曲书，则可慨者亦可喜也。

（原载1930年2月20日北平《世界晚报·夜光》）

何惜金针度人

吾国文化上之一大阻，莫过于艺术秘密之旨。古人之时曰：鸳鸯绣出从君看，不把金针度与人。此言也，充其理，可使世界一切学问，皆等于《广陵散》绝。而言之者诚未免胸襟窄小且患短视也。盖吾所绣之鸳鸯，果使针线灭迹，神妙绝伦，自属绣到化境。而我之所以绣到化境，亦属日积月益，久学使然，绝非一蹴即至。是人欲学我，望到化境，仍非易易。即人皆学我可到化境，亦无几人。由是言之，我之绝艺，初不患其遍传而滥为平常之物，且艰深曲折，正亦未必能遍传也。然则果何惜以金针度人哉？

此犹就人之自私自利而言也。反之，人宝贵其所学者，必不愿所学自我而止。使发明文字者，顾人止于能蝌蚪文而止，则今日一切古人词诗，可无有也。使发明图画者，愿人止于能八卦形而止，则今日一切山水人物，可无有也，不把金针度与人，此特雕虫小技之徒，管窥蠡测之谈耳。人而是圣贤，是英雄，岂特已把金针度人，实乃将千秋万世普天下人一一而度之也。且果能将千秋万世普天下人一一得而度之，更愈足见圣贤英雄之伟大矣。夫今之能文者，孰不贤于作蝌蚪文？今之能画者，孰不贤于作八卦图？而对造字之仓颉，画卦之伏羲，决无敢嫌其平常凡庸者。此何故？岂非以吾人所知，正赖古之所谓艰深，今之所谓凡庸者，有以启迪之耶？

吾国之能一技一艺者沾沾自足，虽恐为人得其所学。卒至人亡艺亡，艺亡而名亦亡。非徒阻碍文化，对自身亦无益也。噫，吾安得以此言与有所学者，一一商榷之耶？

（原载1930年2月21日北平《世界晚报 · 夜光》）

学说之时代问题

一时可随乎？则随波逐流，举世以为无耻矣。时不可随乎？则好恶异人，举世以为矫情矣。昔有人为孔子说者，谓其生于封建井田之时代，既谈封建井田，使其生于飞机潜艇之时代，亦必谈飞机潜艇。在其意，不过卫护孔子圣之时者也一语。然吾人根据“适者生存”一语做去，则时有可随亦时有不可随。孔子既有无可无不可之言，以彼之聪明，又安知彼生今日，果不能如卫护者所云乎？故孔子之学说，不能谓毫无触于今日。然谓其无一毫存在之价值，非平心静气之言也。

此又不但限于孔子为然也。以今日之眼光，而驳古人之学说，则昨是而今非者甚多，顾昨非而今是者，亦比比皆是。吾人将执一论曰：今人所主张皆是，昔人所主张皆非。是以今古论是非也，非以是非论是非也。以此言而定是非，已先隔于无是非之地，焉得有是非之别哉?

时代，即今所谓潮流也。以适者生存之说而顺潮流，吾诚无说。若以顺潮流即概括地为反古运动，吾恐亦真未解潮流是何物，直是随声附和而已。学说思想，非叫嚣跳跃可加评判者，亦非人云亦云可定取舍者。若于此而未尝置意，根本失去研究与批评之地位，况强论今古是非乎？然则何以趋时？吾曰于“适”之一字上做去。学说发生之时代问题，不足论也。

（原载1930年2月22日北平《世界晚报·夜光》）

燎　原

关尹子曰：勿轻小事，小隙沉舟；勿轻小物，小虫毒耳；勿轻小人，小人误国。能周小事，然后能成大事；能积小物，然后能成大物；能善小人，然后能契大人。其言何其浅而意深也！大概古今天下灾难之成，不在于巨敌当前，而在于养遗患。所谓多难兴邦，星火燎原之一事。

秋谷登场，小窃滋多。农人二三，携被夜出，守于草堆之一旁。秋原莽莽，草虫争鸣。即刻不能成寐，则敲火石，燃纸煤，吸旱烟袋。闲话消遣。一人偶不当意，吹烟灰一粒于草堆旁，意以灰冷尽，听之亦殊无妨，便不过问。他人于星光之下故未见之，且方谈薛仁贵征东，三箭定天山，谈兴正酣，亦不虞目前之有他也。既而各人沉沉入睡，烟灰已由燃稻茎数十根，蔓延至于草堆。草堆之旁为茅屋，茅屋之旁为竹林，火势既兴风又大起，于是草堆燃茅屋，茅屋燃竹林，天红一片。守稻场者奔走呼号，努力求救。前后村庄人民蚁聚一处者，远千数百人，镣钩水桶，铛勺绳索，百物并举。集若干之人，费终夜之力，而初少杀，听其逞威而去焉。当烟灰方落草茎上时，农人略一费举足之劳，可于鞋尖上了之。乃仅以十余秒钟之怠忽，造此恶结果；则小事之不可不注意，真有如关尹子所说者矣。夫小事犹如此，则如何对于小人，何待辞赘焉？

（原载1930年2月24日北平《世界晚报 · 夜光》）

真才不露相

天下好举所有以炫人者，则其所有必不多，此证之事实，历历可指也。田舍翁多收十斗麦，欣慰之色，油然出于心，勃然现于面。瓜棚豆架之间，与二三老农闲话桑麻，必含笑搓手，踌躇满志曰：吾今岁劳碌颇值，供三餐外，且有余蓄矣。至田亩连云之巨室，仓库充盈，收获不可以数计。太平之日，既恐乡里之贷借；离乱之日，又恐盗贼之掠夺。故其所有若何，不但不愿举以告人。苟非知其景况之人，彼且故作苦容对人，不曰天时不佳，即曰人事多故，极欲闻者知其无以异于常人。若略有盈余，固不足挂齿矣。故先哲曰：大智若愚，大巧若拙。非充于内而必洁于外也。所以然者。因能厚于智，而始知智或有不足；因能达于巧，始知巧或有不逮。有智不露，有巧不显，正所善保其智，善蓄其巧也。

古之善将兵者，莫如韩信。彼曾明白告人，多多益善，是亦天下之大勇矣。然其未遇时，好佩剑。有无赖揶揄之曰：尔能杀我，则杀我；不能杀我，则过我胯下。韩不欲以一时之斗狠丧其终身之事业，则果俯首而过其胯下。是亦善保其勇者也。设韩氏挺剑而起，果杀其人，则与一匹夫偿命矣，安得为汉家创业乎？

俗言曰：真才不露相，良有以也。

（原载1930年2月25日北平《世界晚报 · 夜光》）

顽石点头

幼时游虎丘，见有一人立而向前略俯之石，上镌点头石三字。问之土人，乃生公说法，彼曾聆之而点头者也。此无稽之谈，无待理驳。但传此说者，则吾所服唐。彼非寓言讽世，亦世之伤人心人语，所谓顽石点头，不但不必问其果点头与否？亦且不必问有无此顽石。后之人穿凿附会，因此事而立此石，因此石而有此名，则亦姑妄听之。盖如银汉浮槎，作笑谈取乐可耳。

然则古之人曷为而倡此说也？曰：愤于世无解人，借顽石以骂世也。其意若曰：生公欲说法，无可与言者，唯聚顽石言之耳。生公果说法，世无能解者，唯有顽石解之耳。事至举世不能解，顽石犹能点头，则人之冥顽不灵，其程度奚似？真骂煞世人矣。此犹就事论事也，据吾观之，不但无顽石，事实上且无生公。古今天下怀才不遇，望天而号，抱膝长叹者，皆生公也。奚必托迹槛外，倡玄虚寂灭之说者，始为生公哉？古之孤臣孽子，逸士骚人，万不得已，寄情于风月，即以风月为知己。万不得已，寄情于花鸟，即以花鸟为知己。彼风月花鸟，虽不必即能受知己之托，而对孤臣孽子，逸士骚人之所咨嗟凭吊，歌咏流连，亦绝无相率避免，而引为不堪者。是在片面观之，即认其默承已，亦无不可也。非然者，误引不知己之人以为知己，恐非不足知己而已，且对我之所言所行，特加以非难，宁不大为懊丧哉！是寄情风月花鸟，是聪明不是痴情，自谋不是逃世。生公对石说法，亦犹是耳。

花如解语真无奈，石不能言最可人，若生公者真解此意矣。

（原载1930年2月28日北平《世界晚报·夜光》）

与俗人言只点头

幼读《随园诗话》，见其叙人落第诗曰：也应有泪流知己，只觉无颜对俗人，甚叹甚佳。以为寥寥十四字，固已写尽失意人情况矣。后又读人述怀诗曰：为知己死甘流血，与俗人言只点头。则愈觉其立言得体。同一用知己与俗人作对，此所以应付俗人者，既不得罪，而在我更无所宽心，实为大彻悟大解脱之言。彼以落第而无颜见俗人者，惜未及读此诗，苟得读之，当亦爽然若失矣。

尝见自好之士，清介自负，偶然伤感俗事，遂发长叹。旁有伧父，以其好恶不随时向。发问质之。士人欲伧父得悉其理也，遂不惜抵掌高谈，洞言其故。而伧父自笑存之，不但不信，且举时好以相难。于是解者自解，驳者自驳，终至面红耳赤，舌敝唇焦，而无法得一是非之定点。甚至饱受伧父之冷嘲，热讽，终乃拂袖而去。世固有一小事之辩论，至懊丧终身者，则甚矣与俗人计较之无味也。

吕东莱尝曰：我本华泰，人以我为丘垤，与我何损？我本丘垤，人以我为华泰，与我何加？是真所谓看得破，带得过者。反之，则自扰而已。盖能识华泰者，决不誉丘垤为华泰，仅知丘垤者，即华泰亦不免当作丘垤。是毋待于争，不是而争且无益。则吾人又何必与不知我者较哉？是故持身涉世，不与俗人言最佳，万不得已而与俗人言，则唯唯否否，大可唯俗人之言是听。世有未能免俗者乎？愿以此言之。

（原载1930年3月1日北平《世界晚报 · 夜光》）

李 秀 成

千古无一定之是非，即千古无十真之历史，试以吾人一二十年中所闻者论之，已可知矣。十五岁以前，民族思想未兴，闻人谈及太平天国事，则恒曰：长毛造反。其所以叙述洪杨之残虐百姓，甚于流寇。即在吾人，亦不免自幸曰：幸后长毛而生也。十五岁以后，民族思想渐兴。闻人谈及太平天国事，则改曰种族革命。其所以叙述洪杨之宽宏大量，竟高比汤武。而在吾人，又不免太息曰：惜太平天国之不能成立也。其实太平之军，原不无骚扰。即在清军，又何尝能禁掠夺。吾乡为洪清军队久战之场，闻诸父老，固知双方有时使闾里为墟，有时亦同样能出示安民也。

传闻李秀成被擒时，曾国荃憾四十余日围攻之力，短衣握锥，独身走出，向李股上直刺。其从容笑顾曰：老九，何为如此？各人做各人事，生什么气？只此数语，可见李为人，不同凡俗。说者谓李欲以一人为太平天国支危局，若西蜀之姜维，当不虚也。曾国藩对李及石达开，均甚惋惜。杀李后，厚葬之。民间闻李死，私焚冥钱，终日烟火相望，灰积如阜。如此，李对人民之感情，又可知矣。彼曾左以下，能博得人民如此怀念者，有几人耶？夫李，固曾左所谓大逆不道者也。故吾曰：千古无一定之是非，千古无十真之历史。

（原载1930年3月2日北平《世界晚报》）

食古宜化

读画贵能独具只眼，而勿为古人所欺，虽圣经贤传，不妨作如是观也。论语“民可使由之，不可使知之”。言为时彦所病，以属于愚民政策。而识者以为不然，乃属朱子标点之误。应改如下：民可，使由之；不可，使知之。或曰：民可使，由之。不可使，知之。一字不移，只加两逗点，便有画龙点睛之妙。起仲尼氏而问之，亦必点首称是也。又乡党之篇：虽疏食菜羹，瓜祭必斋如也。而向来读者，以瓜作必，读为必祭，必斋如也。近人颇悟以瓜作必之非是，乃改其句读如下：虽蔬食菜羹瓜，祭，必斋如也。盖古人七月荐瓜，书中瓜字，正与蔬食菜羹，同等并看，朱子等自作聪明，改瓜为必，正其数典忘祖也。

吾述至此，更有一谐谈，可附述之。昔有书生赴童子试，年逾不可畏一节。原文为：子曰：后生可畏，焉知来者之不如今也。四十五十而无闻焉，斯亦不足畏也已。宗师拍案称绝，卒令入泮。此虽滑稽不经，非绝顶聪明人，不足解此。而读书必如此老童生，方能解到民可使由之之误，方可知瓜与蔬食菜羹之同等。葫芦依样，食古不化者，未足以语此也。

吾因见近日学生作文好在图书馆中作录事，出而夸其富，因录此以示之，非无小助也。

（原载1930年3月3日北平《世界晚报 · 夜光》）

孟尝君客

孟尝君好客，王安石讥以鸡鸣狗盗之徒，出于其门。鸡鸣狗盗出于其门，是鸡鸣狗盗之雄也。王以孟尝君之不能得士，不能有为者在此。予以为不然。夫孟尝君政治家也，非教育家也。孟尝君养士以谋国也，非集士以陶镕人才也。既在养士谋国，则竹头木屑，都为有用之才。鸡鸣狗盗之出于其门，又焉足以少之？至王论得一士可以制秦，此为另一问题，不得将鸡鸣狗盗，混一言之也。且即以教育家言，从来即有“有教无类”之说，孰能全取英秀人才而教之？王安石当政，取古法施之于宋。食古不化，老苏指为大奸。读王氏此论，知其政治手腕有限矣。

英俊之流，不无所短，愚拙之流，又不无所长。善用人者，在去其短而取其长，效用是著。天下安得若干全才，一一留吾备用耶？人生师徒之间，孰优孰劣，可以不言而喻。然仲尼之与其学生也，志意不立子路侍，仪服不修公西华侍，礼不习子贡侍，辞不辨宰我侍，忘忽古今颜回侍，节小物冉伯生侍。彼为人师，而犹借学生以自励，则可知他人一得之长，苟有可取，即当取之。年龄不足别也，长幼不足序也，阶级不足分也。孟尝君好客，卒未能扬齐而抑秦，诚非孟尝君好客本愿，然孟尝君之知名，而且得以脱于虎豹之秦，终亦好客而能取人一技一艺所致也。若王安石之说，只好于朱程之门，一谈空空泛泛之王道，若以言研究养士，则惑矣。

（原载1930年3月6日北平《世界晚报》）

葫芦使者

事之用力省而成功便者，莫如热煎铛蛋，上风散香。然铛之与蛋，风之与香，初实未尝置意。特煎者散者，利用其余势而已。尝乘小船由湖口入长江，大风西吹，舟阻十日不行，芦洲系缆，苦闷煞人。偶见巨舰东下，鼓轮如飞。因作幻想，若得劲索十余丈，端系铁钩，待轮将近，掷索遥中，钩其轮尾。则如悬金钱于流星之末，毫不着力，听其带去。与舟中之人抱膝船头，相与谈笑大呼，不亦快哉。不终朝，舟抵安庆矣。而此种办法，敢言巨轮无所痛痒，感于其中也。

依人成事，固自好者所耻。但因势利导，与人无损，与我有益，又何乐而不为？幼时闻一故事云：山上山下，各有一隐士。山上者有一大葫芦，山下者有一鹤，山上隐士出，必带葫芦，若山下隐士出，必带鹤也。山上隐士门前有一溪，直通山下之池内，池与溪作螺旋形，山上有大物流下，罕得脱也。山下隐士若邀山上隐士，即遣白鹤请之，山上隐士欲邀山下隐士，则非得樵薪采药者下山之便，无法可施。故山下隐士之有鹤，颇足已自傲，山上隐士惭之，谓葫芦曰：汝之与我，诚不若鹤于人之有用矣。葫芦默然，初无所辩。一日山上隐士在溪中洗葫芦，葫芦脱手而去，直流至山下隐士之家。山下人以此为山上人宝物，自池中捞起，亲送上山。山上隐士忽大悟，笑曰：以后我欲邀君，不患无小使可差矣。

此事殊足一噱，然而图省力成功者，不可不慕山上隐士之法也。

（原载1930年3月11日北平《世界晚报》）

靠　人

中国境内之土地庙，有井水处，即可得之。以此而测国人之迷信，可想见也。然土地庙既星罗棋布，成为物多则贱之例，殊无尊视之者。村镇城市之有土地庙，盖点缀物而已。闻邑人言，某村有一土地庙，破坏特甚，土地婆之偶像断一足，侧靠于土地公之身上。某狂士见而笑之，题词一阕于壁曰：墙损壁倒，满院生青草。婆婆醉向公公靠。公公道：你休靠，俺这里自身也难保。村人见之，以为土地显神，各大惊异，于是捐金塑像，鸠工修庙，焕然一新。昔之鸟粪鼠矢相熏袭者，则一易为香烟缭绕矣。某狂士重过庙门，大笑，复书一阕于壁曰：墙垣修好，龛下香烟绕。公公对着婆婆笑。婆婆道：你休笑，你那里一般把人靠。村中有省得士人笔迹者，为之嗒然若丧。土地庙香烟又荒落焉。隔村有恶绅，虎而冠者，因其结交官府。莫敢撄其锋，闻狂士两词，忽大觉悟，遂一变而为慈善家。狂士之冷嘲热讽，为奉不难。恶绅之立刻放下屠刀真不易也。

今之社会上，其靠完好偶像为生如土地婆者，固已触目皆是；而受靠者，且不必为俺这里自身亦难保之言，亦自有人香烟供奉。则我觉自号头脑清新之青年人，殆亦不胜村中人之聪明也。而土地公永久对着婆婆笑而已，可胜叹哉？

（原载1930年3月13日北平《世界晚报·夜光》）

仿 效 者

俞仲华作《荡寇志》以补《水浒》不及。后世讥为呆汉。关汉卿续《西厢》以补荣归四折，后世骂为伧父。甚矣续书之难也。古人有言，人即聪明，“易”之后勿作“易”，“书”之后勿作“书”，《春秋》之后勿作《春秋》。何则？我之言胜于前人，已不免借花献佛，有所凭借。言而不胜于前人，则愈形其陋矣。此不但立言为然也，试以为人论：霍光学伊尹而似，当时已多不谅。王安石学周公而不似，至苏老泉作《辨奸论》讥之，引为大奸大诈。然则为文者，又何必做刻板文章，甚至见墙见羹，亦步亦趋耶？

当闻人言：甲儿在校中读书，至华盛顿砍倒樱桃树，不欺其父一节，先生于讲书后乃大叹赏。谓华盛顿时方四龄，即如此诚实，宁受罚勿欺。故其卒也，乃得为大总统。甲儿记其语于心。归趋厨下，得巨斧一柄，即至院中，将所有丁香花诛伐一空。其父归，见而大怒。甲儿不待其父问，趋前告曰：丁香父所爱，亦儿所知。伐丁香者非他，儿也。甲儿言毕，满望其父如华盛顿之父，爱而加诸膝，且奖其诚。顾其父不然，怒形于色。掌儿颊无算。甲儿且哭且告曰：若然，我得为大总统，父不足为大总统之父也。吾闻此谚语，觉世间之学古人如甲儿者，比比皆是，特无人一其自鸣得意时，掌颊而告之耳。

虽然，今人且以行为能似目前有名者为得计，则又觉其取地乎下矣。

（原载1930年3月14日北平《世界晚报 · 夜光》）

貌为风雅

不风雅而强为风雅，此与不道学而强饰道学，同一酸腐可厌。故天下事无论正反，而只出之于不自然，便无可取也。苏东坡因腹大，指问朝云曰：此中何所有？朝云曰：一肚皮不合时宜也。苏大喜，引为知己。左宗棠故好装点风雅者，闻此而喜之。夏日衣单，与二三幕僚，袒腹乘凉。适俊仆前来，目略窥其腹。左亦欲仆之誉己也。因指腹谓仆曰：尔讶其大耶？知此中何所有？其意以为仆纵不知告以满腹经纶，至少亦能告以大福大量也。问毕，仆略不假思索，遂答曰：大帅一肚皮人参燕窝耳。左大怒，以足蹴之而去。僚友忍俊不禁，皆藉故引退，相与鼓掌大笑。若左考真亦可谓得求全之毁矣。

仲尼告人：知之为知之，不知为不知，是知也。时代无论如何变迁，此论当不可磨。即于世所谓风雅者，亦正如此焉。譬之作诗，风雅事也。若以酸腐浅陋之作示人，则徒成笑柄矣。昔有画家择婿，以能画者为限。于是欲中雀屏之选者，皆以其杰作进。有某富室子，不能画，则攫人之作以求见。画家见其笔法既佳，人又翩翩可喜，意已许之。富室子不欲自藏其拙，见画家案上老梅一幅尚未脱稿，因问曰：花则佳矣，惜无叶。画家曰：足下有说乎？富室子曰：有。俗言云乎？牡丹虽好，也要绿叶几扶持。画家窥其诈，遂逐出之。此亦一求全之毁者矣。

然而今之若左宗棠其人者，已不可多得，所谓风雅之士，十九则富室子耳。

（原载1930年3月15日北平《世界晚报》）

近仁之诗

袁子才撰诗话，以人情权势为转移，后人类能言之。然彼诗话中，亦有拒绝巨公投诗之言，殊可玩味也。其言曰：有人以某巨公之诗，求选入诗话。余览之，倦而思卧。因告之曰：诗甚清老，颇有功夫。然而非之无可非也，刺之无可刺也，选之无可选也，摘之无可摘也。孔子曰：刚毅木讷近仁，某公之诗，不脱一木字。谓之近仁则可，谓之近诗则不可。以袁氏善结人缘，此事似不可靠。若以其言论之，固甚是也。

文艺之作，当重于情感，而轻于理智。唐人之诗，读之神色俱动。初无所立论。宋人之诗，议论风生，反觉无趣味。是可知诗之为诗，非如作文论道也。若更进至非无可非，刺无可刺，选无可选，摘无可摘，岂止不成为诗，恐亦不成为论道之文矣。欧阳修之人品道德，当无可议。而其词有“笑问鸳鸯两字怎生书”之句，则亦何害于贤者耶？

香草美人，自古引为忠君爱国之喻，则陶情风月之与感怀世事，在词章中，尤觉并非二体。尝见近人有句曰：手指扶桑目欲横。又曰：庶政何年付万民。爱国爱民之思，非不溢于言表。而令人读之，浑身肤栗，适觉其讨厌而已。而作者则昂然有得色，以为我之爱国爱民，下笔即流露，以诗言志论之，则吾之志，不亦大哉！作诗果如此，诗道危矣。

袁子才谓某巨公之诗近仁，如爱国之诗者，当亦可谓近仁。因适合刚毅木讷之刚字也。

（原载1930年3月17北平《世界晚报 · 夜光》）

是非难判

纪昀作《阅微草堂笔记》，往往叙一人情两难之事，以与理学家诘难。每至无可布置处，即使朱程复生，亦当搔首莫对也。仿佛纪述一事，为某妇至孝，而操行不贞。彼之神而判之曰：世律不贞止杖，而不孝当诛，是不孝之罪，而不孝之罪，重于不贞也。驳之者曰：服劳奉养，孝之小者。亏行辱亲，孝之大者。是当舍孝而罪其不贞。一人又曰：孝大德也，非他恶所能掩。淫大恶也，非他善所能赎。彼有大善又有大恶，不如使其功罪两抵。更一人曰：以不贞而削大孝之善行，是教人孝不可为也。以孝而赦不贞之大恶，是教人疑淫无罪也。相抵不得。主张相抵者曰：以孝之故。虽不贞而不罪，不使人愈愿为孝乎？以不贞之故，虽孝而不足重，不使人愈戒不贞乎？则相抵当也。纪所述者大概如此，绝无结果。此真使理学名家，而无法能为一确论者矣。

谚有之，国法不外乎人情。舍人情而趋重法理，则与事实相冲突之点，不难触处即是，就如北平一般人喜看办大差事[①]而论，吾恒引为不当。夫君子犹远庖厨，奈何使人目睹活人就刑。故法庭执死刑，并不公开，人情也。然北平示诸通衢之罪犯，大抵社会上所不相容者，示之，所以警戒将来，而其意又不得谓非矣。就此两点言之，正亦如纪晓岚爱唱之两难论，吾亦无法自判其是非也。

（原载1930年3月20日北平《世界晚报·夜光》）

① 旧时北京死刑犯就刑前，要坐敞篷骡车，途经菜市口等通衢闹市，谓之“办大差事”。——张伍注

不了汉

中国旧文人，大抵不治家人生产事，深于世故者，颇病之。以为盐米不办，安知人情？不知人情，又安足投身社会，待人接物耶？此言也，初聆之，若甚有理，然按之实际，殊不尽然。盖人各有业，业在于专，学弈而留心于鸿鹄之将至，犹为师授者所病。人果各有其正当之职业，而日为秤柴数米之事务。则其所谋者，亦太不广矣。

清文学大家吴伟业，著作等身，此当为吾人所深知，然吴在当日，即不治家人生产事之徒也。相传吴一日闲坐，偷儿入户，窃负宝贵之瓷瓶而去。家人旋不见瓶所在，怪而疑之。吴曰：毋怪，吾自睹偷儿携去。众曰：何不叱止之？吴漫应曰：彼已负之去矣。众大笑，呼吴为不了汉。虽然，不了何伤，不了适足以见吴氏之心胸洞然，了无机械，且吴等身著作，初不因此有所碍也。金圣叹为刘研山作传，谓其目读万卷书，足走数万里路，手挥数十万金，为常人所难。而对刘万金，则其所闻几所知，岂秤柴数米者所可望其肩背。此人惜不为国家办事，使得尽其量以发挥之，或有所成，未可知也。

昨日购小物事，因求痛快到手，未计价值，说者颇病其吃亏，讥为不了汉。然亦一元数角之事耳，吾欲与辩，乃觉不值。归而为文，以发其凡如此，亦颇欲与世人商榷此一问题也。

（原载1930年3月21日北平《世界晚报 · 夜光》）

生活的奋斗

人生需要之处虽多，然概括言之，不外两种，一求物质上之富有，一求精神上之安慰而已。物质上之分类，实际虽为衣食住三事，而世人混括言之，辄曰生活问题。故人生不求精神上安慰或求精神上安慰而不可得者，则其鱼鹿一生，无非忙于生活问题耳。

人生既都为生活问题而来，则芸芸众生，各有其面，各有其心思，各有其手与足，而其所以谋生活问题者，亦自各不同，以吾观之，有甲乙丙丁之别焉，甲之云者，今日有饭吃，明日亦有饭吃，初不为此虑也。然彼终虑有一日无饭吃，亦有吃而不能饱。于是在今日有饭吃之时，时时准备，以顾将来，此等人大抵袭父兄余荫，善自为谋者。既不费力，又易成功，真天之骄子也。乙之云者，其地位次于甲。而目前虽甚为吃饭而费力，然必力谋盈余。以防无饭吃之日，此即俗所谓谋下半辈子者。此等人之才智，必有所长，而其事业，亦不定有可歌可泣之处。世间伟人，十九出于此也。丙之云者，大概为浪漫生活之人。抱定“今朝有酒今朝醉”之宗旨。在甲等地位，此生或尚可为。若在乙等地位，则殆矣。丁之云者，又可分为两种。一则无才无力，日日焦虑生活之人，一则有才有智，恒集十天半月之粮，而一日了之。卒至陷于无才无智地位，日日亦焦虑生活焉。

以上四项，吾人将何取乎？吾知曾为生活问题而感生活困难之人，必曰吾取乙等。

（原载1930年3月22日北平《世界晚报·夜光》）

秦　始　皇

秦始皇以亡秦者胡，遂暴虐万民，筑万里长城，为子孙帝王之业。说有虽以彼为暴主，犹不讳之为雄图。故古今之出幽燕，游朔代者，见蜿蜒起伏，达于无隙之物，无不惊愕赞叹，以为宇宙之奇观。实则始皇呆汉耳，乌足以为雄图耶？专制之时，人君以百姓为草芥蝼蚁，苟驱以武力，绳以法典，使之赴汤蹈火，投河填海可也。兹不过牛马奴隶之，使其担土负石，跋山涉水而筑一墙，百姓何敢辞？以秦之法，苟欲筑长城，即使三尺孺子下令，不难望其有成，奚必有始皇始成功耶？以此为暴秦之伟业则惑矣。子如二世，而不知其昏庸，臣如赵高，而不知其狠毒，乃将并吞八荒之业，轻轻付之。虽筑长城，将安用之？昔卖柑者言，金玉其外，而败絮其中。秦之所以为秦计者，得毋类此耶？

吾以为秦之自亡者，无论矣。即以胡人为患言之，秦之子孙胜于始皇，即无长城，不足为虑也。秦之子孙，弱于始皇，即有长城，又未必足恃也。不然，无长城以前，中国未尝亡于胡也，有长城以后，则胡人之为患，固自若矣，长城果安足恃哉？由是论之，秦之牛马奴隶人民，费许大力量，不过在历史上留一大建筑物而已，谓之呆汉，固不诬也。

谚曰：儿子好似我，要钱做什么？儿子坏似我，要钱做什么？其言极警隽有味。世有为子孙不朽之业者乎？愿一进此言焉。

（原载1930年3月27日北平《世界晚报 · 夜光》）

寄生物

恻隐之心，人皆有之。故非吾同胞，物吾同与之言，为今世界人所公认。然间亦有不适用者，则对待寄生物是已。尝谓天地之大，无分人物之界。生于何处者，则必望何处生产之发展，独寄生物于此，成一反比例，彼之种族愈繁殖，寄生之地则愈枯槁。由草木禽兽，进而至于人，死于寿命之自然告尽者，十不过二三。死于寄生物之陷害者，乃十占七八。天地间寄生物之可畏，纯至于是。则不幸而为寄生物所依赖者，又安得无动于虫耶？

朱虚侯之耕田歌曰：深耕溉种，立苗欲疏，非其种者，锄而去之德。盖世界之生物，有形无形之间，皆不免有互助之德。而寄生物之对外，则在互杀。试以毒菌言之，彼寄迹人身，以人之脏腑为巢穴，以人之血肉为养料，敲骨吸髓，致人生机垂尽而后已。人既死矣，寄生物之巢穴，不攻自破，寄生物之养料，不索自尽，所以寄生物着，不久亦同归于无何有之乡。杀人终于自杀，世之最毒，莫如寄生物，世之最蠢者，绝难自立，则我又奚为姑息养奸耶？

嗟夫！一身有一条之寄生物，一家有一家之寄生物，一国有一国之寄生物，甚至一世界有一世界之寄生物。茫茫宇宙，真无如此寄生物何矣！

（原载1930年3月28日北平《世界晚报·夜光》）

择　　邻

孟母教子，三择其邻，世人有以为迂者。其意以为德之高者，可以化人。中道而立，犹不失以自守。邻为邻，我为我，何能浼我哉？予以为不然，耳目须谋干净，神志勿听偏移，则择邻为求全之道也。荀子“劝学篇”有云：南方有鸟焉，名曰蒙鸠，以羽为巢，而编之以发，系之苇苕。风至苕折，破子死。巢非不完也，所系者然也。西方有木马，名曰射干。茎长四寸，生于高山之上，而临百仞之渊。木茎非能长也，所立者然也。读此两喻，明白如话，则择邻与不择邻之别，又奚待申辩哉？

人孰不愿其心神之安，又孰不愿其环境之良。凤有时而随鸦阵，凤之为凤自若也，然彼固甘心处此乎？鹤有时而立鸡群，鹤之为鹤自若也，然彼固乐此不疲乎？以吾忆彼凤与鹤也，不愿闻者闻之，不愿见者见之，当有人情所不堪能者矣。大抵人之不能择邻也，其故有二，一为职业所关，一为身家所累。不能堪而其势必堪，不能居而其势必居。于是故作痴聋，以不辨薰莸，不知黑白以自解。天下有如许聪明绝顶人。只是混混沌沌以终，盖以不能择邻所致也。

昔屈子有卜居之篇，东西南北。莫知所可。崦嵫日暮，前途莽莽，孰不与屈子掬一副同情之泪也哉？

（原载1930年3月30日北平《世界晚报 · 夜光》）

惊桔槔为神物

乡人有呆者，而好穷事物之原理，所谓愚而好自用者也。一日，涉陂塘，见二人方足登木轮，以桔槔吸水。呆者见桔槔木齿一一推水而上，陆续不断，惊曰：是何木齿之多也？凝神注视。诧异逾常，则手点而口数之，以究其数之多少。于是十百千万，数至二万四千，然观桔槔上之木齿，自水中源源而上，方兴未艾也。呆者太息而去，遂不复敢以櫓物致知自负。且语老农，谓桔槔之为物，神秘不可言喻。老农诘得其故，大笑曰：乌有是？桔槔中吸水之车齿，多则一百，少则数十耳。呆者不信，则指而示之。呆者终未解旋转上下之理也，则曰：叟言亦是，但此物一入水工作，便能变化耳。

此呆者就眼前之常识不问，而乃故务新奇，致涉虚空。此岂世理之不易明，特不肯以平易处事理耳。而识者在旁，固知其略习皮毛，不值一笑也。尝见少年为白话文，拗语盘空，力求其晦。试读一过，不知其命意所在，试问曰：何不为纯粹官话？必答曰：尔未知修辞。尔未知文法。且吾朝夕揣摩，仅仅能此，以言入文学之府，固知犹早耳。此种言词，其与呆者之以桔槔为神物，果相去几何？凡人习一艺成，不必夸其本能如何，但曰此艺如何难学，如何难好，即不啻自夸其才力，盖以彼能学众之所难也。世有明白了解之事，而或人故令其成为艰深隐晦者，以此质之，不亦如见其肺肝欤？

（原载1930年3月31日北平《世界晚报·夜光》）

世上之可宝者三

白居易之诗曰：天下无正声，悦耳即为娱；天下无正色，悦目即为姝。予亦为之续曰：天下无至宝，如意即为珠。此非纯粹抽象之谈，可得以事实而证之者也。今吾人以银币百枚，糖果一匣，同授予小儿，任其取舍，彼必取糖果而舍银币也。又以银币百枚，钻石一粒，同时授予农人，任其取舍，彼又必取银币而舍钻石也。此其无他，以小儿只知糖果之为有用，故取糖果，农人只知银币之为有用，故取银币耳。

更有进者，宇宙间事事物物，有时可为至宝，即有时可为废物。不仅在于知其用而不知其用，又在适用不适用也。鲁滨逊只身逃荒岛时，一身以外，了无长物。于是泅至破船，检取未沉没之物件而去。罗列四周，逐一检查，则一衣一袜，微至一铁钉，一小刀，皆为千金之璧。旁有钱囊一事，内实金镑逾千数，而鲁滨逊视之，则粪土不若也。何则？衣也，袜也，钉也，刀也，荒岛无再求处，咸可宝之。至于金镑，无物可购，无物可换，饥不可得而食，寒不可得而衣，直不如一只破袜也。使人人而为鲁滨逊，则金钱之势力穷矣。

或曰：然则天下无永可宝贵之物乎？曰有。其物维何？一曰才知，二曰道德，三曰康健。有此三事，衣食有着，精神愉快，胜珠宝万万也。

（原载1930年4月6日北平《世界晚报 · 夜光》）

西 湖 园 林

西湖苏堤以内，人家园林，左右蝉联，树木参差，亭亭相望。古人所谓五步一楼，十步一阁者，于此乃可微信焉。此项园林，杭人统称之曰庄。其间如刘庄宋庄高庄，为三尺孺子所能道。花木泉石，极铺张之能事。然大半楼阁皆空，幽花自落。客欲有游者，毋须通谒，坦然径入。间有三五名庄，由一班侍役看护，就花设案，烹茶享客。客行则出资掷案，恍如官僚制度。问之，则庄主人经年不一到。侍役于薪资外，藉博蝇头之利耳。盖此中主人，皆一时显宦。偶然兴到，遂在西子湖边，经之营之，为他年终老之计。然年复一年，名缰利锁，终不能脱。祖如是，父如是，子仍如是，有传之数代，而主人翁未尝在其所营之庄中，曾有十天半月之勾留者。故其所置别墅，名曰自娱，实为西湖游人，多谋一歇足之所耳。

有人咏西湖某庄曰：红装楼阁碧栏干，锦绣湖山簇一园，偏是主人千里外，年年只展画图看。此真道破世情，令人首肯不置，使其主人一读此诗，将悔置此庄之多事欤？抑叹有福之不能享欤？是亦局外人无法为之解释者耳。

盛宣怀在苏州营留园，名驰江南。而盛犹以为未足，有思补楼之设。楼上绘画二十四轴，预计留园将如图以扩充之。然无缘如吾人，犹得居园中半年，盛则未一日居也，果如计补成，又何用哉？窃叹人心之不易足，而又叹园林之享，亦须有几分清福也。

（原载1930年4月7日北平《世界晚报》）

院秘长对得住新闻记者

——有问皆答……不过十之九是不知道

昨日我们贵同行到国务院打听消息，一无所获。因此开了一个条子，去问秘书长孙润宇君。结果，孙君就在条子上批了几个“未”和“无”。孙君算尽了义务，贵同行也算尽了义务。这种消息，报头上不肯登载，挪在尾巴上来露一露，读者一定是欢迎的吧？原问原批录后。

问：马素病故关会委员继任人选。

批：尚未接有报告。

问：记载原总理电请潘复来京有复电否？

批：尚无。

（记者按：此无字，看似无消息。其实所批各条，实在以此无字最切实也。但孙君尚不肯太切实，而于无字上又加一尚字）。

问：比约已满，今日阁议如何讨论？

批：正在交涉中

（记者按：妙甚！读者须玩味所问之阁议两字方知其妙）

问：交长人选？

批：未闻。

问：张学良督直确否？

批：不知。

问：张作霖来京期？

批：尚未闻。

问：阁议以外可公布之消息？

问：重要电报。

问：重要命令。

以上三则未批。

文苑语丝

一个别字的讨论

——吧

吧，这个字从前是不大常用的。自从白话儿文走运，吧字也就走起时来，在一切印刷品上，常常可以看见。它的用处，是实行代替“罢”字职权。凡是用罢字的地方，就有人用吧字代。好像“回去吧”，“算了吧”或者“不是这样吧？”又“冤人吧？”这种办法，不讲究什么字的本义便算了，若是讲究起来，吧呀是个形容词，状口大。或者形容小孩儿的闹声，压根儿一个吧字不能用，用来替代罢字，就别了。

再说罢字，在白话文里，本来不是反问字。如好罢，睡罢，走罢，都是文言里休字的意味。若加上“？”便是替代俗写“啵”字，像《西厢记》红娘说“小姐回去啵？”吧字来这样用，可说越二级了。

这样说来，这个吧字，不能用了，人家不免要骂我死心眼儿。但是我的意思，却又不如此，因为常常看见人家文里，吧、罢二字并用。有时罢作反问语气，吧反作肯定口气，太杂乱了。我的主张，白话文里的字，本来跟俗音转，俗音既有巴音，则吧巴同音，用吧字也未尝不可。但这只可作反问，念作平声。若作肯定，应念仄声，就不如用罢字了。最后得一个结论：反问用吧字，肯定用罢字，不知读者意思如何？

（原载1926年8月18日北平《世界日报》）

小令中之虚字

——答何真兰女士

词中之衬字，即虚字之谓，非如曲中之衬字也。衬字最多三字，只可用于长调。小令中以一字为最好。三字则宜绝对少用也。其用法甚多，殊难一一举例，兹将用于句首句尾句中者，就忆想所及，列一表如下。

用于句首者：有、想、正、纵、但、奈、已、恐、怕、是、待、记、又算、漫、恁、似、料、更、念、看、只、恰（正面用）况、甚、岂、怎、问（反问用）

用于句中者：又、也、乍、了、是、都、似、莫、休、可犹（其余不限于一字，从略）

用于句尾者：也、了、是、得、绝、在、矣、者、耳。

（此三字在小令中甚难用，录之聊备一格）些（叶平）休（以上顺用）何、么、否、未（以上反用）

以上所举，不过一斑。且大抵如是，亦不必看死，所谓神而明之，存乎其人也。

（原载1926年10月10日北京《世界日报》）

学曲入门
——答陈逸飞君

制曲非仅文字之学，且为音乐之学，欲学曲而不懂音乐，如学英文者，不解拼音而谈翻译。故学词不过辨四声，而制曲更须辨五音，五音为何，宫商角徵羽是。宫商角徵羽者，即皮黄中之工尺上四合也。吾人如学制曲，当先随能昆曲者，学习昆曲（北京授昆曲者，只是照套吹笛面授，何字属宫，何字属商，彼一概不知。但将南北曲学得数套之后，自己不难研究以悟之）。此关既过，则照谱填词，应手成曲矣。

上就制曲而言也。若曰吾仅欲知曲之构造，何者为引子，何者为换头，何者为尾声，则是殊不难。只需购《九宫大成》一部读之，则曲之构造，与文字上所可学习者，已应有尽有。唯此书价值甚昂；在京师购之，当在百元以上。岂吾侪措大所能办？因陋就简，可费洋二三元，购《遏云阁》一部自相揣摩。此外，《雍熙乐府》《绣余旧谱》等等，随便购置三四部，以资参考。至欲阅传奇，《桃花扇》《琵琶记》《笠翁十种》，大抵读之不至误事也。

仆于曲，亦粗知大概而已。偶填散套，乃供书案上玩视游戏之作，从不敢示人。以上所述，只是介绍可读之书云耳。

（原载1926年10月21日北京《世界日报》）

考据谈微

予偶作嫦娥奔月考，得竹心澄波李诗三君，更发其微，甚以为慰。窃以为一问题出，读者皆执如是态度，则报尾巴之为报尾巴，当不仅茶余酒后之助而已。

因是，仆既感考据之难，而又觉易流于荒诞不经。此读书人亦不可知者。唐诗，天子呼来不上船，此七字已明白如话矣。而考据家乃以船为衣领，谓李白见天子而不整领。袁子才曾力诋之。又如毛诗，亦既见止，亦既觏止，此诗之复句法也。而郑康成以觏为交媾之媾，后世乃列为疑案。是皆穿凿附会，考据过甚之故也。

故吾人言考据，以为当适可而止。证嫦娥为恒娥常娥，均无不可。若以奔月为扮肉，此则古人搬腹笥处，徒见其卖弄家私，无当事理，未可信也。

（原载1926年10月23日北京《世界日报》）

汪派《武家坡》词

“一马离了西凉界”，只唱此一句，无人不知是《武家坡》剧内倒板也。若唱“披星戴月奔长安”，则大抵十有九人，不知其出处矣。其实亦

《武家坡》剧内倒板也。

闻之半内行，武家坡戏词，有两种，一为谭派，一为汪派。谭派为今日妇孺皆知者，毋庸赘笔。汪派之剧词，则与谭派略有不同，其薛平贵所唱倒板，元板西皮云：不分昼夜回家园，在三关离别了公主代战。快板，一马来在武家坡前。柳荫树，拴了红鬃马，尊一声众大嫂，借问一言。此与谭派之不由人一阵阵泪洒襟怀，真无一字同矣。王凤卿之《武家坡》，宗汪，惜不常唱，予未及一观，未知是否如此唱法也。

（原载1927年3月北平《世界日报》）

《红楼梦》戏

《红楼梦》的情节，不像旁的小说，有段落可分的。也不像旁的小说，除了主人翁之外，正正经经，还特为旁人作小传的。他这一部书，只是宝、黛、钗三个人是正角。此外影子和陪客，很少自成局面的一段故事。我们要想在长江大河，源源不绝的中间，勉强割裂一部分下来，很费剪裁的。若说替三个主人翁编一部有始有终的戏，那非连台五十本不可。但是《红楼梦》写一个大家庭，只是琐碎的白描，又不是拿许多曲折的事情来铺叙。真个演成连台五十本，恐怕也要成为催眠戏了。

勉强说，除了已编成的《风月宝鉴》《鸳鸯剑》，稍为成规模外，还有《芙蓉诔》和《司棋殉情》两段故事，还值得铺排。像黛玉葬花的情节，已经散松了。至于千金一笑，真个不知所云。南方有《黛玉焚稿》一剧，情节倒是好，可惜又不容易演。至于宝玉出家呢，也苦于开场有二十四史，从何说起之感。

女伶清秀些的，扮演林黛玉，那还罢了（我反对男伶饰此角）。这个贾宝玉，无论男伶、女伶饰，总不免现出他的呆笨、浮滑、伧俗、浅陋出来。至于年龄不合，这还是小事呢，所以红楼戏不好演，不宜演。

（原载1927年3月23 日北京《世界日报》）

古装电影

中国人演时装电影，还没有什么成绩。他们又在大演特演古装电影，我真觉得他们的胆大。照着现代的人，表演现代的人生，这应该是容易的事，可是他们往往弄得不知所云。而今又要把现代的人，去变成古人，我们敢信没错吗?

起居礼仪，今古皆不同，暂且不提。第一，这衣服冠履，就大费考究。至于旧戏台上那些东西，一大半是明制。又由伶人自作聪明加些花样在内，已经牛头不对马嘴。若是到旧戏箱里去套古装，简直是问道于盲了。就算衣服冠履可以办到古式，表演在家一段，屋中必有陈设，陈设必得仿古。若是出外，出外必有车轿，这车轿也得仿古式。不但此也，电影上的人，在家住的房子，出外走的道路，哪一样不要古式。这要全办到，不是难事吗?

我以为要演古装电影，唐宋以下，勉强还可以试试。若是唐宋以上，演至秦汉，非弄成笑话不可。举两桩小事说，那个时候不用钱，不写楷书，稍为不留心，字幕或内景里面（非说明）就容易露出马脚了。上海现正在演《刘备招亲》一片，不知他们有什么考究，敢下手演起来，若有来京之一日，我必又破戒，看一次中国电影。

（原载1927年3月25日北京《世界日报》）

民间情曲开场

我小时，常听到人唱一种瓜子仁的曲子。曲子头几句，我还记得。他说：一位大姐住在大路边，一卖酒来二卖烟。还是来吃酒？还是来吃烟？小小的生意要现钱。瓜子仁儿咧，要卖钱。每段里面，加一句瓜子仁在里面，无可取义。也像十把扇子里面，加上柳叶青三个字一般。但是这种办法，脱自《竹枝词》，来源是很远的了。

情曲之最难听的，应算《泗州调·打牙牌·麻城歌》。它不但是词难听，音韵也最浊。《麻城歌》是要用麻城音唱的。而流传南北，却都是用武昌音唱。他在场上说：太阳满天下，思想奴冤家，想起了冤家遍身麻。听这种曲子，也不由得人不遍身麻了。

《泗州调》，不用我提了。左手拿着文明棍，右手拿着大皮包，谁也听过的。那种恶劣，真不可言喻。

（原载1927年4月6日北京《世界日报》）

猴儿崽子与西崽

小时看《红楼梦》，读到什么小蹄子，浪蹄子，猴儿崽子，总是用意思去忖度，以为大概是骂人的话。至于骂人的程度如何，到如今不曾得一个准确的解释。虽然有许多朋友说：小蹄子，就是小脚，我想总不对。不然，浪蹄子怎解呢？再说曹雪芹先生，他是旗人。《红楼梦》既是他的影史，他家当然并没有小脚，这小蹄子三字，是不应该见的。况且小脚是前代一种美观的东西，又何骂之有。这话是不能成立的。

谈到猴儿崽子，我倒有点发现。北京人不是常骂人兔崽子吗？然则猴儿崽子和兔崽子，总没有多大分别。崽子呢，总是下贱之意吧？昨日看书，无意中在笔记上看到一段崽子典，我才恍然大悟。其文如下：

> 北齐许散愁，自少不登娈童之床，不入季女之室。《水经注》：娈童卯女，弱年崽子，崽音宰。《选诗》肆呈窈窕容，路曜便娟子。”皆指娈童之属也。猴儿崽子，就是如猴子一般的娈童了。和北京所称兔子，正是一样。不过这样一来，兔崽子三字，就堆迭不通了。

我于是想到给外国人当听差的，中国叫他为西崽。特嫌不好，他却是得意洋洋地承认。但是照字义解起来，那不把他骂苦了吗？向来骂人媚外为洋奴，以为很刻薄，其实倒不如直称他西崽最厉害哩。

（原载1927年4月11日北京《世界日报》）

情之描写

情非俗子可言之物，贵之不俗者几人？于是能言情者寡矣。

以杏眼，桃腮，柳腰，莲步，形容一个美人。则其文字愈多粉饰，愈令美人成为魔鬼。善写美人者，于一颦一笑，一言一动之间，略一点染，美人便能跃然纸上，奚事多求哉？

以哥哥妹妹，携手接吻，形容爱情者，则其文字愈着力，愈令一对情人，成为野兽。善写爱情者，亦只于一颦一笑，一言一动，略略点染而已。

情之冲动第一步为害羞，而以害羞为最难写。今人为此着，动曰某人红了脸，一何可笑！

（原载1927年5月29日北平《世界日报》）

红学之点滴

谈《红楼梦》，叫作红学，这是百余年来的老话了。自从白话文兴盛以来，红楼梦一跃成了文坛上的上客，谈红学的就越发大张旗鼓地干了。

因为这个缘故，《红楼梦索隐》《石头记索影》《红楼梦考证》纷纷出世。等到有了胡氏的一篇考证，又把一个红学的考据家打倒。把一个续后四十回的高兰墅，从矿山里挖出来，重现于人世。胡氏为人，尽多谬妄之处，这一件大功，值得凌烟阁上标名，我并不因为我向来不信任胡氏的学说（他的哲学史大纲，就不如这一篇考证靠得住），抹煞他这一点。

我们既信任后四十回是高兰墅所作的，我们且另开红学蹊径，先谈一谈高氏的续作。自然，高氏作这四十回书，比曹雪芹自己作上八十回，还要难上几倍。因为他要体贴曹氏的原作，根据他留下的线索，造一个结果，在这一层，先要把那八十回读得滚瓜烂熟，把各人的性情举止，都放在脑海，然后随手掏来就是，靠着这点，就不容易，更无论其他了。

上八十回的文笔，和下四十回的文笔，溶化得没一点痕迹，我们若不是知道这书是两个人作的，决不会疑心是两种笔墨，这也是自古有续书者以来不常见的事，这些好处，都不必去细说。而第一件，就是高氏能猜得曹雪芹的意思，打破中国小说团圆的旧套，用悲剧来做终局。因为这样，惹了天下痴心儿女不少的眼泪，抬高《红楼梦》不少的价值。

高作之第一缺点，当为写史湘云并无下场。史湘云在林、薛之间，本来没和宝玉发生恋爱之余地，但是曹作金麒麟一段文字，是毫无意义的吗？史湘云醉眠芍药圃那一段事迹，又是没有隐射的吗？

许多红楼后梦、续梦之类，也都不曾理会到此层，硬写史湘云已经嫁了人。这种办法高兰墅对之怎样，我不敢说，若是和曹雪芹说，他就很伤心的。宝钗的金锁，是隐射宝玉那块玉。史湘云那双金麒麟，又何尝不是隐射宝玉那块玉呢？

（原载1927年9月3日—4日北京《世界日报》）

稻香老农

曹雪芹作《红楼梦》，形容贾府无一完人，柳湘莲之言，所谓除了门前一对石狮子，无一干净者，何其著笔之刻毒也？说者且谓荣宁二府，即曹氏之家传，则曹于其父母，亦不能无微词矣。

唯贾宝玉之寡嫂李纨，幽闲贞静，曹处之于稻香村，绝无一字之贬，尽其量言之，李碌碌于脂粉丛中，无所表见耳。而正赖此，以保其天真也。曹写红楼梦中人用笔之忠厚，未有过于此者。吾以是曹雪芹而果有嫂，亦贤妇人已。不然，曹何独厚于李纨耶？读《红楼梦》之人，能悟及于此者，盖寡矣。

（原载1927年10月31日北京《世界晚报》）

海派小说与国语

近今之小说家，多出自于上海滩上。取其书而数之，当不愧汗万牛而充万栋。然吾于其布局命意以及一切，姑置不论。有一言格格于喉，不吐不快者，则为白话小说之措辞，读之每觉若有奇异感触于身。

吾人读海派小说，苟稍稍留意，则觉其所为白话，既非教育界所规定之国语，亦非如《红楼梦》《儿女英雄传》所用之京话。更亦不是南人至北，北人至南，用以问答之一种普通话。盖彼等小说中之白话，乃杜撰之白话也。其最触目者，如我书作吾，他书作伊，快活书作写意，总是书作总归，甚至也书作亦。其间有为沪谚，有为文言，读之极不顺口，盖此辈洋场才子，有终身未渡扬子江者，实不苏白而外，以何项之语体为普通之语言，故不能断定者，以文言代之。不能写出者，则以沪谚出之。遂成怪现象矣。

固然，若北京各小报上之白话小说，完全用土语，如除非作错非，只要作自要，难道作难到，故意写别字，实不足取。然除去此等俗字，则直书北京话，中国人未有不懂者。故作白话小说，以京话为正宗，一定之理也。既作小说，则于文学上须有相当之贡献，并国语而不能书出，亦小说家之羞矣。

（原载1927年11月17日北京《世界日报》）

崇尚性灵

大凡侧重性灵之人，其言行多趋于率易。困此学之者，才情不足，便适足以见其浅陋。好谈绳墨之徒，矜持不敢稍逾分寸，遂以侧重性灵为病矣。

王阳明理学，专讲良知良能，凡事理近取诸身，极易了解。而崇拜朱程者病之，以为王心术不正，是为异端。实不知王氏之学，亦正是焦思苦索得出，特不肯在行为上多加涂附而已。袁子才之诗，专出以白描，凡咏事物在得其神情，若不着力。而崇拜岑杜者病之，以为袁标新立异，不知纪律，实不知袁氏之诗，亦正是千锤百炼而出，特不肯在词句上多加雕琢而已。总而言之，则彼等在崇尚天性之流露，不肯以人力而斫伤元气。俗所谓看似平淡，实在艰难者也。

就吾生平所遇而言，反对崇尚性灵之人，大抵年事在四十以上者，为人拘谨而少机变者，生而安稳，不经患难者，好学而资质鲁钝者，好高骛远者。盖此等人其天赋非已斫伤，即未遭培养，不足以语此也。此外亦有以利禄货好之关系，而欠缺侧重性灵之言行，此则故意伪饰郑重，非出于自然，是又当别论者矣。

（原载1928年1月11日北京《益世报》）

西　江　月

北京一种土话小说，有一牢不可破之例规，起首必填一阕《西江月》。而所谓《西江月》者，平仄既无，韵叶亦非，唯字句长短，与《西江月》略似而已。尝见有《女界钟》小说一篇，其起首之西江月曰：北省连年大旱，土匪到处奔波，今年入夏雨偏多，闹的墙歪屋破。棒子面儿涨价，这个年头别活，词儿道罢就开锣，奉请诸位瞧我。读其词一二句，令人忍俊不禁，文词之俚鄙，事在通俗，此犹不足怪。既云北省连年大旱，又曰今年入夏雨偏多，毋乃矛盾过甚。而小说之名为《女界钟》，则墙歪屋破，以及棒子面涨价，彼此又有何项关联而开宗明义，独大书特书之，是亦可怪之事矣。

作小说之前，必引一阕《西江月》等词，似滥觞于《今古奇观》。而今古奇观中之词本，固极恶劣，仿之者更以此为标准，遂致每况愈下，《西江月》者徒存其名而无词之一毫意味矣。向来词家对《西江月》与《一剪梅》，皆不敢轻填，以免流于浅俗。其实两调皆甚铿锵，不下于《临江仙》及《丑奴儿令》。词家以两调甚滥，遂受先入为主之弊，以此调本滥矣。

由此类推，可知天下许多好事，都为一班人滥用所坏，知者惜之，不知者且以为本来如此，是皆可发一叹也。

（原载1928年1月21日北京《益世报》）

干炒海参

天下万物，一结便了，无痕迹者，绝非佳名。故颂香之妙者曰：花气沾衣，拂之而十日不去。颂声之佳者曰：余音绕梁，闻之而三日不绝。颂食之美者曰：其味津津，嚼之而留芳齿颊。夫岂真能不去不绝而留芳也哉？则亦其香也声也味也，感人太深，令人思之不忘耳。

人之耳目口鼻，有同好焉，于臭如是，于声于味亦如是，至于文艺之好，酿之于内，发之于外，见之闻之于外，印之会之于心，岂独能外此哉？持此旨以论诗古文词，更及歌曲小说，虽过智者，不易吾言。令人多误会“到民间去”四字之意味，而欲一切文艺，皆须平淡无奇，一目了然而后已。以为不如此，普通人不能了解也。其说初倡，颇有人韪之。既而行之若干时，民间初不接受，而文艺转失其价值。于是更有一部分人更正之曰：文艺本贵族式之物，无须到民间去。其意是矣，然又不彻底。盖知识阶级有知识阶级之文艺，而平民亦有平民之文艺。知识阶级有平民之文艺，而平民犹不受。此犹之无油无酱，干炒海参，令人无法下咽，不能谓平民无文艺也。平民无钱吃海参，亦不能吃干炒海参，然而棒子面，则固日食之矣。此渔歌樵唱之所以不忘于天地间也，彼何须平淡无奇之诗古文词哉？

颂书之美者，辄曰回环展诵，爱不忍释。今则异是，欲令一览无余。

（原载1928年2月9日北京《益世报》）

言必己出

商□意昔曾集句曰：岂有文章惊海内？从无名刺到公卿。幼时于书本上见之，即喜其言蕴藉之至。然必有商之学问、商之身份，言之始可动人。若三家村里村学究，亦举以自夸，则人人能用之。不但人人能用之，在自举为滑稽语，人诵之则为讥刺语矣。

昔有为梅花诗者曰：三尺短垣唯有月，一弯流水寂无人。颇清淡传神，而人以为咏梅诗也，又有咏新梅书堂者云；每日更忙须一至，夜深犹自点灯来，亦复写出喜好之情，而又以此可以移咏如厕也，故言出于某人之口有不可移用他人者，亦有此人言之，情理备至，而另易一人说出，便涉于不经者。更有此人言之，色□意诚，字字可铭人肺俯，而偶赠一人，不必其亲口道出，即令人忍俊不禁者。凡此种种，不难按之忠实。古人为文，以为文必己出。夫岂为文而已，上自建国大计，下至卖驴文契，都复如此，但只将文字易一言字，乃更切耳。

尝有某同业，亦喜商联，倩人书之，张于壁上，予笑曰：首句可用，下句不可用也。业新闻者岂能免于冠盖中之周旋乎？此文言不可移用之一证也。

（原载1928年2月12日北平《益世报》）

由小蹄子谈到考据

我从前为了《红楼梦》上小蹄子三字，大费考证。在《明珠》上也曾讨论过多次。虽然有人说，那是指小脚女孩子，那决计不对。《红楼梦》记得是旗人家里的事，旗人并不包脚，何来小蹄子？况且《红楼梦》书上写家庭琐事，无所不谈，独没有提到鞋脚。可见《红楼梦》上小蹄子三字，绝不是指脚。据我山东朋友说：山东叫婢女作小妮子，或者小蹄子是小妮子的转音。

北京人现在称女儿作丫头，颇有疼爱之意在内。但有时候骂起人来，也称女孩子为丫头，丫头又是骂人的话了。不过丫头两个字，在古人的意思，是指梳发髻的女孩子，却不是称婢女。所以刘禹锡寄小樊诗：花面丫头十三四，春来绰约向人时。又《舆地志》上说：弋阳有大石如人首而歧，名丫头岩。或题诗云：何不梳妆使嫁休？长教人唤作丫头。北京各中学的女学生，都是梳两个髻儿，真个是丫头了。大概古来的婢女，都是梳两个头的，主人为称呼便利起见，就叫作丫头，于是乎就叫出名了。

这样小小的一件事，就有这些个周转，而且我们所知道的，又不过千百分之一二，于此可知考据一件事，不是容易事。至于小蹄子究竟是否指小妮子，因小妮子又到丫头，那还是不能证明。《红楼梦》脱稿的时候，到如今不过二百年，二百年间的京话，今天在北京还不能指出，而今而后，也就难说了。所以考据的文字，我们还是那句话，尽信书则不如无书。

（原载1928年3月16日北京《世界日报》）

诗与身份

幼雅先生：

足下论诗，甚当某意。唯原函语侵时谚，未便发表耳。某以为作旧诗，虽是平平仄仄苟上规矩，各人自有各人之身份，其个性不必强求，亦自然流露。旧作有论杨柳诗一文，曾及此问题附录奉告，尚乞正之。

恨水拜复

附：论杨柳诗

古人以诗言志，诗所以抒其怀抱。后人误解此旨，喜怒哀乐，提笔直书。读之者如嚼黄蜡，如咬木渣，了无趣味。然此犹不失为老实一流也。其更甚者，欲自夸耀，则拔剑砍地，徒为大言；欲人怜惜，则无病而呻，满纸悲哀。究其实际，不是言志，乃是撒谎矣。

诗文之为物，于人之性情与环境，有莫大之关系。善于诗者，不必言其志，写其意，字里行间，其志其意，自然可见，微如一琐事之纪，一小物之咏，其怀抱亦自然流露于不觉之间。诗家所谓饶有寄托，所谓寄托遥深也。毕秋舫之妻凝香，作咏柳诗曰，留得六宫眉黛好，高楼付与晓桩人。此是大家闺阁语也。毕和云：莫离向亭争折取，浓荫留覆往来人。此为封疆大吏语也。侍读严冬友和云：五里东风三里雾，一齐排着等离人。此为词客语也。老翰林张少仪和云，不须看到婆娑日，已觉伤心似汉南。此又是名场耆旧语也。

如以上数人所作，岂必尽皆故意如此，亦是诗与神会，不期然而然耳。寒食清明至矣。若在江南，已是杨柳依依之后，而邻家有柳一株，枯条略露芽影，隔墙摇曳若不胜情，仅有生意，风雪初晴，春寒料峭令人诵江南好不置也。予遂有句云：饥雀枝头觅食难，萧疏冻雪未全干。清明夜里初三月，梦入江南一味寒。以示吾友，友亦谓不脱新闻记者口吻也。为之一笑。

（原载1928年4月8日北京《世界日报》）

孃 与 娘

这一程子，上下古今谈，多是辩论文字。昨天遇到两个朋友，要我找一点实在的材料谈一谈。实在的材料，当然是有，但是一部二十四史，从何说起呢？后来朋友手里，拿着一本日文杂志，见杂志上有一个孃字，就有人说这是日本造的字。我说：不，这字在中国，从前用得很普通的。现在就以这字为题，说将起来。

我们读过《木兰词》，应记得“朝离爷孃去”，以及“不闻爷孃唤女声”等句，那个孃字，就是现在的娘字，大概唐代以上，是不大用这女边着良的娘字，譬如杜诗，爷孃妻子走相送，这也是一证。当时我和朋友一谈，大家恍然。

我回家之后，把故纸堆中几本破书，找了一找，关于孃字的，还有以下几条。（一）辍耕录：孃子俗书也，古无之，作□为是。（二）说文：孃，烦扰也，肥大也。（三）广韵：孃，母称娘，少女之号。由第三点说来，现在日本人所用的这个孃字，似乎有些和原来的汉文相反了。

广韵所说，并不空泛，古诗里的娘字，大概都指着少女，像《子夜歌》，见娘喜容媚，愿得结金兰。是很明了的。不过日本不用孃，而用姨，究竟是何理由，我不懂日文，我就不得而知了。

（原载1928年7月27日北京《世界日报》）

架　子　花

架子花脸，以黄润甫为第一名手。从前以架子花脸称者，有钱宝芬有庆四。不过庆四系铜锤[①]专门，架子仅偶尔扮演。黄幼年好学，对于钱庆二人之长，悉心临摹，故尤觉后来居上，至今平津人士谈花脸之佳者，莫不钱庆黄三人并举。黄又善演曹操戏，红袍白面，奸相如绘。其次黄盖之脸谱，亦极动人。彼尝谓人曰：余之奸佞做作，博社会活曹操之声誉，实叨庆四之赐钩脸有特别色彩，使人注目，则钱宝芬所授。钱氏脸谱为梨园独步，至今观金福所钩之脸可知矣。

其演下河东取洛阳等剧，使人见之切齿，听之悲愤。年七十余犹登台演重头戏，在台下已老眼昏花，龙钟衰迈，而上台演戏，精神台步，曾不因之稍懈，以较目前之裘桂仙，逊黄多多。袁项城长逝之日，黄三亦骑鲸西去。歌楼失此善状奸雄之名伶，黯色不少。近如郝寿臣、侯喜瑞、董俊峰，皆以力追黄三为事者，然皆相去甚远。……其余争相模拟者，不知凡几，而肖者竟不可得。叫天之后尚有叔岩绵一线之延，润甫之后竟无人继，论者惜之。

（原载1928年11月29日北平《世界日报》）

---

① 铜锤，京剧术语，指以歌唱为主的花脸之谓，架子花则是以表演作派，工架为主的花脸，能演唱工又能演作工的演员称为“铜锤架子两门抱”。——张伍注

芥子园画谱

孤血以本珠日来借房子之风其盛。不免技痒。予于本房子，亦有要事，暂借一用。

昔得孤血画，附某君（忘其名，甚歉）一纸，嘱转询牧野，习中国墨笔画，雅不欲用芥子园为样本，问将何所取材？愚以文债棼如，□忽略其事。咨询牧野，牧野亦无确当之答复也。愚意王安节用科学的手腕，编辑中国画方法，其与马氏文通，同为中国文艺界的破天荒之举动，纵不绝后，实亦空前。舍芥子园画集外，欲觅画学津梁之线装书，不可得也。予幼年亦好画，除学校教师所授外，完全得之芥子园。集中如石之皴法，树之点叶法，简单明了，显而易学。又如翎毛花卉之动笔法，亦从幼胡乱下手而未得其道者，故愚以为自习中国画而不欲一临芥子园，未见有好法也。芥子园之短处，在只有墨笔，而不着色，并亦无水墨之渲染，然此为印刷所限，无可如何事。无已，则参考今日商务印书馆中华书局之学校画谱，或可补其一二乎？

（原载1929年3月23日北平《世界日报》）

钟馗出处

昨有人投函，询予钟馗故事者。予以前对此，曾为一文记之。今特重录出以答询者。

钟馗啖鬼事，时俗相传已久，清人某氏本此作《捉鬼传》，市上所售书，均曰《捉鬼传》。据友彝云：刻本则为《斩鬼传》嬉笑怒骂，极尽讽世之能事。唯其文字不甚高贵，故不得入著作之林耳。此书为何人所作，尚无从考查，以书所引事实言之，作者当为乾隆以上人，殆亦科场不得意者也。至钟馗其人，则固有所本。

天中记云："唐明皇病痁，昼梦一大鬼，破帽蓝袍，角带，朝靴，捉小鬼啖之。自称终南进士钟馗，尝应举不第，触阶死。明皇觉而瘳，诏吴道子画其像。"一由是言之，其事乃由明皇一梦所传出，今日世俗所传钟馗像，则出自吴道子也。

钟馗之来源，既属如此，则如杜拾姨姨之与杜十姨，子虚乌有，诚无须细考。唯唐代末年，翰林院于岁暮即进钟馗像，民间则多贴于门首，意者明皇之前即有此，因其一梦，事乃大着欤？宋益则名画录云："每年杪冬末旬，翰林例进钟馗。"又云："蒲师训，蜀人也。甲寅岁，春末，蜀主（昶）或梦一人，破帽故襕，浓眉大目，方颐广颡，立于殿阶。跂一足曰：请修理之。言讫，寝觉，翌日因检他籍，见此古画，是前所梦者。故绢穿损画之左足，遂命师训验此画是谁之笔。对云：唐吴道子之笔，曾应明皇梦云：痁者神也。"据此，可证吴道子确曾一度画钟馗像，钟馗在宋时，当已妇孺皆知矣。

顾氏《日知录》，曾力辟钟馗之为妄，谓即《考工记》逐鬼之终葵。葵者椎也，非人也。终葵与钟馗，音甚同，顾氏所云，亦固有理。又北魏尧喧，字钟葵，号辟邪，亦足以证明之。然后人既知其来自梦中，如张博望溯河而犯斗牛，正可不言而知其妄，亦不必纠正之耳。

科举时代，考房中，尝有朱笔钟馗传出，云甚可贵，未知何据而云然。又近代民家悬钟馗，均在端午，而非如唐宋悬于岁暮，亦不知变自何时也。

（原载1929年4月10—11日北平《世界日报》）

由俊袭人谈到旧剧改良与梅兰芳渡美[①]

旧戏里面，而有布景的独幕剧，我们不能不承认这是一种革命。所以梅兰芳演的“俊袭人”，虽不能十分完善，然而场面移至幕内，戏台上去了上下场门，不摔垫，不用饮场，场上不断人，这都是旧戏极不堪的事，而能免除了。

我曾遇到编剧的齐如山先生，我便问他，俊袭人很有成绩了，为什么不跟着编下去？他说：很难。你要知道，角儿要露，他们场面上也要露露。我们这不过是一种试验，不是畹华，旁人还办不到呢（指场面通不过）。我听了这话，未免爽然若失。知道我们提倡的旧戏改良论，实在是件不容易实现的事。然而这时候要民众化，艺术化并保存中国文化的个性，谋中国音乐的发展，编出一种戏剧来，替代旧戏，又谈何容易？若是把那种拆白党演的文明新戏，改成学生来演，就认为合于以上的条件，我想那也只好欺瞒没到过外国的人，说这是外洋传来的罢了。若是给研究过西洋戏剧的人看一看，问他，娘家何在？岂不要找镶牙医生等着，预备笑掉门牙呢？

于是，我们感到介绍中国戏剧到外国去的困难。旧戏自然有许多不合情理的地方，谁也不能给它打个七折八折。然而以文场音乐而论（如霸王别姬舞剑时之夜深沉，外人都认为不错），还有令人陶醉的地方。若是这种文明新戏，连西洋剧的皮毛，都不曾学像，反能介绍到外国去，在关夫子面前玩大刀吗？这样一说，梅兰芳渡美，除了男扮女这个难关，我上次曾说过一次而外，就算不成问题，若像那种文明新戏拿什么介绍给人

① 附识：介绍中国剧，自不必连恶点都介绍出去（如饮场摔垫）。但戏里万不宜反带洋气。

呢？……弄不好，那还不要紧，设若美国人对中国剧发生误会，以为中国戏不过西洋戏之渣汁，那不更糟吗？我对新旧剧并无成见，自认这是一篇公道话。

（原载1929年10月20日北平《世界日报》）

集唐诗带嵌字

“裁”缝减尽针线路，“兵”气化为日月光。徐文铮虽然死去这些年，然而他这一联集唐，毫不费力的，把裁兵二字嵌进了，而且对仗那样工整，我们觉得他真有点小聪明，还值得纪念啦。

这为什么，因为这嵌字联，本来就不容易，而况是在唐诗里找呢。由此，我便想到嵌字的诗钟。这是某社诗钟的佳话，乃是女花二字的二唱。集唐共得三联，一是商女不知亡国恨，落花犹似坠楼人。二是，青女素娥俱耐冷，名花倾国两相欢。三是神女生涯原是梦，落花时节又逢君。后一联是易实甫得的，于是得了一个元。这种集法，不奇在别处，奇在人人都知道这是唐诗。

小子不才，虽曾读过几句唐诗，可是天性健忘，这样集句的功夫，自谢未能。因为作《春明外史》的时候，写了一个青楼人物，名叫花君，偶然得了一个感想，她这名字，唐诗上倒不少现成的句子。就拟了个有花堪折直须折，君问归期未有期。对仗本不大工，不过有点意思，小巧而已。最近一度赴艺术家之宴，有林仲易先生在座，谈及此联，原来林琴南老前辈曾送过人，而且仲易先生亲自得见。天下事，不谋而合，有这样巧的，真奇了。然而，我有点犯抄袭之嫌呢。

谈到集句送人，这要算集唐咏武则天最妙，乃是六宫粉黛无颜色，万国衣冠拜衮旒。这是何等的华丽堂皇，不过也可以送西太后呢。李鸿章送维多利亚一联，西望瑶池降王母，东来紫气满函关。倒不失使君语。顺便拉来，写在一处。

当报尾编辑，就是这样苦，稿子要长短庄谐，适得其分。缺哪行，自己只好算后台的零碎，就得抹脸上台。今天算是凑付过去了。末了，来一段笑话。纪晓岚大滑稽家，曾送某庸医一联，是整个儿的孟浩然句，不过颠倒第一句的二三两字。乃是不明才（谐财）主弃，多病故人疏（完了，不完何待？）。

这种联话，当然不免于抄。不过是陆陆续续抄在脑子里，今天一股脑儿翻出来。决不是拿了一本书，用打诗条子那种古本对证的办法抄的，附带声明一下。

（原载1929年10月27日北平《世界日报》）

旧剧中的琴与箫

旧剧里头，凡是剧中人须抚弄乐器的时候，照例是场面上代办，戏子不过是假装吹或抚之势而已。

这个我们本不能苛责戏子，因为他们学戏，已经是费尽九牛二虎之力了，哪里还能去学古乐。不过不会不要紧，他们可又弄成了具体的错误。谈到这里，我们就想起琴与箫了。

琴这样东西，是中国极古的乐器。奏起来，声音非常之俭朴与清缓。一个音，不一定连续一个音。我们常听旧戏的《空城计》。孔明丞相在城楼上弹琴的时候，场面上却用三弦或月琴去代，音调非常地急促与繁复，和琴韵恰好成反比。有些没听过琴的人，以为琴音就是如此，岂不大谬？

箫，这很无疑义的、大家都认为是现时所吹的箫管了。所以《浣纱记》的伍子胥，他就是拿一管洞箫上场。吹的时候，场面上用笛子代。也是很急促的，吹上一小段。我们知道箫管声音，是很婉转的，以笛代，根本就不行。而且伍大夫当日吴市乞食所吹的箫，并不是现在的箫管，乃是排箫。排箫是许多竹管列成一排，棒着吹的。吹法如何，现在大音乐家，都在考究中，我自然是不知道。然而戏子和评剧家，从来没有人谈到这一点的。

由此，我们可以明白，旧剧里的排场与一切，都认真不得。只可说是消遣的玩意儿，能消遣就行了。

（原载1929年12月4日北平《世界日报》）

关于《霸王别姬》

在目前皮黄戏里，杨小楼梅兰芳合演的《霸王别姬》，总算是一出最能叫座的戏了。我为这部戏，也曾大破悭囊，费过十块大洋。这虽然还是做了两回二等看客，已觉是尽力而为，似乎不能不谈上两句。

这部戏的场子，比较还干净。只是前半剧太没有什么精彩，尤其是楚汉两方，各有一个四将起霸，未免烦腻。我以为不如把“李左车诈降”的一大节，为之减少，把“十面埋伏阵”一节扩大。最好把“汉兵围之数匝”的那一点，将暗场改为明场，然后才显得项羽的无可如何。至于因项羽受李左车之降，有虞子期虞姬的那段谏阻，无中生有，更嫌蛇足。又有人说，自虞姬自刎而后，项羽出走，及乌江赠头一段，可以删去，我以为不然。这部戏的主角，原是项羽。项羽的事，写得热烈一些有何不可？不过听这部戏，到了舞剑以后，便要开闸[1]，小楼要往下演，也是无法去演的了。

小楼在戏里饰项羽，身体魁梧，举止大方，的确有大将的风度。而且

[1] 北京方言，流行于剧院观众与演职人员，戏未完，而看客纷纷退场，谓之“开闸”。——张伍注

他演这部戏，是与梅兰芳合演，又必是义务或堂会，不能不卖力。他本以口白见长，在这部戏里，因为黑头，所以他的口白，略带净味。如定场诗“汉占东来楚霸西”句，便和平常唱武生不同。就全戏言，前半的喑呜叱咤，后半的悲壮慷慨，都好。尤其是告别一场，几回酒来的口白，都活是无可奈何。将酒杯一扔，所唱力拔山兮一歌，无论是谁也不能不叫好。最后持着虞姬的手，唱虞兮虞兮奈若何一句，何字颤动带悲泣之声，与上句可奈何三字一提高，恰是抑扬得法。虞姬舞罢，霸王哈哈大笑，而一面拭泪，写一个强为欢笑的英雄，真是可怜！

梅兰芳的虞姬，处处描摹一个温存体贴的女子。在告别一场，项羽再三地说失败，虞姬便再三的安慰。站在项羽身边，做出那种婉转依人的样子，令人回肠荡气。等到项羽唱完，舞剑承欢，起舞时的愁态，和收舞时的背身拭泪，都好。

这一出戏的精彩，就在这一场，唱做无一处不好，舞剑犹其余事。若有相当的机会，我还可以花五块钱。

据梅兰芳对人说，和他配戏的，有三个霸王，是杨小楼，周瑞安，金少山。周姑不论，杨金各有好处。杨是气概好，金是架子好。金是花面，唱白中表示霸王的态度比小楼强。小楼不过一掉枪，一挥鞭而已。他在戏里，和各汉将起打，失却霸王那拔山扛鼎的雄壮了。金少山、周瑞安的霸王，我都未曾看见。但是他所说的，以戏中人评戏，虽不中亦不远了。

此外，我还看过两种别姬。一是雪艳琴王金奎合演的。王虽系坤伶花面巨擘，究竟不行。一是徐碧云在虞小翠戏里，戏中演戏的别姬，姜妙香，戴面具反串霸王，开开玩笑罢了。不过徐因为他是梅兰芳的妹丈，很胆大的，和孙毓堃真合演过几次。

（原载1929年12月15日北平《世界日报》）

艺海一勺

日本戏之表面观察（一）

昨日（二十二日）为开明戏院中日合演戏戏剧之第二日，予固欲一观其异，特于百忙中，抽暇前往观之。耳目所及，亦有可资研究者，午夜归来，拉杂录之，以告读者。

予以九时至开明戏院，中剧两开场戏未观。日剧《大藏卿》，亦已演去第二幕之一半。合全晚日剧言，予亦只看到三分之二。在此种情形之下，走马看花，自不能为中肯之论，故予之标题，仅曰日本戏之表面观察也。

以予眼光观之，日本戏台上情形，十有三四，与中国戏相同。其情形大半为象征的，而非写实的。虽每幕皆有布景亦不能完全写实也。

其一见即令吾人注意者，即日戏亦有脸谱是。如状大藏卿之疯癫，则面涂白色（有浓厚之粉）并以墨画眉目嘴唇。又如状勘解由之奸诈，则面涂红色（如吾国伶人关羽脸谱），更以浓绿画额顶。此皆无异吾国。唯吾国脸谱多宽大，而日本脸谱，则作长形，是乃不同耳。

其次，……故咚咚作响也。

（原载1926年8月23日北京《世界晚报》）

日本剧之表面观察（二）

吾国之旧剧，动唱白做并重，而日本戏则专做而不唱。台上虽有唱声，发自场面，若北京唱八角鼓之尾声，盖由弹弦子者所唱有也。其唱既非发自伶人，故人恒亦不注意，北京谓入戏场曰听戏，是不适用于日剧也。

日剧之场面，颇简单，以予所目击，计有大鼓，小鼓，短笛（多变徵之声），三弦（以牙牌弹之）梆子，小锣（大如中国九音锣之一作镗镗之声），如是而已。其场面之例规，是应设置台内，但有时亦设于台外，如《大藏卿》之第二幕，台左设二桌，桌上坐二人，一翻歌谱唱之（歌谱亦有一架置之，高一尺），一弹三弦，其一证也。至第二剧二人道成寺，则将场面上人，悉拉入戏内，共十人，坐正面布景之高台上。此十人，亦化装，着黑色之衣，外罩花绿半臂。计弹三弦者三，司大鼓者一，司小鼓者二，吹笛者一，余数人则未操乐器也。

最妙者，则亦有检场人加入剧中，台上观剧者，对之若未尝一见，恰如我国。此殆东方文化中之特质，弥而可保留者欤？唯其检场人，不如我国检场人胆大妄为，均着黑衣，更以黑布一块，由头上下垂，以掩其面，行时小步，鼠伏而爬，方之我国，绝似《捉放曹》中之饰猪者，颇可咀嚎也。

（原载1926年8月25日北京《世界晚报》）

日本剧之表面观察（三）

日本剧至少似可分为二种。一为表演剧，一为舞蹈剧。以予当晚所见者论之。《大藏卿》为表演剧，《道成寺》则舞蹈剧也。

日剧表演时间，不如我国偏重主角之甚，故绝无如我国之跑龙套角力虎等参与其间。唯表演之重心，偏于一人，则与我国同。大率此人表演，而与其他一人无关者，则其他一人，呆若木鸡，即面部之表情亦不一见也。日伶虽不唱，而道白则仍自为之。抑扬顿挫，与其动作，互相连接。且动作有规矩之故，亦似乎有台步。唯饰旦者，不过行路较斯文，不如我国旦角，乃两腿环绕而前也。

伶人表演哭状时，举右臂，曲肱而与目光相合。此与我国伶人状哭完全相同。

其哭状声时，殊未闻其发声，不如我国旧剧，有喇叭来代，亦不如我国新剧，真哼哼作声也。反之，其笑也，亦为一种规定之程式，做几个哈哈而已。

日人之衣服，固已大袖宽袍，道貌岸然。而其舞台上之服饰，则尤加宽博。村田嘉久子所饰之常盘御前，所著之衣，长一身有半，袖大如轮。行时，衣拖于地，检场者时为整理，不便极矣。

吾述至日伶行头，则有一事认为有趣味者，即其当场易服是。日伶之衣，腰束带，上衣而下裳。此上身之衣，若使两手从袖中抽出，则里易为面，面易为里，如荷叶之下垂而为裙。且此一转移间，必为极淡素者变为极华丽者。

（原载1926年8月26日北京《世界晚报》）

日本剧之表面观察（四）

我国剧场上之特别武打，取之于江湖卖艺者流，为士林所窃笑。盖此种技击，在我国社会上已不甚视为高明，一转入舞台，觉其取法乎下也。不期日伶之武功，恰亦如是。戏台上大藏卿与勘解由比武，一执小匕首，一执单刀，慢吞吞地，转身对打几回合。谓之曰打，毋宁谓之舞耳。

至于舞，一般人之论调，以音乐过于单调之故，对之殊无浓厚之情感。但以吾所见二人《道成寺》而论，则村田嘉久子与日东山子，前后共舞四场，颇有我国古舞之遗风。某场，二伶各执所乘之袖（悬肘下如一囊），徒手合舞，亦即我国之长袖舞也。

日人以穿木屐之故，故伶人在台上均不着袜。其舞时，台板咚咚做拍子声者，盖纯粹以脚拍板之力，殆亦必经训练也。中国人对于此事，恒不满意，以予度之，亦无用足打台板之必要。日伶第二次来华时，此点望为改善，且与日剧精神，亦无所损也。

琐碎写来，已不下数千言，虽为外行之论，但艺术无国界，亦必有中肯者也。总之，日剧之偏重象征殊无异于我国耳。

（原载1926年8月27日北京《世界晚报》）

理想中之男女合演剧

中国伶人演戏，不分性别，实为不合人情之事。扬子江一带，虽有男女合演之剧场，然不过集合男女伶人于一处演剧，并非男饰男角，女饰女角也。京中堂会，近亦有合演之事，然亦只系以男女所习之角色，而为剧中之角色；非以男女之性别，而饰剧中之角色。尝在第一舞台，观琴雪芳反串白门楼，而以男角分饰陈宫曹操等。又在安庆会馆观于紫雪演《连环套》，亦以男角分饰窦尔敦等。此种合演，诚不如无有也（如于饰黄天霸而与男角之窦尔敦相比，适足形容其娇弱而已）……间尝与友人论及，北京若有男女合演旧剧之剧场其号召能力，必在一般剧场之上。惜官场以风化一顶大帽子来压制，令人无可如何耳。

以予之意见而论，演戏而不让其有碍风化，自属当然之事。但此为对戏问题，而非对人问题，外国无论矣。我国男女合作之剧场，见不一见，未尝闻其伤风化之处，有过于男女不合作，是非其一明证乎？若于男女合作之间，对合作戏加以考量，窃以为官场不妨网开三面，容纳日本评剧家之所谓："鼓吹风雅。"岂仅一二戏迷极耳目之所欲也哉？

前晚观日本剧时，觉他人男女合演，有许多便宜之处。……晚途归车，穿入僻巷，万籁俱寂，间入冥想，及抵家，乃得一男女合演之戏单于下。缘木求鱼，虽不得鱼，然以此供之同好，殆亦可作屠门大嚼也。

李万春
余叔岩　　《汾河弯》
苏兰舫
琴雪芳
琴秋芳　　《黛玉葬花》
马艳云
徐碧裳（反串小生）
刘永奎　李慧琴　　《二进宫》
高庆奎
杨小楼
雪艳琴　　《霸王别姬》
金友琴
王少楼　　《南天门》（均童伶）
姚玉兰
王凤卿　　《宝莲灯》
郝寿臣
贯大元
苏兰舫
姚玉英　　《御碑亭》
姜妙香
金少梅
程继仙　　《鸿鸾禧》
萧长华

吾书至此，笔端已溜，尚觉来者之滔滔不绝。第二戏迷忽夺余笔曰：止！此不但大堂会不能办到，即全京伶人义务戏，或亦头齐脚不齐也。君尚欲书，人将以君青天白日做梦矣。然则，即此便止可也。

（原载1926年8月24日北京《世界日报》）

两《黛玉葬花》剧本

《黛玉葬花》剧本有二，一为梅兰芳所演，一为欧阳予倩所演。梅本出自遗老，今日盛行南北，欧阳本系自编大概，烦上海洋场才子为之修饰词藻。南方间有采用者，北京则无人过问仅坤伶琴雪芳，系用欧阳本耳。

梅本由宝玉偷看小说起以与黛玉共看小说，戏言惹祸，发誓作别，照书排去，颇是。唯其上场之第一人，乃为小丑充饰之焙茗，颇煞风景。宝玉尝谓男人是泥做的，女人是水做的，故伺候十之八九为丫环。而焙茗独以泥做的资格，当亦为男孩子，而必白粉涂其鼻端，曹雪芹在九泉有灵，必控诉编剧者也……梅本宝玉下场，黛玉闻《牡丹亭》艳曲，唱反二簧一段，甚长，观剧者，以剧将完，每不待唱完即去，应当欧阳本置之中段，较易讨好耳。

欧阳本直接由黛玉上场，颇是。定场诗第一句长安三月踏青阳，不切黛玉身份。盖不讲究辞藻则已，既欲讲究，自必求佳也。第一场观书，弹琴，调鹦鹉，殊无意思。在花冢前遇宝玉，亦大体不离书本，唯删除观小说一段，似故意与梅本立异。黛玉宝玉下场，用袭人来请去吃饭，颇可咀嚎。其下场诗，流水夕阳春去尽，独留青冢向黄昏。颇可。上句改李后主《浪淘沙》词，后句用杜诗也。吾以为既是集句，不如仍用流水落花春去也七字，或嫌落花与留青冢句矛盾，则用夕阳二字亦可，唯尽字则甚生硬耳。

（原载1926年9月8日北京《世界晚报》）

《花田错》之定情诗

《花田错》一剧，本花旦做工戏，传神阿堵，在写扇、做鞋二场。但就事实论，描写太露骨，不能不谓之诲淫。且亦并不如他项花旦戏，有善恶果报之词可措也。

此剧刘小姐，与卞玑之定情，在写扇一诗，窃以为许多不妥。卞玑卖字画，刘小姐索画，而曰无有现成，要写当面提笔就写，此亦可通。及至卞问何以为题，而春兰答曰：就以我们小姐为题罢。世岂有如此大胆丫环，让卖春联一流人物，当面题其小姐耶？卞所题之诗云：三月里天气艳阳春，花田会上遇美人，桃红柳绿来相衬，燕语莺啼动人情。妙哉诗乎，而有八字一句者。且当面调笑人，小姐小姐尚可受之，而于人家扇上，大书曰遇美人，动人情，可谓第一号大胆拆白党。此时小姐有一分羞耻，当亦不忍受，而尚一字一字念之曰：好是好，就是没有落款。刘小姐，亦大不客气者矣。卞落款曰：湖广湘乡甲午举人卞玑题。举人作出这等诗，这等诗尚能叫小姐动怜才之意，演出一本《花田错》，天下事岂非有真不可思议者乎？

（原载1926年9月9日北京《世界晚报》）

梳　长　头

京戏术语，有梳长头一个名词，盖最下等旦角之谓也。充此路角色者，如生丑角中之零碎，任何剧中，需要不相干女角，皆须去之。甚至零碎不多，一剧至分任三四角，其劳苦甚于硬里子或正角数倍。因彼等日不过一剧，梳长头者，则自开锣剧起，完场止，随时随剧，彼须加入也。

然此亦零碎耳，何以谓之梳长头？是亦有故。盖彼等至后台梳头后，非散戏，不能解散，不如男角零碎，尚可随时卸装。试至后台常见身穿污秽便衣，而脂粉满面，更挽大髻者，即此辈也。

此辈之年龄，无二十岁以内者。即三十岁以内之人，亦百分之二三，甚至有年在六七十岁者。以此等鸡皮鹤皱之人，穿官中（后台公用之术语）褴褛之衣，岂非古人所谓：施脂抹粉，如鸠荼耶？予每见剧中此人，辄为不快。以为对于正角，减色不浅（梅兰芳演醉酒，予曾有此感想）。更闻彼等终日劳碌，只拿铜子数十枚，求一饱而不可得。一思彼正角演一出，恒至数百元，真有天渊之别矣，何不平之甚耶？书至此，吾又不觉其可厌，而转觉其可怜也。

（原载1926年9月22日北京《世界晚报》）

《嫦娥奔月》考

每届中秋，戏院中恒演应时之《嫦娥奔月》，盖神话剧之一也。剧中人有羿，嫦娥，王母，兔儿爷，吴刚，虽剧情皆不经之谈，而其材料，则非如《狸猫换太子》等之毫无证据。以愚所知，试分述之，或亦足补戏曲家之谈助欤？

《搜神记》云：羿请不死之药于西王母，嫦娥窃之，以奔月。又《淮南子》云：羿请不死之药于西王母，姮娥窃之，姮娥与嫦娥，当为一人，而古人传闻异辞者。奔月剧之材料，即源于此。

后羿　夏太康时有穷之君，善射，夺夏相位，为寒浞所杀。后，君也，羿，名也，人称后羿，若俗谓某某皇帝。戏中羿对人称后羿，以后为姓氏，误矣（《论语》：羿善射，即指此人）。

嫦娥　《后汉书》蟾蜍注，羿请不死之药于西王母，姮娥窃之以奔月，是为蟾蜍。然则嫦娥固亦作姮娥。至剧中以嫦娥为羿妻，则根据《淮南子》之注。

王母　为西王母之简称。道家所谓，东华男仙所居，领以东王公。西华为女仙所居，领以西王母也。唐宋稗史，好引王母之典。《穆天子》传：周穆王好神仙，临西王母，于瑶池之上。

兔儿爷　即玉兔。傅咸文：月中何有，玉兔捣药。谢希逸月赋：引玄兔于帝台。注云：月者，阴精之宗，积成为兽象兔形。是则京俗以兔儿爷为月亮神，亦非无本也。又后汉书注，以嫦娥为蟾蜍，则兔当为蟾之讹。俗以月为蟾宫，本是。唯剧中以兔与嫦娥，别为二人，则讹之又讹矣。

吴刚　《酉阳杂俎》吴刚学仙有过，谪伐月中桂，桂高五百尺。斫之，伤痕随合。

愚所知者，止于此。至世俗以八月十五为月神生日，则未知出自何典。虽《龙城录》有云：唐明皇与申天师鸿都客，八月望日夜（即中秋），同游月中。然与月神寿期，不相涉也（小说《今古奇观》中有此一段。该书为宋人所著，亦未谈到月神寿日也）。读者不乏国学精深之士，有以见教，则幸甚！

（原载1926年9月23日北京《世界日报》）

小　戏　评

《双狮图》，又名《举鼎观画》，二名皆不妥。以云图，薛蛟所观，是祖先，非双狮也。以云鼎，薛蛟所举，又双狮也。

《白水滩》一剧，为吾人所常见者。个中故事及穆玉玑（遇奇），迄无所考。某看小说，自负不少，未见有叙此事者。愿读者有以证之。

《黄金台》为燕事，齐王逐太子乃用此为戏名，匪夷所思。而西凉在今之甘肃，剧中谓其远越秦韩赵，进邹妃、伊立至山东之齐，真能缠夹者。

《连营寨》刘备哭关张之反西皮，楚音凄凉感慨之致。但其词只将关张历史，叙述一小段，殊不称也。

《状元谱》张公道问陈员外有几个儿子，陈员外伸五指，表示无子。若陈员外者，真可谓善谱声者矣。然于理似未可通。旧剧花旦丑角合演戏，谑不伤雅者，无过于荷珠配。

（原载1926年10月6日北平《世界日报》）

国　画　屑（一）

我不是一个画家，下面所说的话，是非画家的一种观念。录下来，塞塞《艺海一勺》。读者若是内行，我这里先作三个揖告罪。

唐朝的画，有一种双钩的，很是工稳。譬如画枯藤绕树，极乱极复杂，依然是双钩到底，一笔不苟，真是难得。

这种双钩，也有要不得的。譬如画柳树，讲究飘逸多姿。唐人有一种双钩柳树叶子的，那只觉得呆板无味。

柳叶除了双钩之外，还有一种点叶的。在柳条上点许多黑点子。我想这也只有工笔仕女的时候，偶然为之，究竟不大方。

（原载1926年10月25日北京《世界晚报 · 夜光 · 艺海一勺》）

国 画 屑（二）

唐人画柳双钩，原不是法。可是在花卉之中，用双钩法，加雅竹一两枝，别有风趣。这种双钩竹，以飞白为宜，不必着色彩。

双钩画树，有始终不能改去的。一种是梧桐，一种是芭蕉。勾勒梧桐，王维的《辋川图》，要算是滥觞。

双钩芭蕉，越细致越好。伊十州的人物里面，常常可以看见。

唐人郭忠恕画柳树，也完全是双钩。不过这种树在山水里面，只可位置在园圃屋宇之间的。

和双钩相反者，大概要算董北苑一派。北苑画远树，都是用点缀成的，所谓简于枝柯，繁于形影。

唐宋的文艺，都是两极端。譬如唐人的诗，是讲究浑脱蕴藉；宋人的诗，是矫揉造作，费许多事。画虽不是这样，唐人要工稳，宋人务自然。也正是各走各路。

（原载1926年10月26日北京《世界晚报·夜光·艺海一勺》）

国 画 屑（三）

宋画变到了两米，是一番大大的革命。不过这种画，不懂艺术的人，是莫名其妙的。而且学之不善，就一塌糊涂。我以为中国的写意画，搬到外国去，外国的写意画，搬到中国来。恐怕总是失意多而成功少。

大米的画法，画家向来说他宗法北苑。其实董巨同学王维，各用披麻皴而加苔点。巨然苔点。繁密些，皴法峻拔些，和大米在轮廓上加点，正接近许多。据我说，与其说大米学北苑，莫如说他学巨然和尚。

因为大米的苔点，是在轮廓上的。于是画家有两句笑话。学大米密得不好，好像稻草上堆狗矢。学大米疏得不好，好像铁线穿豆豉。据此，米画之不容易学，也就可想而知了。

倪黄吴王四大家，有三家宗北苑。只有王叔明跳出董派，融各家于一起。但学董时，也很像。有人说：他像现在唱戏的高庆奎，不受谭派的范围，兼收并蓄。这话极对。

（原载1926年10月28日北京《世界晚报 · 夜光 · 艺海一勺》）

说慢板胡琴过门

皮簧之胡琴，若昆曲之笛，唱与乐器，相互成悦耳之音。新文学家有主废皮簧去胡琴者，此亦令人笑破肚皮之事也。唯皮簧慢板，胡琴第一第三等过门，实属太长。试以《四郎探母》坐宫—场论之，杨延辉叫板后，一人静坐台上，等第一过门拉完，始唱杨延辉坐宫院。在此中间，不能做表情，又无其他角色可资陪衬，虽名伶亦不得不呆若木鸡，实无味也。愚以为胡琴过门，不过调和音节，及令歌者稍一换气，实无拖长之必要。即在皮簧家，问其慢板过门，何以如此之长，恐亦无充足理由答复也。

（原载1926年11月19日北京《世界晚报》）

他字可入麻韵

砭斋先生，大老爷也。至为何项大老爷，记者尽朋友与记者之责任，当然守口如瓶。近来先生大作京谚试帖诗，化腐朽为神奇，每令人捧腹。前日，因押他字韵，为置歌韵麻韵一问题，颇有所考量。某龆龄学吟，走入醋瓮，敢以一得之愚，断言麻韵可兼收他字。古来诗中用他字者，虽不多见，然用之者押麻韵。仿佛《疑雨集》中，有人前新唤一声他之句，麻韵也。近代小说家天虚我生，小说虽不佳，然词曲甚精，饶工音律。其词云，和卿不是别人家，为何人前称我总称他。固亦押麻韵矣。《随园诗韵》中，有诗一首云：书画琴棋诗酒花，当年件件不离他，如今七字皆更易，柴米油盐酱醋茶。诗出于打油，以他字押麻韵，可见非我辈作古。涯字在诗韵中，佳，支，麻兼收，而意义不改，于他字何不可仿焉？腹俭不能多引，行笔书来，藉博一粲。

（原载1929年1月18日北平《世界日报》）

乾 隆 怪 诗

去冬赴沈，汉卿先生召与谈话，因曾数度至旧帅府。一次，晚十时矣，某候于一中式客室。见古玩架中有铜碑二，上刻七古二首，其句奇拗，不可解语，甚奇之，因诵而默忆焉。其诗曰：

福神枪被祖赐早，十二之龄初学之。一发羓羊百步外，继施睹鹿迩年兹。应声即仆用偶鲜（上声），待立效勤岂下奇？耄耋山庄仍习武，莫非孝敢亡舍饴。

虎准有文亦有诗，斯花准尚未题辞。同为皇祖手曾用，贻皇孙臣心永寅。因冷木兰权罢尔，乘间雄鹿偶残之。习劳肄武尊家法，聪听曾元慎识之。

诗前有小序，皆御笔，鼎鼎大名之和珅所书也。字甚遒劲，未可非。诗则咏来福枪者。虎准木兰，皆枪名耳。和珅当权时代，在乾隆末季，此诗为和珅所书，自系高宗手笔。高祖以能文名，而其诗乃如此恶劣，和珅且敬书以刻之，抑何可笑。故宫名胜，及乾隆游踪所至御笔甚多，亦吾人所习见。虽不必佳，终言之成理。唯此诗则异常恶劣，当为真御笔，而未经诸文改易者。故论诗甚恶，论真伪则颇有保存之价值矣。

此诗之小序，当时亦默读数过，烂熟于胸。乃以事过境迁，亦不能复忆写出，殊可惜也。

（原载1929年6月24日北平《世界日报》）

银灯杂记

外国电影伶人的译名问题

爱看电影的人，现在一天多似一天，爱作影谈的人，也就一天多似一天。在这种情形之下，我觉到一种困难，就是对于外国明星的译名，太不一致了。次等角色，不必说了。滑稽名星Charles Chaplin该是最大的角色了，有译为恰波林的、有译为卓别林的、有译为贾波林的，在初看电影的人，就难于分辨了。虽然，卓别林、贾波林，不写出字来，光是口说，还可以猜想他是同一人。又如武打明星Dovglas Fairbank，在中国也是鼎鼎大名的。他的名字，有人译为范明克，有人译为飞来伯，字面上实在相差太远。科学界的译名，文学界的译名，都早经学者的提倡，力求一致。这电影虽然是游戏之物，我们除了什么艺术文化之话不谈，究竟是一种高尚的娱乐。若是不把这译名译得一致，也许人家笑中国人太马虎了吧？

（原载1926年10月14日北京《世界晚报》）

谬点尚多之《玉洁冰清》

此片出演于中天，一星期前，予即已往观。略加注意，谬点尚多。唯予以此片在该院映演有七日之久，早加批评，恐与中天之营业有关，故未发表，现该院已演毕，吾人可畅所欲言矣。

此片名曰《玉洁冰清》，即属不通。全剧剧情，为富家账房之子黄伯坚，鄙其东家钱维德为市侩，不婚其女。因中酒逃至野，跌晕，为渔翁孔逢春所救，遂恋其女素仙。后略有波折，孟琪暗中竟牺牲爱情，助黄孔成婚，剧情如是。吾再三细索命名之意，未知何所据而云然。而玉洁冰清四字，亦不能谓与任何剧中人有关也。至剧中情节，布景，表演，随处有是谬点，兹按该剧次序略述于下：

（一）钱维德之富，似在数十万以上。而其账房竟与大客厅相混合，保险箱亦即在桌边。贪财之人，安得大意如此。布景者浅视富户矣。（二）孔逢春有二女一曰素仙（张织云饰），一曰琼仙（李旦旦饰）。命名殊可笑，不类渔家女子。（三）李旦旦上茶铺一幕，吃烧饼喝茶，且摇且摆，太不自然。（四）张织云扫地，以扫帚做跳舞状，非人情。中国渔娃，安解此？（五）黄伯坚行毕业礼，礼堂如小学校教室等于儿戏。而隔二幕，青年励志会会场，亦即在此，尤觉布景之因陋就简。（六）黄发渊不过一富户账房，而其家陈设乃齐于富户，不通。（七）黄伯坚拒钱氏之婚，骑自行车痛饮而逃，晕跌野外以就渔翁之救。穿插是矣。然此逃乃太无目的，岂大学毕业生第一名之人所应为。（八）黄伯坚与孔素仙、琼仙仅一两日之认识，乃与其携手嬉笑，中国无此情理。盖片中张织云固已年在二十外，李旦旦已十六七矣。谁家村姑姑，能如此解放耶，况更不避人乎？（九）黄伯坚从容离家，学友送之，而其父母乃不知，是殊可怪。（十）由黄伯坚之赴沪，吾可断定事出于苏州（说明书云：钱维德者，家于吴），而布景乃无一处是苏州。（十一）伯坚在沪以稿求售，直赴望平街之书店，与店伙接洽。何其外行之甚？大概解投稿者均当知此为向编辑部经理部接洽之事。黄伯坚能作中国经济史，并此不知乎？（十二）孟琪将孔逢春之借字留起以作纪念，可已，然不能天天放诸身上，孟琪下乡葬弟，遇孔即还之，太属牵强。

偶然举例，已有十二点之多，而尤曰国产佳片，则直欺观众无内行也。

（原载1926年11月9日北平《世界日报》）

忆玛丽·绯宾

美国电影女明星，其以演悲旦见称者，自以李琳·吉舒（Lil-ian Gish）首屈一指。于李外，我国人对此，向无定评，以予观之，舍玛丽绯宾（Maly Philpin）莫属焉。玛今年二十三岁，在银幕上观之，犹若十余龄之好女子，面庞清秀，身材有玉立亭亭之概。一泓秋水，尤绝似我国美的杏目之标准。每一回盼，情之依依，即自其中表出。李琳·吉舒目之美状，在于垂眸。玛丽·绯宾目之美状，则在灵转，所谓顾盼生姿者也。

吾初见玛丽·绯宾，在《情海轮回》一片中。彼饰一小家之碧玉，在游戏场中摇电影箱，楚楚可怜，吾几疑为李琳·吉舒。上年所演之《歌场魅影》，彼虽为主角之一，而歌状之魅为郎·陈利所饰。观众之目光，遂多注意于魅。玛丽·绯宾虽极娇啼婉转之能事，而以所饰者为女优，身份未合，犹未尽其所长也。

久不涉足银幕下，颇思玛丽·绯宾。且料有同嗜者，亦必有如予之感想（她在美国，当然谈不到捧角），甚望真光主人有以伊人之片，慰吾人渴望也。

（原载1926年11月28日北京《世界日报》）

女招待与女待招

昨得上海友人信，谓上海女明星，兼充商店之女招待，艺术界深耻之。然此为个人自由权，人莫得而干涉之也。此间人恶其偷窃名义，将为真正之女招待虑，乃更其名曰女待招，意谓待人招致之也。此语颇谑，而足以知所谓明星也者，由妓而星，然仍不乏假星而妓也。

艺术家尊重其业，恒曰神圣的艺术，电影亦为艺术，即不得不神圣之。电影既为神圣之物，则演电影者，亦都近于神圣。至于明星为电影员中之杰出人才，自又不待论矣。今则明星降为招待，招待更为待招，是何堪者？神圣之尤犹如此，一切神圣，又当奈何？

电影界而不能去待招之人物，岂但电影界之耻，亦深足为神圣的艺术五字累也。

（原载1926年12月6日北京《世界晚报》）

上海国产影评公式

上海国产影片层出不穷，影评亦层出不穷。但此项影评，作者既多，不免雷同，因之经各影评家默契，定一种格式于下：

> ……公司所摄之……一片，昨在……试映，记者曾往参观。该片由……女士……君主演……君导演，情节极为曲折，实有艺术上之价值。各角之表演，较前均大有进步，尤以……女士……一角……为今日电影界中，不可多得之人才，外景多取于……山水清幽……内景亦极宏丽，深合中国社会状况，非如他家出品，一味欧化者可比。光线明晰，绝无模糊不清之弊。统观各点，实足开中国影片之新纪元。唯……殊……而已。（唯字以后，亦可删去，用否听便。）

上文虚线点，由作者自填。着字无多，殊为简便，预料出品界将来有印成之影片格式纸出售也。

（原载1926年12月18日北京《世界晚报》）

未可忽视之电影编剧家

影片的优劣，一半固由于演员的艺术而品定，然而从根本上说，不能不认剧本为最有关系。即如陆洁君也曾说过：“电影事业除人才资本二者以外，尚有一较此更为重要，而此中人辄忽之者，即剧本是也。凡拍一部戏，费数万金钱，耗数十人之心血及精神，总要值得。而看影戏者，花券资，耗时间，亦要使他值得。所谓值得者，唯剧本能负此责任。”他对于现今的影界，独能注意到剧本，已经可算是一个有眼光的人。不过他所注意的，只是券资和时间，其所见亦未免太不广了。我以为剧本所以必要注意的，是因为他于社会的影响。所以剧本的优劣，几乎就是影片的命脉。但是我们试看看中国以往的出品，其剧本描写的，十之八九，无非描写男女间的爱情问题。固然，恋爱亦为社会问题之一种。然以中国社会之黑暗，何时何地不可得资料以编制剧本，何以仅仅限于这一点呢。说到这里，我不能不归罪于一般编制剧本的小说家了。因为这些小说家的思想，根本就不配编剧本。他们并不知道什么叫文学，更不明白什么叫艺术，只晓得迎合一般社会的心理，写些蝴蝶派的小说。影片公司因为他们的小说素来受上海人的欢迎，于是就拿他们的小说来改编剧本。远者如《玉梨魂》，近者如《空谷兰》，可怜的闺女，多情的女伶等。其实不客气地说一句，那些人的思想还是十八、十九世纪的思想，现在若要来表现二十世纪的事实，请问如何能够适合呢？所以要希望中国电影剧本之改良，便非拒绝那些海派小说家，而请真正的文学家、艺术家来编制不可。

（原载1926年12月21日北京《世界晚报》）

动的美之白蒂·康笙

美国电影女明星白蒂·康笙（音译），以动的美著名，盖以喜剧见长者也。最宜青年会之《飞絮禅心》一片，即白所主演。大意为一公爵之女，伪饰巫女入贫民之窟，救济贫民。有青年牧师，欲感化其皈依上帝。结果为女色所倾倒，故向女求婚。处处以美色与《圣经》作战，隽永绝伦。军警大搜巫女时，巫女忽伪饰妇人，要牧师于路，做尾人之状，而呼吾爱。警察对牧师曰：此何时？君应携夫人回家。小牧师正欲说明，而女则环抱小牧师，连呼亲爱的。目波流动，唇角微张，其明示亲爱，而暗示守秘密之意思，令观众了然于胸。真妙技也。

白蒂·康笙，面如满月，笑则露其灿然。眉略弯，与炯炯之双目相配，神采飞动。动的美三字，尤不足形容尽之也。

（原载1927年2月27日北京《世界晚报》）

《魔窟红颜》中之郎·陈利

上星期一、二两日中央影院映的《魔窟红颜》，片子很好，乃是郎·陈利（Lon Chnev）主演的。郎·陈利的歹角，实在是表演入化，看过《钟楼怪人》《歌场魅影》的人，大概都知道，我所可怪的，为什么中央的广告，对于这落得鼓吹一点，何以却没有提到？

魔窟里的布置，虽不是像《歌场魅影》的隧道那样伟大。但是古屏风后的人手，门头上的怪镜，内室里的骷髅已经是够人惊心动魄的了。郎·陈利原有百面孔之号，这次饰的疯医生，脸上并不凶恶。他却用尖角的长眉毛，配上闪光的眼镜，冷酷瘦削的面孔，并上微弯的嘴角，越矜持，越见阴毒。加上他那身穿长而窄小的衣服，举动轻慢，真是阴森之气扑人。

星期二晚上，我看那片子，到疯医生要解剖那落陷的女子时，前排有个七八岁的小孩，放声大哭，这片子的动人，也就可知。我佩服郎·陈利之善演、善化装，同时我又佩服外国电影，编剧布景，真能不苟且……

（原载1927年3月11日北京《世界日报》）

看《爱之花》后

昨晚为中央影院《爱之花》片最后之一日。予对于葛雷福氏（音译）导演之电影，颇有几分信任，因此拨冗一观，予初以为爱之花者，必爱人之花之谓，而窃以与《love Flower》之原名不可通。及观影片后，始知岛上产花，其名为爱情花也。

是片布景以幽丽擅长，真个如入图画。其岛上爱情河数幕，于垂杨半树外，映出绿波一片。小舟如鸥，荡漾其中，则有香花一束，与水飘来。此又画中有诗矣。主角为演《赖婚》之巴色玛（音译），以演小生，自是出色富行。女角克罗儿（音译），游泳足见功夫。但其描写情窦初开处，亦初写黄庭，恰到好处。当其在荒岛遇少年后，归移一椅，傍其父而坐。两腿置椅上，以手抱之。乃含笑告父曰：I saw a man.遂即藏其脸于膝盖上。此时，我心为之一动，自以为数年来作小说专从白描上下手，未曾梦见及此也。

（原载1927年3月16日北平《世界晚报》）

中国小说与外国电影

对于外国影片，我们固然是欢迎。……可是令人不满意的地方，也就太多。现在略说一点：

中国的戏剧，逃不过落难公子中状元，小姐后花园私定终身。可是我看一看外国影片，也几是一个美女嫁一个好汉，实在无趣。

中国人是重文的，所以小说上的小姐，总嫁状元。外国是重武的，所以电影里的小姐总私配好汉。

中国的小说，公子调戏人家小姐，理之当然。外国电影里的侠士，调戏人家小姐，可以公然无忌。

中国小说里的状元，常常被招驸马。外国电影里的武士，也常常娶公主。

中国小说里的侠客，结果是做一个御前带刀侍卫。外国电影里的侠客，也不过想做一个佩剑皇家卫士。

中国小说里的侠客，救驾诛叛逆，然后受赏。外国电影里的武士，也是替皇家杀些叛党，然后结婚。

中国小说的结局，不外洞房花烛。外国电影结局，不外拥抱着一吻。

文艺家迎合一般社会的心理，是这样卑鄙。中外如出一辙，可叹！

（原载1927年10月6日北京《世界日报》）

看了《乱世忠臣》的小感想

我看了这一个片名，我就想到他的剧情，恐怕不容易合乎潮流。及至我看了以后，乃是说俄皇亚历山大二世时代一段故事，心里果然不安起来。

饰亚历山大二世的那个角色，身躯伟岸，的确有些英气。不知什么缘故，我对他总有些厌恶的意味。

饰那个传信官史绰告夫（音译）的Ivan Mcskie目光炯炯，一双吊眉，自然表现勇猛出来。长途跋涉，在电光下驾驶奔马，在岩石下刺杀巨熊，在渡船中斧劈鞑靼人，都可以表示他奋勇。当奥格列夫（音译）夺他的马，他怕走漏传信的消息，受辞不能，也可以表示他能屈能伸；不过我个人的观念，总不能十分痛快，因为他那时候，脑筋中所幻想的，是专制俄皇的命令。其实亚历山大二世的时期，忠君爱国，本是一回事，我们用现在的眼光去看，当然不合。但是由此我们知道不大合潮流的艺术，哪怕是过去的事实，总教人心里不无芥蒂。

史绰告夫因为皇命，见了母亲不认。后来眼睛受了烙刑还靠他的情人引导，走过雪山去报信。这种忠于职守的精神，自然可以佩服。不过我们看过巾帼英雄，那共和军少年临死，还有报告英兵喝醉了的计划，觉得他忠于职守是一样，他的所以忠，就比这忠臣有天壤之隔了。最后，我们可以悟得影片在历史上，应该怎样取材了。

（原载1927年10月7日北京《世界日报》）

看了《慈母》以后

中国的大家庭制度，往往酿成婆媳、兄弟、妯娌间种种大风潮，所以稍文明的人，都很提倡小家庭制度。

其实欧美的小家庭制度，也有许多坏处，《慈母》这部片子，就是对此点下总攻击的。剧中的班曼丽（音译）夫人，养了四子二女。在他们幼小的时候，抚育他们，心力交瘁，后来子女大了，嫁的嫁，走的走，替父入狱的入狱，只剩老夫妻两人。后来班曼丽丈夫死了，一个人孤苦伶仃住一所房子。二子一女远行，在附近的二子一女，又不养她，只得入贫人院。幸得三子回来，把她接回。不然儿女满堂的人，却老死贫人院了。中国人有句俗话：燕子衔泥空费力，哺得儿女各自飞。正是应这片子写照。

我想孝亲和大小家庭制度，绝对不能混为一谈，孝亲不一定要组织大家庭，譬如这影剧中的四子，尽可各立门户，但是父母愿意到哪一家，哪一家都得欢迎。不过欧美的小家庭，确不欢迎父母的，许多老年人，还不免自食其力，这个片子对欧美人士实在对症下药呀。就是我国提倡孝道，亲子分家，也占半数，这种片子也值得提倡呢。然上海滩上，教人吊膀的影片，哪里谈得到呢？

（原载1927年10月12日北京《世界晚报》）

摄影与剪片

我曾在《明珠》说过，制影片的，除了导演者而外，剪片摄影两种人，还负有很大的责任。我们不要看轻了他。

摄影者的本事，不仅是摇着摄影机快慢合度就了事，他的本事，还在于摄小为大，摄假为真。我们常常看见，影片中大批房子倒坍，或者两火车相撞，大轮船沉没，其实那十有八九是假，不过是毁了些石膏模型，木头模型罢了。能令看得像真的一样，那就在于摄法如何。

影片里面掉枪花，剪片接片是要做一大半主的。惊险的片子，尤非善于剪接不可。譬如摄影员对着一片倒坍的房屋模型摄了影，在银幕上总是远景，还怕人不信。而今写真的，布一小角倒塌的屋景，摄将下来，接片子的人，把它紧接在远景之后。看电影的人，先看了整个的房屋破坏，后来又得他的近景来证明，你怎么不死心塌地相信。

就以最近青年会演的《无名英雄》而论。那位小老太婆宣景林，谁都知道她不能一跳上墙，可是片子里，她就有那种能耐，这是什么缘故呢？这就是摄影者和接片人捣鬼。他们让宣景林由假墙上往地下跳，做两回摄影（当然，不止跳一回）。先摄她跳的时间，后摄她落地的时间。她先那一跳，人并没有落地。后来一落地，人又并不是从墙上下来。他两头一摄，把中间抹去，在那一刹那，你就以为她真是跳下来了。片子上，不是往墙上跳吗？我怎说他跳下地呢？其实望上望下，都是望下。原来接片子的人，把摄影员得来的成绩，给他一寸一寸都掉过来，恰好来个反面，那末由放映机上射上银幕的影子，墙上跳下地，就成了地下飞上墙哩。

新闻片中，常看见宝塔倒了，后又复原，要知道那并不是真还原，是把摄的片子，倒映出来呢。归总一句，这都是接片子的手段。

（原载1927年11月3日北京《世界日报》）

我之所以看电影

谈到看电影，似乎是充满了洋味的人所迷恋的。但是说到我，每星期至少看三张新片子，不能说不好此道。可是我一点洋味不带，甚至于还是不老而朽的分子。

所以我们进电影院，不要以为银幕上的房子，都是洋楼，出来的人，都是洋鬼子，就以为看电影带洋味，要知道我们看了电影，可以在电影上，得识西洋许多人情风俗。看电影看得多了，不但像到过一趟外国，而且能懂得许多人情世故。

电影不像在中国的外侨，专夸外国好的。一部电影是描写一段人事，但他无论怎样写好的一方，他不能不用坏的地方来衬托，看电影能看到这一点，那末，那两三毛钱才不算白花，若是只图看滑稽角儿摔一个跟头，好打一个哈哈，那等于到游艺园杂耍场，听说相声了。

我因为看电影，不单是有趣，所以我看得很起劲儿。我不知道别人看电影的感想如何？很欢迎读者说出来，大家讨论讨论。

（原载1927年11月5日北京《世界日报》）

直译影名之难

电影的译名，我曾说过好几回，我还有未尽的意思，可以说说。

有一部分人，以为翻译电影名字，和翻译书一般，非万分不得已，不许臆造，必得直译。若果是这样，那非弄出笑话不可。

譬如前天平安影院演的《侦探艳遇》，若照直译，那是《喂！喂！牧童》。这要不说明，无论如何，人家不知道是个影剧名。又像中央影院上演的《歌场三艳》若直译，就是《莎梨、爱伦和梅丽》。这也不成话了。

我的外国文程度太浅了，不知道外国对艺术界的事物安取名字，究竟是什么感想。我觉得他们对于电影的名字，似乎爱用惊叹的字样。譬如《假家庭》，直译是《啊！小孩》。《一人回》，直译是《大败破》。一个词义，原文只有一个字Llavoc，无论如何，这要直译，是万万要不得的。

若以为原文的名字，能包括全局，那也不见得。好像《喂！喂！牧童》《啊！小孩》这不过是一张字幕上的话罢了，又何以能包括全局呢？所以我的意思，正和主张直译影名的人，立在反对的地位，就是非万分凑巧，不用原名。

（原载1927年11月29日北京《世界日报》）

论电影说明书

据一部分人说：说明书做得好，也可以得一部分人的赞赏。因为这样，可以让看电影说明书的人，当短篇小说看。这点无论对与不对，就是对，小说以白话为正宗，将说明书改为白话，也并不失掉上述的一段好处呀。

至于说明书中，有逐本加上一层回目的，这是电影院的广告作用，与电影说明本身无关，那倒可以不论。有加的，也就无须反对了。

此外还有几件事是应该有的，一般电影说明书，又把它忽略了。就我的意见而论，有以下数点：（1）导演者、主演者而外，配角的姓名，应该列出。（2）片子出版的年月，要忠实地记着。（3）片中之新角色，无论主演与配角，影院如果知道，应当稍为介绍几句。

说到这里，我可以结束我的话了。总之，电影说明书，要普及于观众，要辅助银幕上之不及，却不可减少银幕上鼓动或吸引观众之魔力。我的话，未必完全对，欢迎读者的申引与指正。

（原载1927年12月6日北京《世界日报》）

徐娘旦中之梅·柏舒

电影界中的中年旦（我国戏剧界谓之为徐娘旦），是一种不容易找的人才。因为光是年纪相合，脸子不漂亮，不能吸引观众。若是脸子太漂亮了，又怕不像中年人。这正得多数我国人说滥了的一句话，徐娘半老，风韵犹存。必合乎这个条件方好。

据我所看过的影片而论，在美国明星里面，只有梅·柏舒（Mae Busch）可以当此重任。我们在《桃花劫》《徐娘怨》这两张片子里，可以看到她的天才表演。她的面孔，的确是中年人，可是每到谈爱情的地方，含情脉脉，确是有一种丰韵。她的好处，虽然是情感热烈到十二分的时候，只是微睇浅笑，并不像青年旦那样眉飞色舞。对于男子（在银幕上），处处体贴，有一往情深之概。最近中天上演的《离婚》，青年寡妇的纪夫人，就是梅·柏舒扮演。虽然中天的影刊上，并没有列出她的名字（也许是不知道），她的面孔，我是一望而知的。这《离婚》片子，前半部是主角白丽华（音译）的工作，后半部却是梅·柏舒的工作，她感动人的表情，不在白丽华之下。

由梅·柏舒我想到我国的王汉伦，她的确是一个徐娘旦的上上人物，明天将她的影片介绍出来，再说几句，今天打住。

（原载1927年12月23日北京《世界日报》）

可惜了王汉伦

提到王汉伦，谁都知道她是中国电影界的先进，一部《孤儿救祖记》的片子，就让她出名了。她的好处，是生成一张少奶奶的面孔，加上神情偏于清淡一边，很宜于做悲旦。所以遇到青年寡妇，失意妇人一类的角色，不必要她表演，只要她本来面目，就够六十分了。

可惜王在明星公司，不能久长，主演了几部片子以后，就为着多挣几个钱，跑进滥污公司里去了。这种公司一来是没有好脚本，二来配戏的全是一班饭桶，艺术远谈不到幼稚二字。因此后来的演员张织云、杨耐梅、丁子明尽管大享盛名，出好片子，王反而默默无闻了。

王既然不入好公司，不能主演好片子，因此她的艺术，也没有什么进化之处。我曾看了她主演的一套“电影女明星”，看得我非睡不可，没有看完，我就走了。像这样子，老实说，她的艺术，竟是开倒车了。

外国的明星，虽然一半是赋有天才，然而非得导演者的提拔，也难于振作。譬如李丽·吉舒，不能说她不是个人才，但是她若没有葛雷菲斯的辅助，哪有今日悲旦皇后的希望哩！王汉伦的天才，的确是不错，可惜竟不能得到一个懂艺术的人合作，就从此降落下去，我们试看她那张相片，真辜负她那一个上等徐娘旦的脸子啊。

（原载1927年12月27日北京《世界日报》）

刘别谦之导演手腕

近来连看了七八场电影，其间倒遇到两部刘别谦导演的片子，一部是《残花忏昔录》，一部是《迷龙记》。我藉着这个机会，将刘别谦导演的艺术，仔细研究了一下。

有些人说，刘别谦是时髦导演家。时髦两个字，拿来形容艺术手腕太不合逻辑。因为时髦是流动的，是空洞的，决不像惊奇，危险，缜密……，是有专指的，所以拿时髦两字，给刘别谦一顶高帽子戴，我想刘别谦是一定不认可的。

我以为刘别谦导演的手段，很有些像中国人作诗（旧诗），往往欲擒故纵，令人不可捉摸。片子不求过长，内容偏是波浪，纵横，决不肯用平铺直叙的手腕。这就是前次曹舞霜君所说的，影片里的一种情调，最妙的是刘的作品，最注重蕴藉二字，一桩小小的事情，却含有很浓厚的趣味。譬如两个人接吻，他先将男的隐起，只伸出两只手来，拉着女子，女子缓缓地向镜头外走去，最后银幕上只有景，没有人，可是我们却又知道他们两人正在接吻，这正是旧诗上一种“语尽而意不尽”的法子，可见运用艺术的手腕，中外是一样呀。

我们若是看过葛雷菲斯（音译）的出品，就知道他的手腕，和刘别谦恰恰背道而驰。葛的出品，如《赖婚》《二孤女》《空门遗恨》。伟大是伟大，惊奇是惊奇，但是如水银入地，一泻无遗。刘别谦也曾羡慕他片子的伟大，可以耸动观众，于是导演了一部埃及故事的《故宫痴梦》，因为只想伟大，戏中的情调，不能十分顾到，发挥又不能像葛雷菲斯淋漓尽致，结果不能不算小小的失败。

所以葛雷菲斯不能学刘别谦，也正如刘别谦不能学葛雷菲斯。

若就艺术上说，刘别谦的手腕，应在葛雷菲斯之上。不过他有些地方，纯用暗示表演，差不多的人，不会看出，不像葛雷菲斯的出品，富于刺激性，可以妇孺能解。这是我最公平的判断，不知读者以为如何？

（原载1928年2月16日北京《世界日报》）

古装影片与满清故事

古装片比时装片叫座，这是尽人所知的一件事。至于古装片何以比时装片能叫座？大家的意思，必以为是衣服不同，布景不同，道具不同。我就连说非也非也。你若不信，试反言以明之，若是把一套不叫座的时装片，改为古装，能叫座吗？

社会上所以欢迎古装片，实实在在的，是因为它所取的材料，都在耳熟能详的小说上。我们读了小说，早就在脑筋里面，留下一个事实的幻影。一旦有真的事迹来印证，一般人自然要以先睹为快。这不但古装电影唯然，就是新（指古装的）旧戏剧，也是这样。不过戏剧只在一个舞台上，有布景也罢，无布景也罢，却不能充分的写实。电影不然，可以把故事上的悲欢离合，和盘托出，自然是一般人更欢迎的了。

只要是个有普通常识的人，他对于本国的故事，没有不重视的。不但重视，有时还拿来作为人的模范。电影公司，看破了这一点，拿故事来制影片，自然是投机的了。我说到这里，必然有人驳我。既然故事影片，有受社会欢迎的趋势。那么，何以和近代最相切的清朝故事，却没有演过哩？自然，那是因为衣服不美观，还有辫子，小脚，三种障碍，看了这三种障碍，可以知道古装片之时兴，这与“古装”二字有关。

上面所说，自然有一部分理由。但就我个人的眼光而论，清朝故事影片，倒有摄制之必要。至于那三种障碍，也得设法打破。若不打破，把最近三百年，许多好材料，都弃之不要，岂不大大可惜？而且罪过。至于打破三种障碍的方法和理由，明日奉告。

（原载1928年4月23日北京《世界日报》）

清朝故事与影片（续一）

我日前曾提到清朝故事，可以摄制影片。至于衣服不美观，辫子，小脚，三样障碍也有打破之必要。怎样的打破，我有点意见。

第一，衣服不美观，那是局部的，不是具体的。我们看见美国长片上，恶徒吴芳，穿着补服挂着朝珠，头上戴着大顶瓜皮小帽，手上拿着一根旱烟袋。我们见了，就十分不快。其实清代汉人的服装，可是如此呢？满人的服装，可又是如此呢？由满清到现在汉人的服装，可分为三大段。第一段，乾隆以前，服装与明朝相去不远。尤其是女子的衣服，简直无别。第二段，乾隆至咸丰年间，汉人衣服，自成为一种形式。女子衣服主短主大，男子衣服，都是长袍马褂。虽然比现在的衣服，还要博大，比以前一尺二三的袖口，就差得多。第三段，光绪以后，就变得太厉害，男女衣服都主窄小而长，一直到前十年，才改过来。但是不过大小长短，形式是没有什么分别的。至于满人呢，自入关以至于清末，他们自具一种风格，女子的旗袍，现在还风行一时哩。

就汉人的服装言，第一个时期的衣服，无异古装，当然没有什么障碍，大可用。唯有第二时期不过不美，略为更改，也不妨事。第三时期，与时装相近，那简直可用时装了。至于满人的衣服，只有官服朝服，我们有些看不上眼。所以看不上眼的理由，只能说马蹄袖和帽子上的花翎，有点滑稽意味罢了。其余，很难说，所以然。我以为这是汉人始终排满，就始终讨厌他的服制。到于今依然不满，大概是先入为主的缘故罢了。欧洲十六七世纪的衣服，到了现在，自然也有不少可笑的资料。但是外国影片，却不因为这一点，不制十六七世纪的影片。我们何必为了花翎、马蹄袖，就牺牲三百年的材料呢？

（原载1928年4月28日北京《世界日报》）

清朝故事与影片（续二）

其次，便是这根辫子问题。这样东西，实在不高明。中国人之在外国报纸杂志上大出风头，也是这一条辫子。人家拿图画来讪笑我，我已经受不了，我们现在还要脑袋上长尾巴，到银幕上活现形，真是出乖露丑了。

友人陈大悲君，他因多年从事戏剧的关系，与影界很有渊源，据他说，他已编了一本《陈圆圆》要摄制。名字就叫《辫子之由来》。以表示这辫子不是“中国古来就有的”。自此以后便可以打破辫子不能上银幕的障碍了。我以为不然。他的意思，把辫子要归罪满人。然而现在汉满的界限，已不可分，都是中国人，怎样可以把辫子的秽史来卸却？况且一部片子，只能给人看一次，有多少人看见也不可知。现在要靠这一部片子，把以后要演的辫子影片之污点，全解释清楚，如何能够？

我的意思，很是简洁。就是每逢摄制清朝故事的影片，就该去掉这一条辫子。虽然有人以为这不写实，宁可负这一个不写实之名。好在这不过脑袋上之一件附属品，与演电影的动作，是绝对无关的。

（原载1928年4月30日北京《世界日报》）

清朝故事与影片（续三）

又其次，便是小脚了。小脚这种丑态，原不起自清朝，在宋以前，已经有了。若因为哪朝有了小脚，就不演哪朝故事，那么，中国的故事，应该牺牲一千年之多。恐怕连最近映的片《杨贵妃》，都有考虑之必要了。

现在所演的国片，对于女子的脚，都不很注意。上面穿着宫装，下面却穿的是现代通用的平底鞋。关于这一层，我早想说几句，现在提到小脚，可以顺便一谈，古女子鞋的名字，传到现在的有金绣鞋、玉香鞋、凤头鞋、合欢鞋、简鞋、弓鞋、凤鞋，种种名称。这里面，自然有一部分说小脚的。但是像凤头鞋、合欢鞋，决不会是小脚。因为粽子式的小脚，没法子在前面做一个凤头。合欢鞋呢，有连枝比翼之意，当然与男子的鞋差不多（也许是鞋子上绣着合欢花。不过以绣的花名鞋，似乎勉强）。就以上面种种鞋而论，大可以上银幕，何以把它忘了？

我们演唐宋以来的影片，既不受女子脚的限制，何以到了清朝影片，就要受它的限制呢？至于演满人的故事，更不成问题，他们女子的脚，本来就是天然的。总而言之一句话，我们演清朝影片，也可以把小脚改为大脚，虽然不写实，又一个顾不得了。

我之目标

我看电影的目的，和大多数人不同。大多数人看电影，喜欢布景绚丽，规模宏大。我看片子，喜欢摄影奇妙，表演灵活。所以电影广告，怎样宣传资本巨大，事迹离奇，不能动人，只要他讲出这片子是谁主演，是谁导演，设若这两个人正合我意，我虽力排万难，也要去看的。

我为什么定这一个目标，我自己也说不出所以然来。不过我觉得摄法奇妙，表演灵活，让我看了，我心里会留下一层深刻的印象。心里能留深刻的印象，这是我最快乐的事。

（原载1928年5月14日北京《世界日报》）

转告中天

——何必给中国人丢脸

恨水先生：

我有一件不相干的事，要麻烦您，请您顺便登在免费邮筒内，请中天电影院的老板看一看。

我们若是有一点常识，也应当知道美国电影里有把中国人当坏蛋和强盗的事情，都是存心侮辱中国人。这样的片子，不但不宜演，而且要通知美国电影界，尊重友谊，设法纠正才是。

上次在中天看电影，看到影片里有拖着长辫，给人扫地的中国人，又有与贼为伍的中国人。当时我很怪中天老板粗心，何以不把这一段片子剪掉。昨日我从中天门口过，我才知道他们老板，并不粗心，是有意要给中国人丢脸。中天大门的右边，挂着一方影画广告，一个半截中国人，身上穿着金龙花衣，头上戴着红缨帽，脸上色气很黄，眼睛垂着不能睁开，胡子只有两条，左右向下一抹，那既委靡又阴惨。这样的片子，不但大演特演，还要先把出丑之点，预告国人。当真就有这一样的看客，受他广告的吸收，以看中国人丢脸为乐吗？这种办法，我真不懂该院经理是何用意？

我一见之下，就觉得这是外片里的歹角，乃是挖苦中国人的。偏是旁边又写出了剧名，乃是《阿里巴巴与四十大盗》。不用提，这中国人在影片里一定是一个大盗。片子之侮辱中国人，可想而知了。现在的影片，听说都要经过检查的，这片子不知道检查过了没有，若是没有，当然还有挽回的希望。若是检查过了，我这话就取消，但是我给中天老板这厢作揖。足下若是中国人，请您下不为例。言尽于此，请了。

华魂敬启

记者附按：华魂君之言，吾人认为甚是。即就营业一方面而言，此等影片，亦未必有号召看客之能力。不能卖钱，而又侮辱国人，诚不如其已矣。中天经理，从事影业有年，独不知乎？

（原载1928年5月15日北京《世界日报》）

美片之团圆弊

美国之影片，十九必出于团圆。看尽之后，每令人兴味索然。关于此层，愚于《明珠》，曾数论之。

予因不愿观影片团圆之故，恒于影片演至快结束时，于暗中摸索，先告辞而去。此非矫情，以如是则予所得，较看完尤痛快也。

影片看完，反令人兴味索然，则团圆情节，不大适合，可以概见。吾人初亦非谓影片不宜团圆。但如美国片则无论何项情事，终必设法归到接吻或一结婚为止。陈陈相因，真个味同嚼蜡矣。

（原载1928年5月15日北京《世界日报》）

关于有声电影之疑问

予旧日酷嗜皮簧，近则极爱电影。因是皮簧所造匆深，适成为半瓶醋。今改嗜电影，中途出家，又一半瓶醋也（然非二分之一加二分之一，等于一瓶。一镇江醋，一酸酒，两个半瓶耳）。以下所云，乃半瓶醋之见识，整瓶者有以教之。

自有声电影出，艺术界遂群诧为惊人之举动，而一般电影迷，亦虽然而喜，以为看电影哑子看哑子之遗憾将有补之。然以愚意观之，此事在新大陆，或可强云如此，而中国则犹未也。盖吾人所习见者，多为美国之片，国片次之，欧片又次之，日本片则吾闻其语而已。就最普通之美片而论，其所发之声音，当然为英语。而环观电影，观众能懂英语者，十不得一二。其余则虽闻其声，亦瞠目不解也。有声电影既出，当然可减少许多字幕，而增加剧幕。但有字幕时，大家可看另译之汉文说明（按英文程度佳者，恒先看汉文说明）。今字幕既少，言语有声发出，而汉文说明当亦少，自减少观众若干线索。或曰：汉文说明，独不能译声音乎？予曰：此恐甚难。盖声音所占之时间极短，遇对语时尤甚。若随声音在一旁打玻璃片，汉文说明，无论不胜其麻烦，亦万万赶不上。而观众以一只眼看电影（有字幕时，即不必看英文字幕也），一只眼看玻璃片说明，两耳听电影机发声，毋乃不可乎？

（原载1928年10月16日北平《世界日报》）

女子宝鉴的《孽海花》

自演《复活》而后，黛丽娥（音译），已成了颠倒众生的明星。她那种表演浪漫和诚恳的态度，实值得令人心动。虽然她的面孔，并不十分美丽，然而倾倒黛丽娥的，却不注重此点。

《孽海花》这部片子，可说福克斯公司完全为她制的。当未开幕之前字幕上就说，魔鬼要把儿童的天真，荡妇的浪漫，处女的温存，三样加在一个人身上，看她结果怎样？而黛丽娥的艺术，正是合于这三者的。她所演的卡门女郎，活是一个当代女子代表。祖德那样爱她，为她抛了婚妻，丢了母亲，杀了长官，结果，她还是百般设法去媚斗牛大家。斗牛大家打她、骂她、藐视她，她都不在乎。她之所以如此，因为斗牛大家名誉大，嫁了他，住大房子，坐双马车，带满胳膊的珠镯，比嫁一个革了职的旗兵好得多了。

她为了要受偷税者的贿赂，要祖德犯法，可见爱人是不敌钱好。后来她和斗牛大家同坐马车赴会场，她竟要由旧工厂经过，以傲其同侪。可见女子的虚荣，不过在这一刹那，真是无味得很。

这部片子，写一个极不爱她，她力求他爱；一个极爱她，她反害他。两相映照，实在沉痛。

（原载1929年2月25日北平《世界日报》）

垫　　戏

旧戏院当名角误场之际，台上青黄不接。恒在抓二三零碎，忙中凑上一戏，以为过渡，此种戏名之曰垫戏。垫戏之角色，求其易扮妥，故不能离丑行戏，大概不外“打砂锅”、“瞎子逛灯”、“打城隍”等两三部。及其上场，亦不过胡说八道，胡混一阵。台下人亦知其在混场，谈话者谈话，吃东西者吃东西，故每及垫戏上场，戏院中每闹成一团糟。人谓北京旧戏子，最讲求规矩，证之此事，窃未能相信也。其尤甚者，垫戏刚至一半，而误场之角，扮戏已妥，竟不问完与未完，将垫戏中止，即上正戏。此虽减少观戏者痛苦，然按之规矩，则破坏之后，再加破坏矣。

（原载1929年5月19日北平《世界晚报》）

葛雷菲斯

葛雷菲斯（音译），以导演《赖婚》一片名震宇内，不过近数年来，其名誉日落。去年十大导演之选，葛雷菲斯竟名落孙山，亦可伤已。昨在真光看其导演之《拆白美人》一片，其手腕果大为改换，力趋于细腻，不若以前之一味伟大。唯葛氏终有葛氏之个性，其描写处，辄尽情发挥，与刘别谦之处处含蓄，适处反面。《拆白美人》一片，犹处处能见其二孤女《赖婚》中种种精神也。

（原载1929年5月19日北平《世界晚报》）

感于《海国争雄》

美国制片厂，现在更是滑头了。极力地制造欧战影片，夸协约国的战功，但从来不肯说德国坏。尤其是最近的《海国争雄》一片，简直说得德舰战败犹雄了。

片中形容德舰“埃得姆”号善战，到处击沉协约国的商船和运船，又救出载客来，以顾全人道。最后和英舰“西奈德”号开战。只一接触，“西奈德”号逃出火线，却利用它的吨数多，炮径大，做远距离的射击来毁“埃得姆”号。于是不写英舰如何能打人，却写德舰如何能受击迎战。那位饰舰长的，一副英勇猛执的样子，活是一个好军人。大副击断了一臂，还送炮弹进炮腔去打敌人。一直打得全舰破碎，舰长还说，用大炮回答他招降的信号，令人起敬。卒致水手全伤了，敌人小艇来了，才烧掉国旗受俘，真是无限凄怆。所以英兵都向他们致敬。我很疑惑他何以不演得德舰像田横五百人一般，炸船同尽哩？是了，怕写得太好，英人不愿意吧？

看了这片子之后，我想起中国海军了，我更想起中国的军人了。

（原载1929年6月13日北平《世界晚报》）

菊部丛谈

旧剧改良难

近日《世界日报·明珠》收到改良旧剧之稿甚多，而终未免隔靴搔痒。吾人欲改良旧剧，诚如凡鸟言，非下一番研究功夫不可，否则有皮簧废胡琴之笑话矣。今日北京所演之本戏在形式上观之，似已稍稍改良，而其实则否，有时或至于退化。读者若以予言为怪，则请毕其词。

本剧情节，较普通旧剧为佳，自是正论。不知旧剧原来何尝无情节，特经伶人割裂演其中一般遂致毫无是处耳。此不得认为本戏特长也。至旧剧词句不通，固吾人所憾者。而新编本戏之改良，则分两种。一种加许多新名词，令伶人向观众致训词，使人闻之浑身肤栗。一种则风花雪月，堆砌成篇，普通人闻之茫无所知，亦为不通之事。此亦未见改良也。至于布景，吾以为旧戏非根本改造，使其能分幕，则绝无布景之可能。试以《狸猫换太子》而言，为本戏最有名者，而布景亦足号召观客，然实绝无。对包大人骑马（即拿马鞭子）直入人家卧室客堂之事，常可遇之。若不布景，即大门内外，均在台上空间，而骑马直入无妨也。试更举一例，台上布山野景，狄仁杰追番兵数十里，番兵败退数回，以景论之，则仍在原处，是非有布景之虑乎？

吾甚忙，惜不能将胸中所欲言者，一一书出。因读者皆好谭此，特举最重要者，略述一二耳。

（原载1927年1月7日北京《世界晚报》）

《审头刺汤》之谬点

京戏中之《审头刺汤》，根据传奇《一棒雪》而来，《一棒雪》传奇，又系影射严世蕃夺取《清明上河图》之事。其事转折甚多，而情节遂不无悖谬。例如陆炳正审人头之时，忽又奉旨监斩，于是将雪雁吊在西廊，故意令汤勤陪审。汤勤在堂，更又令两公差退下。于是堂上只有一官犯妇，合之事理，乃不可能。又汤勤在鄢府为上等走狗，且能陪审，官职当不甚小。而雪雁在其家时，不见一仆一役。及汤酒醉回家，更由新人雪雁问话开门。任何做官人家，不致有此现象。编剧者因欲雪雁刺汤时得行事之便利，故如此乎？然而于理固不可通也。

（原载1927年7月4日北京《世界晚报》）

童伶出科难红之故

科班生坐科时，虽十分叫座，而出科后，犹能一如往昔者，十不得一二。此其原因有二：一，科班戏之看客与平常戏班之看客，有贫富阶级之分，其赏识此伶之人，不见更能追随于其出科以后也；二，童伶坐科，人以其小而能唱，故重之；长而出科，艺不稍进，人遂不必重之矣。

此外，北京有一部分学生，喜欢捧童伶，童伶之声望，每因之而增长。及童伶出科以后，学生财力，不足以言捧，相顾莫前。此亦童伶出科难于振作之一原因也。

（原载1927年9月4日北京《世界晚报》）

演新戏贵遵守脚本

吾于旧剧，虽为极端外行，但于新剧，则有若干时间之实地经验。且来自海外之剧本，及剧学之研究，吾亦略略领教矣。因是故，吾于今日学生所演之娱乐剧，及文明戏子之营业剧，皆不愿过目，因不能令人安坐也。然吾某次，偶至庆乐园，适坤伶等演《空谷兰》。落座后，大悔。坤伶戏，本来既无可取，再为新戏，则有不堪承教者。然吾卒毕戏而走，虽不以其为佳，觉其催吾走，亦不甚迫也。

此何以故？则以其所演虽为新戏，然说白与表情，皆有一定之规矩，若干地方，固不通，然亦不乱。任何艺术，办到不乱，不必叫好，亦不必令人厌恶也。

我国伶人智识，本极薄弱，况在坤伶。彼之所以能演至不乱者，此无他故，即为肯遵守脚本，肯勤为排练，肯听导演人之指挥而已，然吾此言，非指一般坤伶而言也。以吾看雪艳琴之一组，有此成绩，专指该奎德社而言耳。又吾曾看马艳云姊妹之《红蝴蝶》，只看一小半即去，其糟更去文明戏万万矣。

总之，无论何人演戏，能根据脚本，排演纯熟而后登场者，必有可观。反之即使满台由名伶合串，亦免枘凿不入也。

（原载1927年9月4日北京《世界晚报》）

《探庄》

昆曲中之《探庄》，本为小生戏，因京班中小生，武功多不足取，故皆由武生饰之。传闻姜妙香曾新习此剧，予不敢信。因戏中之石秀，极须有腰腿功夫，姜系青衣改行之小生，恐不能胜任也。

当三儿与其父谈话时，谓庄中豆下红灯为号，白翎为记。石秀暗立其耳后，使一鹞子翻身，在三儿帽下，将翎偷去，此腰上非有莫大功夫，不能办到。其他上山时之腿功，与夫投店时之神情，皆极繁重，盖无可偷乐之戏也，此戏若不带射灯，场子颇简单，不懂昆曲者，决看不出趣味来。

近之武生中，亦只闻杨小楼有此戏，予曾在某处看过一次，系以郭春山饰三儿。此戏不甚叫座，杨固不常演也。

（原载1927年10月10日北京《世界晚报》）

演《关羽》戏之迷信

京中演《关羽》戏，饰关者辄闭其双目，迫不得已时然后始睁其目，而一刹那间，其目又闭。初睹此者，窃以为怪，不知其理由何在。询之内行，自有京戏以来，规矩便如此。盖梨园遗老相传，空中鬼神，见台上关羽，以为真者，必来参谒，伶人睁目易见奇异之幻形，必至受惊，闭目则神威稍减，可免见怪状。此语出于不经，本未足置辩，然梨园人物，十之八九为迷信者，彼决为勇气，敢言上说不可靠也，清朝尊崇关羽最甚，伶人亦此习，故其演关公戏，必在后台供奉绘有关图像之纸码，焚香叩头，藏纸码于身，然后出台。即如青石山一剧，先在台中，撑开布城，伶人在内叩拜焚纸码已，始撤去布城，其明证也。

（原载1927年10月15日北京《世界晚报》）

双龙会

近日上海舞台，争演新剧，于是有演全本《杨家将》者。不知此戏，徽班早有之。

某年在皖南，曾见徽班演《双龙会》全本，自杨大郎乔装赴会起，杨五郎五台出家止，其戏极为悲惨。杨令公下五台山时，与五郎告别，有一大段唱词，约及百句。那时戏学程度太浅，仿佛其调类于京剧之二六板，但其音节，较和缓耳。中有数句，吾尚忆之。词云，尔的母，那时节，他对我讲。我现在，交与你，儿子八个。到回来，你还我，孩子四双。此戏未闻京剧有之，所谓礼失而求诸野。非欤？

（原载1927年10月20日北京《世界晚报》）

惜李万春

李万春以海派童伶，出而与诸名角抗衡，不能谓非幸运。李以其小小年纪，手脚干净，且能有一副可用之嗓子，颇赞许之。实则李之武功，未必胜于富连成诸学生。……其所以克享盛名者，实为打炮戏唱得好。本来科班学生，状多寒酸，且绝无老板为之铺张。李登台之初，挂大字海报，俞振廷大为鼓吹之。及登台，行头漂亮，身材又小（时十二岁），人遂不以科班学生视之。其后某处堂会，李亦兴盛，偶为大人先生所赏识，遂至以后有堂会，非李不可，而李乃成名矣。

李享名后，人为爱惜伶界羽毛计，曾劝其父李永利，令李万春专习武生。永利不能听。今则既令习红净，又令学黑头，所习与其天赋完全不合。结果，必致弄成一个四不像。欲其成全才，不知适所以误之也。

（原载1927年12月21日北京《世界晚报》）

五十年前之名伶及其拿手戏

有某老先生书，熟于北京梨园故事，与之抵掌而谈，滔滔汩汩，终日不绝。唯其人雅不愿执笔为文，故吾人虽认为天宝后人，隔江商女，而无如其一肚皮故事不愿传也。彼家藏有五十年前名伶之名单一纸，并注有擅上何戏、借读一过，以为吉光片羽，足为梨园以传之助，颇可珍焉，比商得同意，允让誊录一纸，以塞夜光，殆亦好曲者所乐闻欤？兹转述于下。

（一） 三庆班[①]

程长庚　拿手戏：《法门寺》赵廉，《草船借箭》鲁肃，《洪羊洞》六郎，《监酒令》刘章，《钗钏记》问官，《汜水关》，《华容道》，《战长沙》，《关公》[②]。

---

① 对全班不录一旦角之名，亦奇。——自注

② 大老板拿手戏，当然不止此，但原单确如是。而监酒令之小生亦列人，则吾人所不及料也。——自注

殷德瑞　拿手戏：《宁武关》周遇吉，《斩黄袍》高怀德。

卢台子　拿手戏：《空城计》孔明，《打严嵩》邹应龙，《安五路》孔明。

何九　拿手戏：《捉放曹》曹操，《双包案》包公，《黄一刀》姚二楞。

初连奎　拿手戏：《斩黄袍》赵太祖，《黑风帕》高旺。

小叫天　拿手戏：《大神州》王永吉，《金钱豹》猴儿，《攻潼关》二郎神，《黄鹤楼》赵云①。

小珍　拿手戏：《探庄》石秀，《临江驿》周瑜，《岳家庄》岳云。

小湘　拿手戏：《草船借箭》周瑜。

小二格　拿手戏：《法门寺》贾桂。

（二）　四喜班

王九龄　拿手戏：《战蒲关》王霸，《乌盆记》绸缎客，《骂王朗》孔明，《除三害》太守。

叶中定　拿手戏：《除三害》周处，《出祁山》邓艾，《四杰村》鲍赐安。

福官　拿手戏：《拾玉镯》孙玉娇，《摇会》二娘。

赶三　拿手戏：《思志》诚老妈，《绒花记》崔公子，《拾玉镯》刘媒婆，《入府》李瓶儿。

杨三　拿手戏：《荡湖船》布客，《打花鼓》公子，《活捉》张文远。

冯玉春　拿手戏：《望儿楼》窦太真，《断后》李宸妃。

画儿李　拿手戏：《梅玉配》周其发，《绒花记》崔公子，《打店》

---

① 读此，未有不拍案惊奇者。小叫天当然系指老谭，因有小字，绝非叫天儿也。吾人固知老谭幼年，极不红，至其为武生，且充配角，更能演《金钱豹》之猴儿，则人所未道矣，但不知当年谁豹子耳。——自注

二哥。

三元　拿手戏：《探母》杨四郎，《江东桥》康茂才，《断密涧》王伯当。

连升　拿手戏：《挡谅》陈有谅，《黑风帕》高旺，《黄金台》伊立。

巧玲　拿手戏：《梅玉配》少夫人，《探母》萧太后，《浣花溪》任容仙。

秀兰　拿手戏：《探母》公主，《教子》王春蛾，《斩窦娥》窦娥。

桂香　拿手戏：《击掌》王允。《教子》薛保。

连喜　拿手戏：《金水桥》孙后，《马蹄》金柯氏。

福宝　拿手戏：《梅玉配》王婆，《浣花溪》夫人，《牧羊圈》婶娘。

佩云　拿手戏：《琵琶记》阳妓，《荡湖船》船家，《买脚鱼》渔婆。

吕增禄　拿手戏：《五人义》周老，《恶虎村》黄天霸，《三岔口》任唐辉。

士喜　拿手戏：《蜡庙》贺仁杰，《阖家欢乐》小姑娘，《打店》孙二娘。

（三）　春台班

张光全　拿手戏：《五人义》校尉，《白水滩》青面虎，《神州擂》任元。

张喜儿　拿手戏：《赶三关》薛平贵，《黄金台》田单。

菊生　拿手戏：《吴天关》赵义，《连环套》黄天霸，《十美图》张顺。

郝兰田　拿手戏：《断后》李宸妃，《入殿》刘氏，《辞朝》佘太君。

恒子　拿手戏：《回龙阁跑坡》薛平贵，《芦花河》薛仁贵，《五雷阵》孙膑。

李四　拿手戏：《虎门》赵大祖，《善宝庄》南白俭。

□腿王　拿手戏：《十美图》花子，《药茶记》浪子。

孙大常　拿手戏：《入府》李瓶儿，《纺棉花》首饰楼掌柜。

喜绿　拿手戏：《玉玲珑》梁红玉，《三堂会审》玉堂春，《四郎探母》公主，《血子印》殷小姐。

长寿　拿手戏：《岳家庄》岳云，《八大锤》陆文龙。

棠四　拿手戏：《彩楼配》王宝钏，《走雪山》曹小姐，《戏妻》罗氏女。

张三元　拿手戏：《庆阳图》李广，《演花枪》杨衮，《天雷报》老旦，《解宝收威》程敬思，《节义廉明》杨春，《破洪州》杨六郎。

（四）　全胜和班

盖红　拿手戏：《清河桥》楚庄王，《战北原》孔明，《铁笼山》姜维，《乌玉带》郭简，《芦花记》闵子骞，《雁门关》吴二贵，《一捧雪》穆成。

靳老虎　拿手戏：《假金牌》孙伯扬，《战太平》花云，《临潼山》李渊。

童子红　拿手戏：《醉写》李太白，《捉放曹》陈宫。

强五十　拿手戏：《碰碑》杨令公，《城都》刘璋。

十三旦　拿手戏：《三上轿》崔氏，《断桥》白蛇，《牧羊圈》赵锦堂，《三堂会审》玉堂春。

自夹红　拿手戏：《裙边扫雪》周太仓，《南天门》曹小姐。

悔儿　拿手戏：《送女》周关英，《教子》王春娥。

皂儿　拿手戏：《十八扯》少姑娘，《翠屏山》潘巧云，《拾玉镯》孙玉娇，《瑞雪庵》于姑子，《荷珠配》荷珠。

友寿　拿手戏：《五福堂》牡丹，《双令郎》丫环。

盖七省　拿手戏：《二度梅》陈杏园，《祭江》孙夫人，《击掌》王三姐。

秃丑　拿手戏：《丑表功》捞毛，《拾金》花子，《斗牌打架》丑婆子。

八官　拿手戏：《截江》赵云。

田套　拿手戏：《四杰村》萧月，《落马湖》于亮。

（原载1928年1月10日、11日、13日、16日北京《世界晚报》）

《百寿图》

《百寿图》为极普通之开场戏，盖取其吉祥之意也。头场南北二斗上，对唱西皮词句冗长。然不过将历代帝王，叙述一遍，毫无道理。求寿一场，亦多对唱，小生老生花脸三项角色，皆是正场。闻故老言，昔日程长庚、何桂山、徐小香曾合演此剧。长庚、何九饰南北斗，小香饰赵颜，观者莫不啧啧叹赏。可知戏在人唱，事在人为，开场戏何尝不可以压轴耶。

（原载1928年2月22日北京《世界晚报》）

戏之来源

戏的来源，很不容易考，我们用理想去揣测，知道它，必是由乐舞改变的。梨园子弟多供老郎神，以为老郎神是梨园开山宗师。但是老郎神是谁，又没有考据。一部分人说是唐明皇。因为他置有梨园教坊。还有一部分人说是齐僖公，更胡来了。

大概在汉以前，就有了戏，所以《史记》说：优倡侏儒为戏而前。又庄岳委谈：优伶戏文，自优孟抵掌孙叔敖，实始滥觞。那末，戏始于周了。

此外《通志》说：夏桀乐礼仪，好倡优侏儒，而为奇伟之戏。又《桯史》：夏桀始设侏儒倡优。这更说到夏朝就有了戏，不过以上两说，没有充分的根据，还是始于周说，靠得住一点。

（原载1928年5月3日北京《世界晚报》）

昆曲一得

《钗钏记》之芸香，始终用官白（字面捉中州韵者，谓之官白）。《西厢记》之红娘，始终用私白（以吴音发言谓之私白），其意何居？余曾数四请益于此中明达之士及老伶工，而均含糊答复，始终未得明妙，或言贴旦收场有善果者，为尊重人格起见，故用官白；凡稍涉玩笑者，则用私白，盖本彰善惩恶之微意，不能明言，故于道白中以官私别之，此说虽未敢许为确论，于理近似。

昆剧中比多一人之事，属于两传奇者，如宋江之月下走刘唐，大闹乌龙院，总名曰《水浒》。乌龙院为阎惜娇坐卧之地，则借茶前诱后诱活捉等折，谅亦同隶水浒。考之梨园脚本，凡张文远与阎惜娇苟且之事，实则别有一名曰《缀锦》，而鲁智深之山亭山门，则谓《虎囊弹》，武松之打虎游街，至于蜈蚣岭，则名《义侠记》，只林冲雪夜一折，亦属之《水浒》，是真人始料所不及。

（原载1928年6月7日北京《世界晚报》）

《龙虎斗》

《龙虎斗》虽开锣戏，得名角演之，实重头戏也。饰宋太祖者，从前以程长庚为最佳，后来汪桂芬为之，声调高亢，居然能继长庚后席。桂芬死后，则唯李顺亭，尚不失先正典型。此剧唱工，前半折为唢呐二簧，后半折改西皮，非嗓音高越者，不克胜任。头场下场时，叫板头句，于唢呐中起嘎调，尤非容易，至于饰呼延赞者，自推何桂山第一，尽善尽美，观者丝毫无憾，他伶为之，终不免有力竭声嘶之虑。盖黑脸唱唢呐，甚难也。

记者附按：由此言之，可见开锣戏之为开锣戏，并非天造地设，不过相习成此。苟待其人，不难一唱而为大轴，譬如《珠帘寨》一戏，从前名曰解宝收威，或曰沙陀国，向演前三出，无人过问。及老谭一试，成为妙剧。今则不演者不成谭派须生矣。

（原载1928年6月15日北京《世界晚报》）

人情剧《状元谱》

《状元谱》一剧，描写中国人旧家庭注重后裔，十分透彻。虽对于现代思潮，略有不合，然其状陈员外见张公道多子而伤感，见侄堕落而气愤，责侄之后，又生怜惜，皆人情也。至上坟时，员外念及日后无人为自己祭坟，甚悲。及因烧纸钱，追究出陈大官曾来上坟，唤大官出，问将来上二老之坟否？大官谓穷至一根绳，亦来，员外即上前而呼我的儿啰。大官恐叔来责，且骇而避之，此等处皆佳。又张公看见陈家老院子，谓其耳小不应无儿，以尔小生，八九子，读作“耳小”生八九子，亦极发松也。

（原载1928年7月23日北京《世界晚报》）

看戏与听戏

听戏与看戏这个问题，我的朋友们，曾为此事，打了好久的笔墨官司。可是到头一看，依旧不解决。

据我看来，有时候可以说是听戏，有时候也可以说是看戏。此话怎讲，譬如《上天台》这出戏，自始至终，就无所谓做，若不说是听就只瞧一个白脸和一个黑脸不成？又像《四杰村》《白水滩》这种戏，根本上无所谓唱，锣鼓打得惊天动地的响，震得人耳欲聋。这还有人爱听不成。所以我们对戏，有听有看，不能执一而论。

不过就原则上说，戏是表演事情，原来是供给人赏的，究竟还是以看为合理，只于听，那不过对一部分事实而言罢了。

（原载1928年10月□日北平《世界晚报》）

皮黄耳食（一）

去岁与贺子子远、蒋子震泉、夏子铁汉，同事于《朝报》。贺为老戏迷，蒋熟于坤伶掌故，夏则为名票友，不才虽不懂戏而酷嗜皮黄。因是工作之余，在十二点钟附近，必有一度戏学之讨论。议论风生，每不知东方之将白，抟沙一散，又易星霜，至今思之，不胜感喟也。而友人之言，犹有可忆者，曼为录之，题曰皮黄耳食。

票友戏，佳者极少。人不惮其烦而去听票友戏，非为戏而去，乃瞧笑话去也。此中笑话太多，言之有损口德，而票友之爱戏者，初不为闹笑话而减其兴趣。某前省长之侄，能黑头，能武生，亦能小丑，唱必三出，非是不过瘾。其叔数电召之，将予以优差，因恋于旧京有戏唱，不肯往。因是玩儿票而倾家荡产者有人，非无故也。票友，在办婚事堂会，每感不能尽兴。因新人在洞房中，早思安睡，若唱至深夜，未免不情。然非老玩票者，亦不能体贴至地也。

（原载1929年10月31日北平《世界晚报》）

皮黄耳食（二）

凡人有一技之长，足以自食其力者，必有所恃而不恐。反之，倚人赖以为生活者，必无用之人也。于是而推之妇女，可以证信。

平常女子逾二十四五，而未得其终身伴侣，暗中未有不焦急者，于坤伶则不然，彼等之目的，在未得有富贵之良人时，宁可不嫁。据个中人传出之言，坤伶嫁人之条件，约有数端。（一）家财必以万论，出能坐汽车，居家能住洋房，或降为妾，亦所不辞。因阔人必不向此中取正夫人。不嫁阔佬，又反不如唱戏，得物质上之享受也。（二）其人年事尚轻，做官，每月有千或数百元之收入。然必为一夫一妇制度矣。（三）其人无钱，但甚漂亮，对社会上有相当活动力量，亦勉强可嫁。然有一条件，即行动须极端自由，丈夫不得干涉。（四）依旧唱戏，而所嫁男子，转为之服役。许多坤伶，求富贵不得，转入此路，然而为拆白党所骗者，亦甚多也。

（原载1929年11月日北平《世界晚报》）

皮黄耳食（三）

票友唱戏，有伶人所不及者，则坐唱是。盖票友在未尝彩排之前，无论在家中闲唱，或出外消遣，均与场面杂坐一处，品茗自若。至于伶人，则台上舞手弄足已惯，一旦令其与场面混坐一处，不许动，只许唱，势有所不能。盖锣鼓一响，自不期然而然，手脚动起来也。

票友于场面，亦较伶人为便。伶人在台上，动作有一定之规，锣鼓亦有一定节奏。至于票友，敲锣鼓声中，完全为休息时代，可长可短，甚为自由，不受何项拘束也。至于坐唱之弊，登台则为木偶，自不待言，而最大原因，尤为手点板眼既久，登台亦将不点而不得。以台上唱戏人，手非点板眼不可，不亦笑话之甚乎？

（原载1929年11月8日北平《世界晚报》）

上　海　戏

繁华市场，不一定就是艺术的发展区。许多艺术家向繁华市场跑，有时却不免于失败的。

论到这一点，我们不妨谈谈上海的戏园。现在上海各戏园的戏，无论是说哪一朝，无论是哪一种情节，都得有些类乎幻术的布景。看戏的人，往往是为了这幻术而来。

这不必说艺术，站在戏字上，根本就不能立足。上海知识阶级中人，未尝不知道这事不对。然而上海戏园恰不需乎卖知识阶级的钱。你若是把艺术这些话去劝戏园老板，他只有说你是一个呆子了。

（原载1929年12月3日北平《世界晚报》）

劝世人休为官

中国的旧戏，总是奖励人做官。八名进士，八府巡按，头名状元，早成了一切旧戏的老结果。于其要找一个戒人为官的，却找不着。

无意之中，在法门寺这戏里，倒听到几句戒人为官的戏词。乃是“郿邬县，在马上，自思自忖。这几天，为人犯，死里逃生。劝世人，休为官，务农为本，你看我，七品官，不如庶民”。这是所谓以利害劝之了。

不过这出戏的结果，县太爷还高升了凤翔府知府。那几句戏词，依然是反笔。此外，像这样的事，不知道还有没有，很欢迎读者的商榷呢?

（（原载于1929年12月16日北平《世界晚报·夜光·菊部丛谈》）

留痕迹

评《足球大王》

予于滑稽剧，爱陆克之作，而屈卓别林，与他人异趣。盖予以贾波林之演电影，不能洗去造作之痕迹。陆克则完全以嬉憨取胜，颇近于自然也。人又谓：卓别林之片，以冷隽胜；陆克之片，以热闹胜，此说予亦不敢信。不过陆克好用有刺激性之事迹以殿后耳。陆克诸片到京者，《贾医生》最隽永，《空城计》最热闹，《为婿难》最诙谐，《险事逃生》最惊险。今《足球大王》一片，真光之广告，谓兼四者之长，当其开映之第一日，予即往观。观后觉此片虽不必合四者而为一，然其有冷隽处，有热闹处，一幕紧一幕，实陆杰作也。满意之余，为评如次：

本　事

少年哈洛特（陆克饰），居恒慕学校之运动，尤醉心于足球，当未入大学之前，即力自揣摩，于是家庭之间，遂无宁日。无何，少年负笈入“退德大学”。兴高采烈，其喜可知，顾校友之对于新来学子，向以揶揄侮弄为能事，于是少年乃大受其窘。

少年之对于运动，实抱有极大之野心，故当足球开始练习之时，即报名入队。教师欲试其毅力如何，命众球员向之攻击。少年仆颠不知其若干次，遍体痍伤，然犹再接再厉，毫无示怯。顾足球之术，实其所谙。教师叹曰：“此子勇气可嘉，吾校球员，苟能人人如彼，何患不执足球界之牛耳耶？”因佯许之入队，实则使司递水之役焉。

少年之居停主人，有女郎焉，曰碧琪，螓首蛾眉，不同凡艳。少年来校时，在火车中即与女有一面之雅，今为宾主，愈臻欢洽。少年既得为球员，认为莫大之荣华，欣喜而归。女闻他人言，知彼实非队员，欲告之，然见少年喜悦之状，不忍过拂其意，则亦从而贺之。

少年得意之余，即开盛筵，广宴校友，并特制新礼服一套，以壮观瞻。竣成衣匠老而多病，及时未能竣事，于是众宾在座，而少年犹鹄候于成衣室中。成衣草草缝纫，勉为着用。但稍一牵掣，则裂缝立见。于是少年乃大苦，成衣忠于所事，随之到会，偶有破绽，则以鸣铃为号，随时代为补缀，其为状之窘，非楮墨所可形容也。校友某，涎女色，往瞻之，少年怒殴之。友谓之曰：汝以得入球队为荣耶？汝特司递水之役耳。汝又以为校友皆赞许汝耶？彼等皆讥汝痴，视汝为傀儡以资谈笑耳。少年闻言大作，女趋慰之。少年恨恨曰：且待吾校与人赛球之时，吾当有以示之耳。

无何，退德大学与联省大学赛球矣。两校皆以足球名震一时，此时一决雌雄，关系于校誉者尤巨。既赛，退德大挫，球员负伤不能入场者累累。少年居预备员之列，跃跃欲试，不可复耐。教师以实相告，不觉嗒然。未几，为时愈短，退德之球员愈少，少年一再要求，教师不得已勉强一试。则动辄获咎，徒使观者之讥笑。然少年百折不挠，卒于最后之一分钟，出奇制胜，攻入敌垒。于是退德转败为胜，教师刮目相视，同学由藐视而为崇拜，且以足球大王尊之云。

哈洛特之父，爱接无线电话。然绝无效验，开场哈洛特在楼上练习为好汉时，随口狂呼。其父以为声音自无线电话中来也，语其妻曰：我接到中国了，趣极。开场便如此，吾故知影片，必有可观矣。

片中之引人笑处，有冷隽与热闹之分，试先述冷隽者之一斑于下：

一　哈洛特在车上同座为一女郎。女郎在猜报上之回文字谜。哈忍俊不禁，与女互猜。哈曰：情人。女曰：爱人。哈曰：亲爱的。女曰：甜蜜的。哈曰：亲爱的人。身后有老妪，误其二人作情话也，遂合抱之曰：爱情生活佳哉！哈乃狼狈遁去。

二　大学生骗哈坐校长之汽车赴校，哈坦然跨车而入。车夫黑人在前，以为校长上车也，开车径行，直抵礼堂演说台之后门。哈入门，已登台犹不知，立一独脚案上，而救台前幕梁上之小猫。时则幕外男女生数百人，正待校长演说。幕开矣，哈立独脚案上，手执小猫，大窘之下。……

三　哈为足球队之冲锋目标而后，遍体是伤，坐汽车到寓所，车夫不见车中有人，启车门则哈倒卧车中也。下车后，哈酸痛不堪。偶一弯腰，正值花丛中有人折木条为二，哈闻折木之声，以为腰骨折断，为之一呆。此等处，呆得最妙，卓别林所未有也。

至热闹处，片中尤多。兹亦撮记者所认为可者，分述三事于下：

一　哈洛特开同乐会，以三十八元制新衣，袭为主人。是日适值成衣匠发头晕，草草以粗线连缀一处，哈在成衣匠家穿之便跑。成衣匠曰：慢慢，我随你去罢，好随时替你缝上。即此二语，已解人颐。至会后，哈一抬手，与人为礼，而肋下破一窟窿；方一弯腰而背缝又裂开；及与人跳舞，哈之袖，为女郎之扣所绊住。女郎去，哈之袖亦去，哈急迫中，将球珠杆之黑布套，套于衬衫上。此一幕中，滑稽之处，层出不穷，令人笑不可抑。

二　哈苦欲加入球队，教员使其为冲锋之的，备受打击。其后教员以学生冲锋不对，乃抨击哈洛特，以做榜样。哈以每次必跌地窖之门板上。乃以衣服若干，先垫在板上，而后身受抨击。不料地窖中有人出来，二门大开，哈竟跌入地窖中，此数幕，哈愈可怜，而愈具百折不回之精神，愈可笑矣。

三　球战之时，哈以最后之一候补员加入，每冲击，必大受苦，坐地上，球两回飞入怀中。一次司令者吹笛不能止其抱球赴敌，一次抱球已至敌门，忽然将球放下，皆于热闹中呆得有趣。

又观者出神，飞一帽至，哈以为球，抱之即入敌阵，入门始知，又急迫中排阵，哈自列入敌队，皆妙趣环生也。最后球战数幕，抢球之处，演员皆拼命夺取，假事若真。故观众欢呼惊骇之声，如波涛汹涌，不可遏止。至此观众已不是笑，只是发狂矣。此片情节，缓急得宜，最后已发泄无余，而又令全校学生学哈跳脚之握手礼为荣，作为全局之尾声颇值玩味。此片导演者之手腕，亦不可没也。

（原载1927年4月24—26日北京《世界日报》）

评《寻金记》

卓别林的《寻金记》，是很负盛名的片子。前晚是中央影院映这片子的第二天，还卖了满座，可见京都人士欢迎卓别林之盛。不过据我个人看来，还不及陆克的《足球大王》。现在略微评几段于下。

卓别林的片子，向来是偏重于冷的方面，《寻金记》入手也是由冷隽做去。因之前五本，未免略嫌沉闷。譬如卓别林一出来，就是一个人走雪山。后面跟着一只大熊，他丝毫不知。这虽然可笑，但是观众笑声并不热烈。所以如此，就是在此以前，没有热闹的事来烘托。陆克很知这个诀窍，所以足球大王里面，他请同学吃冰淇淋的时候，后面跟着两只小猫，就掩映生趣了。

卓别林导演，是很注重小事小物的，在《巴黎一妇人》里面，可以知道。但是笑片里面，只注重笑料之多少，这一点无大关系。譬如卓别林要大杰姆失却知觉，就先插进一卢森打死巡警，并逃到金穴旁边的故事。然后大杰姆和卢森相遇，卢森在大杰姆头上打了一下，大杰姆就倒在地上了。于是他失却记忆，离了金穴，就不能够回去，非找卓别林不可。为找贾波林这一点，绕这一个大弯子，情节是周到，但是与笑片丝毫无关了。又如卢森因雪岩崩裂，坠岩而死。这也是卓别林导演，不留漏笔之处，殊不知在笑片里，也成了赘笔。我们要知道电影和观众心理的关系太大。于大众狂笑之后，不甚可笑的事，也可以引人一笑。反之，就有可狂笑的资料，因为曲折多些，也未免减少刺激性了。

煮皮鞋一段很好。尤其是卓别林将皮鞋钉当鱼刺在口里吮舐，诙谐有神。变鸡一段，虽然是由大杰姆眼中昏花看出，但大杰姆于眼花一层，没有充分的表演出来。所以银幕下的观众（不是电影迷）不会理会的，很容易误会，以为卓别林何以变了一只鸡？

下五本都好，沉闷的地方也很少。最后小屋落在悬崖上，做出种种危险万状的事情，是这张片子的焦点所在。所以得到观众狂烈的欢笑。这比陆克的险里逃生，爬墙一节，格外令人惊心动魄。

又卓别林跳舞时，裤带掉了，在桌边找了一根绳子系上，不料绳子那头牵着条大狗出来，狗又追猫，弄出许多笑话。这比《足球大王》里面，陆克用桌布系裤腰，卒至裤子分为两半，有异曲同工之妙。若是处处如此，就格外热闹了。可惜上三四本有赘笔，就不免让《足球大王》高一筹了。

（原载1927年5月12日北京《世界日报》）

看了反帝国主义的《巾帼英雄》[①]以后（一）

当剑尼丝还没有现身银幕的时候，女仆去请她，楼梯上，先扔下两只鞋子来。我这就捏了一把汗，莫非把黛维丝弄成一个泼辣货。所幸还没有至此。不过剑尼丝的浪漫态度，剧中有两处，却是得宜的。她引诱着巡

① 此文前一部分尚未查到，暂缺。——张伍注

守兵喝酒，放走查尔士。后克劳把她送到拉尔司令部去，治她放走党人的罪。她对拉尔司令之美目流盼，嫣然一笑，救了自己。这是自用的美人计，却是对的，但是既然是计，不一定要把主角全剧弄成浪漫的样子呀。

克劳爵士在麦迪斯家里，敬祝美人健康，剑尼丝却答之祝华盛顿成功，查尔士脱逃之后，克劳问是谁放的，剑尼丝挺身说是我放的。这虽是西方人所提倡的不说谎的美德，却能表现出她的勇敢。后来在司令部里，遇到查尔士来盗军情书被捕。查尔士大喊，我若有机会脱逃，要回去报告，说英军都喝醉了，叫联军赶快进攻。她听了，了解查尔士的意思。眼珠微动，脸上凝神，却不动声色，这是对的。结果，剑尼丝偷了英军的军情书，越窗盗马，在风雪中奔到联军阵线里去报告，这是《巾帼英雄》得名之由来。

这个片子，表示美国人反抗英国帝国主义的精神，那是可以打一百分的。英国兵初次要剿捕属民的时候，塔琵萨派他一个同志，去召集属民反抗。这人骑了一匹马，到各处去报信。银幕上的天气，由黄昏之景，变到深夜，深夜变到黎明，层次井然，可想这位志士，跑了一整夜。结果，那些被压迫的属民，都别了家人，带枪赴敌，共得七十八个人。这七十八个人，就在一个小村庄上，和数千英军对敌，十九人牺牲了。对之，令人起敬。

（原载1927年6月22日北平《世界日报》）

看了反帝国主义的《巾帼英雄》以后（二）

华盛顿率数千联军进攻英军的时候，正是风雪漫天的夜里，华盛顿站在一个雪堆的小埠上，风吹着他的外衣，像蝴蝶一般，真个雪花巴掌大，望他身上乱扑。他却趁着这个时候，去渡戴尔威河，那河里的冰块，漂漂荡荡，断断续续，横在河面上。联军架着许多小船，冒着风雪，破冰块而前进。虽然是假的，看了也足振作观众的精神。这一千多尺片子，出版的梅槎公司，一定费了不少的资本，去布这种伟大的外景（雪地虽是真的，下的大雪和冰块，一定是假的）。

联军的精神，是这样的勇敢，英军怎么样呢？华盛顿正在进攻的时候，英军司令拉尔大佐和他的左右，住在民房里大吃大喝，庆祝圣诞节，克劳把剑尼丝送来了，他又贪图女色，不治她的罪，甚至把守卫的军士，都放了假，让他们去吃喝。恃着戴尔威河的天险，以为联军是不能过来的，而且说，这样大的雪，一定会把华盛顿冻僵了。像这样骂帝国主义的军官，也算到了极点了。

英军大败之后，英国的贵族，退避临近的一个城内，这时候应该是逃难了。可是某参谋长家里，还举行极大的宴会，招待逃难的贵族。来宾舄履交错，尽兴地快乐。这似乎不大近人情。固然，围城中还有人作乐。这是我们曾目击过的。可是逃难的人，有丧家之惨，不会这样高兴呀。

总而言之，这个片子的立意，是非常好的，演员布景都不坏，就是情节上有许多地方不合罢了。

（原载1927年6月24日北京《世界日报》）

看了《可怜的秋香》以后

前日青年会演《可怜的秋香》，我特为抽空去看了一看。我到的是第二场，因为该会登有广告，本场加入一班小妹妹跳舞，唱《可怜的秋香》。因此该电影场，大有人满之患。这片子是小妹妹黎明晖主演的，而今又加入一班小妹妹唱歌，光小妹妹三字，就叫人见了吃一惊，也怪不得上座之多了。

这张片子，本因为黎明晖有一个《可怜的秋香》的小曲，已经灌了话片，特意敷衍而成的。其实曲子与戏情，完全不同，不过电影里的秋香，能唱可怜的秋香罢了。大中华在上海公司中，除了明星，是别家不能抗衡的。所以这张片子，只是第一本宽泛一点，以后的情节，还算紧密。

黎明晖的清光瞎子，难为她做得像。怪事，她穿了破衣服，居然比她穿美丽衣服还漂亮些。尤其是帽子下面，两球乱发，垂了下来，把她那团团的面孔，掩护得窄小些，这就很合适。

这张片子感人的地方，很有几点。像王吟秋给秋香东西吃，秋香必定问哥哥也有没有？大年初一，吟秋要来半碗饭给秋香吃。等秋香问时，把这碗饭偷着放在自己面前，让秋香摸，却把自己的碗移开。摸完了，让秋香放心吃。颇能写出手足之爱。又如犯人被拘在拘留所里，一个穿西装的，到了半夜里，看见一个花子冻得可怜，把大衣脱下，给他盖上，都是很富有刺激性的。

不过也有几点不妥：一，吟秋在年初一，没有饭吃。后来临别入狱，身上怎又掏出一块钱作安家费？二，吟秋三十晚梦中听见放爆声打牌声，何以次日起来忘了是初一。三，秋香谢小虎出贫儿院，何以不脱下制服？片子末段，说明是电影，引出一个电影迷来做结。这是因为片子太苦了，弄点滑稽，调和观众的感情，是不错的。不过放映完了摄影场之后，中间又夹着一幕舞台剧，剧中人向台下鞠躬，扑朔迷离，未免太乱了。

此外，我们不能不表扬唱歌曲的几位小妹妹，她们大的不过十岁，小的不过六七岁。虽然舞蹈不能完全一致，可是那一点点孩子，居然唱得和着钢琴，够上拍子，就不错。而且那天真烂漫的孩子，也就够人喜欢的了。又该会因电影中有唱话片、和唱歌两幕，原打算同时开《可怜的秋香》这张话片的，因为买不到，所以算了，其实买不到，若登广告借（以入门券为报酬）或者借得到，可惜该会没有想到此法。不然，又可添不少趣味。

（原载1927年11月25日北京《世界晚报》）

《美人计》略谈

我早就听见说，大中华的《美人计》，算是成功的古装影片。因此我就急于要一看，究竟如何？十二日真光日场（这片子连映六日，不映夜场，不知是何缘故），第一次刚演，我就抽空前去。到了那里，售票处已挂上楼下满座的牌子，这片子在真光有如何号召力，也就可以了。

闲话少说。这片子的剧情，那是无须谈的，完全是取之于《三国演义》，我们不必批评。现在只能说布景，表演，服饰三事：

布景：内外景都好，外景而且没有时间的冲突。据说，是采自镇江下蜀一带。最伟大的工作，要算是一条古街。可是公司真也不肯含糊，前后卖弄了十几幕。内景的桌椅帷帐，一杯一壶，都是仿古，足见细心。只是有好多内景，不是玻璃房子里头的，以至人的衣服，全都被风吹起，这却是很大破绽，周瑜着水军追刘备，三只大兵舰，是用海船改的，也很壮观。

表演：这我不敢恭维，只能平淡无疵罢了。本来中国的古装，大袖郎当，实在不容易由身段上表现出艺术来。至于脸上的表情，饰刘备的王乃东，很自然。王元龙的赵云，不愧是老手，三回射箭，一次磨剑，都有些气概。原也因为他常穿甲，容易表演的缘故。张织云的孙尚香，只有坐在车中，面带怒色责骂丁奉徐盛几段最好。其余也是被古装管束住了。谢云卿的孙权，是地位□，有戏做。化妆以乔国老最好，饰乔国老的王次龙，本来就像一个老头。周文珠的吴国太，两腮不免露出化装的黑印，脸纹也没画好。我以为这一角，该用真正老太婆才对，周文珠年轻，不能称职。

服装：这可以加他一个“空前”二字，绝没有一件是戏班子箱底，多少都有些根据的。以兵而论，不下六七百人，这六七百人的衣帽，当然花钱不少。我们虽然不说金钱就是万能，但是像天一公司，那样不肯花钱，用八百元买一套箱底，大吹其古装，那更不是艺术了。

其他：关于戏情：（一）周瑜传令，未曾坐帐，却欠郑重。（二）孙权见孙乾，刘备见吕范，只在闲坐的会客室里接见，不是主人翁见来使之礼，是大忽略之处。（三）特刊中有张飞相，影中却无张飞。黄忠、魏延，在混战中出来，也没见真面，略嫌疏忽。（四）冬天，孔明手中尚拿羽扇，这是中了旧戏的毒，实在可以免去的。（五）刘军前奔，孙军追赶途中，山谷中行军，观众都叫好，其实是“戏做人”。至于混战时，“人做戏”，就不成了。

继而言之，大中华公司是有心讨好的，初演古装，只可说句原谅罢了。若说成功，则未也。

（原载1927年12月14日北京《世界日报》）

兄弟之爱的《孤城血泪》[1]

我看影片，可以说不少了，但是我所受的感动，莫过于《孤城血泪》这张片子。自然，这是因影片里的事实，多少和我有些身世之感的关系，所以我就异样地感动。那末，我不能不批评一下。看报的人，不见得是全看了这片子的。所以未评之前我要将内容介绍一点。大概说：有三个孤儿，寄居在姨母蓝敦夫人家里，长名迈克，次迪比，又次约翰。蓝敦夫人，还有一个侄女爱柏，和约翰最好，是一对小情人。蓝敦夫人，是和丈夫分居的，因为受了亡姐的重托，自出私财，抚育这三个孤儿。因财产尽在丈夫手里不得已，把家藏的绿水钻石，卖给了印度王子。当印度王子

① 此文后一部分，尚未查到，暂缺。——张伍注

交款的时候，迈克藏在一边看见。后来三孤儿长大成人，蓝敦穷了，在外来电要卖钻石。夫人没有此物，却早弄了一块玻璃砖充数，现在非常地着急，夫人当钻石拿出来。迈克和迪比约好，将电灯扭黑，把假物偷去，替夫人卸责。当晚迈克写信给迪比，承认自己是贼逃走了。迪比对约翰，也是这样办。约翰知道二兄保全自己，也走了。后来三人先后到法国边境投军，不期相会。在沙漠孤城中迈克战死，一队人，最后只剩迪比一个。后来迪比和约翰在沙漠中相会，又会到同伍的两个美国人。因为一只骆驼只能骑三个人。迪比夜晚留信给约翰，逃走了，死在沙漠里，让约翰回家。他信上说，约翰，你是要回去的，因为你有情人。

剧情要点，大概如此。写兄弟之爱，真是既诚挚，又悲痛，我不料美国人，他们写兄弟的友爱，居然凌驾于中国人之上。

这影片是用倒装法说起的，平沙万里，一角孤城如斗大。远路来的救兵，到了城下，城上只高飘着法国旗，死沉沉的，一点没有声息。垛口里站着兵士，拿着枪，向着城下，一点不动，原来全是死人。大佐叫一个号兵爬进城去（就是约翰），许久不见开城。大佐自己进去，号兵失踪，只是城门有一个兵士手里拿着刀，死在一旁。大佐开了门，上城再看，兵士的尸体，不见了。及至出去，这座古堡，又突然自己起火，写得神出鬼没，这种起法，最能引起观众的注意。

约翰去投军入营的时候，正在编制入伍，迈克和迪比，早在那里了。大家在一室里会面，两个哥哥，不容分说，将约翰马上抬了起来，向床上一扔，迪比骑在约翰身上，迈克却去胳肢他，写出兄弟相见，欢喜若狂的状态。

法军队长听说迈克身上有一颗钻石，骗他到队长室里来，取出手枪，向他勒索。迪比却拿着步枪，在队长背后预备放。迈克不动声色，将手枪夺了过来，微微对迪比一笑，称他是好汉，手枪也交还队长，微微又一鞠躬，说是我只知道拥护法国旗。这样轻描淡写，却正是写得十分深刻，这是柯尔门的特长（饰迈克的角色）。

孤城血战一幕，悲壮极了。几十个军士，守一个斗大的城，却被无数的阿拉伯人……最后战至只剩七个人了。阿拉伯人在沙漠里祈祷，队长却叫号手吹号，自己率着六个兵士唱“边外进行曲”。唱歌之后，又大笑而特笑。可惜这是中央的日场，若是真光的夜场，配上那发泄无余的俄国乐队，当格外地动人，这种地方，正是守城者的血和泪。

（原载1928年6月8—9日北京《世界日报》）

断肠声之一幕

在《断肠人忆断肠声》的片子里，当卢梦娜的女儿，已经断气了，她跪在圣母偶像前忏悔，要求圣母饶恕她。将先前在圣母手上夺下来的小孩，战战兢兢送上，这已经很悲惨了。同时，她的丈夫印第安人，却在门外赶制小棺材，用锯子锯小棺材头上的余板。于是在卢梦娜的耳旁扯动，摄出锯子形，表示锯声送到她的耳鼓。她哭得泪人一样，用手塞住两耳。这悲惨更甚了。

一般看电影的人，此时觉演员表演得好，摄影师摄得好。殊不知这是银幕以外那位导演家的心血之结晶呢。若是银幕上摄成一个死的小孩，或者摄小孩如何而死，那都太残忍而且平庸，这样一来，就很可令人想象了。这就是我常对人说的，小说家所应学的剪裁手段。

附带一段：这片子里饰主角卢梦娜的黛丽蛾，她的表演艺术，确乎与众不同。她能在一部影片里，扮演出几样环境的女子出来。在她哭儿的时候，哭得摔在地上，泪如泉涌，向天狂呼。但是在片子初开幕的时候，我们见她顽皮淘气，赤着脚由驴子上摔下来，谁会料到后来表演得那样沉痛呢?

（原载1928年9月1日北平《世界日报》）

《情天战云》两女角

我看了《情海轮回》而后（三年前），我就倾倒于玛丽·绯宾。我看了《飞絮禅心》而后，我也倾倒于白蒂·康笙。我看《多情王子》而后，我又相当的赞成生角瑙门·凯雷。现在一部片子里有他一男二女在内，我当然要看。

玛丽·绯宾并不怎么美。但是她的羞态脉脉含情，实在有东方美人的风味。她一双明亮的眼珠，回眸一顾，和那清秀的两颊，低头一笑，不用深加表演，自然可爱。至于演悲戏的时候她那种凄楚的神情，直可以步伍李丽·吉舒，差不多是人所共认。在《情天战云》片子里，初次和大尉用餐，羞答答坐下，却低头转着眼珠去看，这实在是她的特长。在游戏场里，表姐和她介绍男友的时候，她是低头不语，脸上自然地流露出不快来。这也是天生的表情。大尉送她回家，极力掩着半边门，不让大尉进去，可是脸上又微微露出浅笑，写女儿迎拒难决之心理，入木三分。

白蒂·康笙，也是妙在那双眼珠。她每每转着眼珠到一角看人，眼皮一撩，嫣然一笑，活是一个聪明而又调皮的女子。她在这戏里，能写出一个阅人多矣的女子，只是把爱情看得却同玩物一般，并不怎样放荡。有她那样风流，越陪衬得玛丽温柔。白蒂·康笙比玛丽是美丽些，是只撩人可爱，不撩人可敬。非有她，主角的正面文章，要减色不少。然而她也是趣情明星，居然肯给玛丽·绯宾当配角，就难得了。

瑙门·凯雷在这部片子里，没有怎样特别的表演，这实在因为这个片子，只限于在两个女明星身上去发挥，他没有可发展的地位。据我想若是把最后一幕追火车的情形，在男的方面多摄几百尺……然而很简略，不能不认为遗憾了。

（原载1928年10月4日北平《世界日报》）

明星小史

千面孔郎·陈利

我国电影院广告，有言及郎·陈利（Len Chanev）者，辄誉之为千面孔。乍闻此语，若为杜撰，然实由于美国影界“The Men of Athou sand face”一语而来也。称郎之艺者，谓彼善化装。然善化装一语，实不足以书尽之。郎得名之作，莫过于《钟楼怪人》，郎所饰怪人，其貌固已奇丑，然跛足而行，露牙而笑，伛偻而不直腰之状态，此非化装之事，乃表演之事也。又如《人海三怪》，郎时而为人海大盗，时而又为老之妪。其化装之时，戴头套，架眼镜，均在银幕上表演之，并无假借。甚至出门为老妪，入门又为彪汉，只取下头套，则形式全非。此何以故，因其表演佳，饰老妪即为老妪，饰大盗即为大盗也。

郎今年四十五岁，为美之Colerado城人。其父若母，皆聋哑之人，郎自幼与父母言语，即以手作势以表示之。家庭中此种状态，本痛苦之事。而郎于无意中得之，竟令其举止动静，皆有银幕上之艺术化。今用之镜头前，不复需训练矣。

郎本来面目，带有冷酷之意味，殆不无遗传关系。故在电影中，以饰惨毒无情之歹角为最宜，顾以其善于化装之故，以饰愚呆忠实之辈，亦复近似。来京之片，如《钟楼怪人》，如《歌场魅影》，如《人海三怪》，均无不于相当之处，表示其浑厚。唯《魔窟红颜》中之医生，则始终为一阴惨可怕之人耳。郎旧日演剧，颇好侮辱他国人，因之惹起国际上之恶感不少。梅槎（音译）公司，若有所悟，于郎摄制新片时，已留意及之矣。

（原载1925年2月4日北京《世界日报》）

李 旦 旦

民新公司与林楚楚并称者，则有李旦旦。李粤人，今年十八岁。然在银幕上，望之有如洛阳女儿若甚稚也。李为上海中西女塾学生，能法语，在学校时颇好弄，故又喜游艺，而能作图画。至外传李曾游历欧洲，更习剑术拳术者，则是否有意誉扬，非局外人所能知矣。

李父应生，为民新公司创办人之一。其弟某，为老同盟会分子，辛亥九月，以炸弹炸广州将军凤山，死之。人以是重其兄应生，更重李旦旦应生语人，谓黄花岗及炸凤山之役，均皆参与，是则不可知矣。旦旦祖父李庆春，亦为满清将军，誉旦旦者，当喜举其祖若父。以身家论，则旦旦在电影界诚有可夸者在也。

旦旦入电影界，在十五年春。其首先所演之一片，则为《玉洁冰清》。头梳两丫角，赤足短裤，活泼可爱，名以是著。三年以来，所演片加多，几夺黎明晖之席而有之。有传其与黎民伟有若何关系者，当证其不确。因旦旦父亦在公司，当不能有他也。

（原载1925年4月15日北平《世界日报》）

丹 尼 以 外

我的朋友张君（当然不是我自己）说：看电影要上真光影院，可以饱闻到粉香。我的朋友吴君说：真光太好了，衣香鬓影，别有风趣。我难道哀乐中年，还有这种野心？然而恐怕丹尼《开门揖盗》这部片子，不会到中央影院来，我只好冒着闻粉香的嫌疑，跑到真光去了一次。闲话休提，言归正传。

丹尼在这部片子里，不算十分出色。他的艺术，人人皆知，毋庸我来批评，我是批评丹尼以外的几位配角。

最妙的要算饰富翁的哈伦（OtisIlarlan）了，他是一个小矮胖，圆眼睛，扁嘴，走起路来，如鸭划水一般，非常有趣。他最善于形容惧内。和哈登合演《满城风雨》，也是饰为惧内的富翁，晚上回来，手上提着皮鞋，穿着袜子上楼，那一步路，令人笑不可抑。最近《飞骑隐侠》里，也有他，他饰一个牧场里的老者，和牧场女佣发生恋爱，也是妙趣横生。

饰毕夫人的费罗（Emily Fitzroy），在《飞骑隐侠》里饰那个女佣，也是和哈伦合作。她是个又瘦又长的妇人，不但身材如此，脸子也瘦也长，配上高高的鼻子，凶焰的目光，活是可怕的面孔，和那又矮又胖的哈伦配戏，怎的不趣？

翁黛丝（Geltlude Olmsted，从真光译名）在《假王子》里面，饰一个赛美会当选的女教员，举止很是幼稚。在这片子里饰康娣女郎，剪着短发，穿着白衣，瓜子脸儿，也很活泼。

此外饰骗匪、饰荡妇的，都不错。据我今年十个月中所看的滑稽影片而论，配角可以和主角功力悉敌的，除了《真假明星》而外，要算这部片子《开门揖盗》了。

（原载1927年11月12日北京《世界日报》）

说 刘 可 特

近年之言美国电影明星者，论及歹角，当推刘可特（音译）为第一。其实刘所演者，并非穷凶极恶之徒，不过酒色场中多心计之人耳。

其人丰姿潇洒，嘴上留小髭，配以炯炯之目光，绝似我国穿西装之时髦政客。唯其笑时，嘴角微张，肩微耸，恒露奸猾之状，此其演歹角之特长。而亦由于天赋，非他人所可模拟者也。

刘所演之剧，以猎艳之情节为多，正如第一小生华偷 · 铁诺（音译），利用其一副面孔。唯刘为主角时极少，盖由于所饰之角色，每难为剧主人翁也。

初观电影者，见刘出现，若指为歹角，必不肯信。犹郎 · 陈利有时饰忠厚之人，初见者亦不肯信也。

记者附按：某初次见第一歹徒刘可特之名字于报上，曾专诚拜谒。以为必蜂目鹰鼻，状至可怖。及一见之下，不料其面目上丝毫无歹人之相也。然而看影归来，又不能不认其为歹角，此外国明星之所以为明星欤？

（原载1927年11月19日北平《世界日报》）

白 兰 蒂

美国趣情女明星，除万人迷康丝钿（音译）而外，不能不以白兰蒂

（Laura La Plante）为首屈一指。北京城中之影迷，为白伶颠倒者，固大有人在也。白今年二十四岁，于一九〇四年生于St Louis城，其生日则十一月一日也。自幼而好弄，为活泼泼之女孩。因经济关系，不能求学，经友人之介绍，于十五岁，投入荷兰坞（好莱坞），从事电影事业。公司主事者，见其满面春风，又一颦一笑带有天趣，遂令配演滑稽短片。时长片正在勃兴之际，此项人才，尚不克展其所长也。

一九二二年，公司之短片渐多，而白艺亦渐进。环球公司主任，见而赏识之，乃与订合同，聘为二等角色，专任配演趣情女角。白自此日有进步，至一九二四年，遂占有重要角色之地位，积四五年之成绩，其所演之片亦甚多。以到京者而论，有《美人计》《蝴蝶女郎》《迟暮佳人》《雨中蝶》《追风记》《苦乐家庭》（曾在真光青年会演过相去有一年之久，最近中天改名《舞场莺声》复演之）《真假夫妻》《情场趣史》等。而Melville Brown导演之《真假明星》，白主演之，一人去两角，扑朔迷离，妙趣环生，尤令人倾倒不置焉。而演此片时，亦已成为环球之台柱矣。

自一九二五年，剪发之风渐兴，白首先剪发，电影中，见其短发蓬蓬，做歪分式者，即其本来面目，反之，则戴有头套也。

（原载1928年2月3日北平《世界日报》）

跳舞女明星梅·末利

美国电影女明星未有不习跳舞者，故于银幕上欲以跳舞见长，则其人非有过人之才，不为功也。而梅·末利（May Murray）则独以是称。

梅本为美国最著名之舞女，烟视媚行，已不乏为之颠倒者。旋以美国电影事业发达，于一九一八年，投入电影界。初入环球公司，即为主角。约一年，又转入巴拉猛（音译）片厂。其所演各片，多有跳舞之事，穿插其内，梅昔日之舞技，不过美国一部分人见之。自梅演电影后，则其技术之介绍，无远勿届，名愈著。梅槎（音译）公司慕其名，出重金聘之，梅遂于一九二二年，加入该公司。其著名之片，为去秋在平安所演之《风流寡妇》。此片为汪斯多咸（音译）导演，以约翰 · 吉尔勃（音译）配生角，相得益彰，前年电影评选，此片遂为十本中之一焉。

凡为美国大明星者，无不保险，而保险之物，多该角之特点所在，虽怪诞在所不问，如陆克（音译）以空框眼镜保险，贾波林（卓别林）之以一双巨靴保险，皆为不可思议之事。梅即以跳舞见长，跳舞之技在脚，于是乃以其脚一双，保险一百万元美金。故美人对于梅 · 末利之一双玉脚，推为天下最贵重之脚，斯真不易之论也。

（原载1928年2月8日北京《世界日报》）

巴　色　玛

吾友某君尝曰：明星可以制造名片，名片亦可以制造明星，其语诚然。如《赖婚》一片，即提拔人才不少。若生角巴色玛（Richard Barthelmass），即其一焉。巴氏今年三十三岁，生于一八九五年三月五日。巴幼时，随父母居纽约，曾入某专门学校肄业。二十一岁时，遂入电影界。以演《茶花女》得名之娜齐穆华（音译）甚赞许之，以为除华纶蒂诺（音译）外，唯巴足与配戏，巴乃稍稍出人头地焉。

名导演家葛雷菲斯（音译），以巴氏年少而有英俊之气，遂极力提携之。葛导演《赖婚》，以巴饰生角。于是与李丽 · 吉舒一跃而为一等明星，无人不知李丽 · 吉舒，即无人不知巴色玛矣。巴与李丽 · 吉舒合演之片，以予所见，除《赖婚》外，尚有《残花泪》。巴在《残花泪》中饰一中国人，盖一温厚多情，而有侠气之少年，一洗美人向来侮辱中国人之习气。唯巴对吾国人之性情举止，甚少研究，在全剧中常把其腕，而又闭目不敢睁开，竟以我国人皆病夫，斯亦可笑矣。然彼脑后，并未垂豚尾，则又可感激者耳，此外《爱之花》《死仇》《疆场苦》，皆巴氏主演而有荣誉之片。

《赖婚》片中，有大伟（巴色玛饰）之表妹爱伦者，为女角玛利海（May Hiay）去之。在电影中，大伟之父，欲为结婚，而大伟拒之者也。然在事实上，则两演员之意思，适得其反，竟因此发生情愫于片摄完后，即行结婚。一九二三年，并产一女。去年，二人忽欲离婚，玛利海则宣言将赴欧洲，恢复其舞女生活，因伊本舞女出身也。

（原载1928年2月9日北京《世界日报》）

美利坚之美人黛维丝

黛维丝（Mariou Daveis）为美国梅槎（音译）公司最红之女角，捧之者，所谓美利坚之美人是也。黛维丝生于一九〇〇年，今已二十八岁，不为不老，然当其盛装而出，则庄严灿烂，望之如天人。故黛所主演之角，多为巨室名姝，皇孙贵胄。而其身材娇小，尤可为驻颜之术。但偶演小家碧玉，则绝不如玛丽·璧克福（音译）。去年夏日，中央影院曾演一片，名《塞外奇缘》，黛饰孤儿院中出来之一孤女，虽活泼之状依然，而美点尽失，是可知其只宜于华丽之角也。

黛本为舞台上一配戏之舞女，若以我国戏场上角色例之，则不过武行中之一分子，其不足称，乃可想见。而每星期之收入，亦不过美金数元耳。后为某导演家所见，惊其艳，劝之拍电影，黛遂欣然加入。自一九二三年后，名声鹊起。一九二四年至一九二六年，连演巨片，如《英雄美人》《可怜公主》《巾帼英雄》等片，皆轰动社会之作。而《巾帼英雄》一片，尤受人热烈之欢迎。唯其内容颇不利于英国，国际上不无纠葛焉。

（原载1928年2月12日北京《世界日报》）

小妹妹黎明晖

某作明星小史，本在略凑《明珠》篇幅，不必认为读者所必需要也。今接读者来函，谓揭载明星小史，已及一月，何以对中国明星一字不提？其实此意甚易解，因我国尚只有电影员，未有明星耳。今读者既有此项要求，姑就一般人所认为明星者略取一二述之。但不佞于中国电影员，向少注意，只能就所见闻，举之略备一格而已。尚望读者有以进之。

我国女明星身家清白者，当首推黎明晖，伊父黎锦晖，伊叔黎锦熙，皆在教育界极有声誉，读者殆已耳熟能详，无待我之介绍矣。黎湘人，自小随乃父居京，肄业于孔德学校。在学校时，活泼好弄，又善舞。其所舞之《葡萄仙子》歌舞剧一曲，即已驰名于北京学生界。年十六，随其父赴沪，读书于某女校，舞名益剧。黎故爱观电影，上海各电影场，时有其足迹。久之，成电影迷，遂有演电影之意矣。时上海制片公司，风起云涌，而以明星人才与资本，首屈一指。明星公司中之任矜苹、张石川、洪琛皆与黎锦晖善，更因而识其女，遂怂恿明晖入明星公司。黎大喜，商于乃父。乃父故新人物，慨然允之，但约束其勿与此中人多事过往而已。明星公司人才虽多，而十七岁以下之女角，故所缺乏，得黎加入，以其有声学生界，于报上大为鼓吹之。先演一某片，已不恶。后更使主演小厂主，名蒸蒸日上，遂成明星。公司中以其身材小，不曰女士，而口称之曰小妹妹。继而播其事于报上，社会上亦以小妹妹释之矣。

（原载1928年2月14日北京《世界日报》）

李茄·迪克斯

去年美国明星选，男角第一名，得一万一千六百五十票。此人为谁?李茄·迪克斯（Richard Dix）也。迪克斯为英俊挺秀之少年，其发柔软，面微削，目光炯炯然，颇合美国妇女美观之条件。彼生于一八九四年，今三十四岁矣。

迪克斯幼居圣保罗城，入医科专门学校。然雅好艺术，休息之时，常以观剧为乐。归后，且对镜模仿其动作。久之，更私入戏剧夜社，补习戏剧学。凡二年，艺大进，乃弃医而业伶。登台后，饰生角，名誉颇不恶，旋彼觉电影更为有趣，又舍舞台生活而登银幕。其名初亦犹人，及演十部后，名大彰。《十诫》为前岁电影片选十中之一，迪克斯演之，游刃有余，故无怪其于去年登榜之首也。

迪克斯在演《十诫》时，本已收入可观。而自此以后，每礼拜增至六千美金。若以休息日无工作言，则每日工作所得，合美金一千元，即合华币二千一二百元。其一日所得，视我国各总长一月之薪俸犹多焉。彼现为（即派拉孟）公司台柱，北京华北公司介绍其主演之片甚多，凡属有影癖者，当能一识其人也。

（原载1928年2月20日北平《世界日报》）

珂琳 · 摹娃

我国对美国明星，亦有以小妹妹称者，则珂琳 · 摹娃（Co1leen Moore）是已。顾珂琳齿亦非稚，今已二十六岁矣。彼生于一九〇二年八月十二日，娇小婀娜，活泼泼的，望之犹如二十以下人，我国人之以小妹妹称者，盖有由也。

珂琳天性温和，雅好音乐，十岁因之入教会学校，专习音乐。毕业后，意在为一音乐家，初不期能成一星也。珂琳因音乐之故，与音乐大家约翰 · 梦康米善（音译）相识，约翰故好电影事业，因之珂琳以约翰之介绍，而为演员之一，名导演家葛来福（音译）提拔之为主角，遂有名于电影界。其所演剧，以憨嬉擅长，银幕上活现一无愁女儿也，珂琳与约翰之好音乐同，好电影同，情投意合，遂结为夫妇。珂琳在第一公司为明星，约翰则制片经理也。

第一公司与珂琳有约，付款一百万美金（合华币二百二十万元之多），珂琳演影片十二部。演至第七部完毕，公司已付薪水九十四万五千元。乃珂琳以其夫于去年五月离去经理，遂亦辍演。公司以其不履行合同，控之法庭，索赔偿费一百万元。珂琳以曲在我，只得允继续摄影。而公司中则开一跳舞会以欢迎之，盖亦敷衍面子之举也。

第一公司之片，北京各电影院介绍者甚少，北京影迷，对于珂琳遂有失却光明大宝珠之憾矣。

（原载1928年2月21日北京《世界日报》）

贾克·柯根

外国电影明星之译名，在我国至不一律。且佶屈聱牙，每不易念。其能深入人心，妇孺能道者，除陆克（音译）而外，唯贾克·柯根（Jack Coogan）耳。虽飞来伯、贾波林亦名震华夏，然南人则译之为范明克、卓别林，不如贾克·柯根，全国都用此四字之音也。

贾为今日童伶之王，亦天生电影明星，彼年四岁（按外国年岁实算，四岁约及我国儿童一般五岁之称）即已听导演者之指导而上镜头，喜怒哀乐，均能如人意。然每日工资，尚不过得美金十元，后卓别林与之合演《寻儿梦》，观电影者，惊为神童，每周工资，突增至七千五百元，其后工资逐渐增加，每制一片，乃得数十万美金，孺子获此巨大收入，令人可骇。今已富拥千万矣。

贾克生于一九一五年十月二十六日，今则十二岁又六个月，一般人谓彼十四岁者，非确也。贾演剧：披长发，歪戴其软确之瓦片帽。上身常着紧身之衣，下则长裤而巨靴，面团团，若吹弹得破。笑则露其白齿，有女子态，故其所演，宜于漂流无主，而又富有天趣之儿。但近年来贾克身材已长，幼童之剧，已不宜演，而披发亦殊不合。因之乃于去年剪发使短，公司中为此，特制一片以纪念之，即在京所演之《剪发问题》是也。天津人称贾克，常上尊号曰小小卓别林，今而后，或不适用矣。

（原载1928年2月29日北京《世界日报》）

何 杰 生

美国电影演员之出身，无奇不有，其人才，遂亦无美不备。西人好骑马，故马术人才，为电影公司所必有，如何为杰生者，其巨擘也，名为Hoot Gilson，我国对此译名，至不一致，有译郝杰斯者，有译为胡起森者，有译为吉伯生者，有译贺骑生者。唯何杰生三字，北京报纸上登者较多，兹从焉。

何原为美国Cbrasra州人，该地多牧马，自幼即工作于是。成人而后，生活半在马背，故其骑术，无须精练，自于家常便饭之工作中，渐渐达于精善。前六年，美国某省开赛马大会，何奋得第一名锦标，名声大噪。时环球公司正需要骑术人才，利何夺标之名，介绍入公司，使配演一片。何固好电影，平居不无心得，加之所演者即为牧场上之牧童（按美人所指牧童，非孩童之谓，苟使牧畜，即成人亦名牧童，故Cowboy字，有中国夫字之意味在也）驾轻就熟，成绩甚佳。不半年，何却升为主角，专演骑术一类之片矣。

何所主演片，十有七八，不能离牧场范围。好在其表演功夫，各个不同，故人不以为厌。何演剧，常带诙谐动作，饶有趣味。何面团，长眉巨目，颇似老实可欺之人，故其所演之片，如《神枪奇侠》《飞骑隐侠》《侦探艳遇》，初均饰一碌碌之辈，然后一鸣惊人焉。三年前，即当有何氏主演之片到京，唯其名字印入北京观众之脑筋，则尚似为日无多耳。

影界之母玛利·柯尔

人名之上，曷为加以“影界之母”之名词？以其在影片中善饰人母也。玛利（Mary Carr）入影界甚久，于今将及二十年。初散在各公司饰老妪，已为不可少之角色。旋福克斯公司为编《慈母》一剧，使玛利主演之。慈祥恺悌之人，受尽儿女绕膝之累，名乃大噪。东方人士最重友孝，并反对少年人之组织小家庭。福克斯此片来华，与华人之心理，不谋而合，故此片尤受华人之欢迎。其实福克斯之为此片，见美国老年人，多数与子女合居，为此以针砭之，初未有意于东方也。

玛利生于美国之宾夕法尼亚州，现五十四岁，子女六人，半已婚嫁。因其母之介绍，悉入电影界。在《慈母》一片中，玛利子女之加入者，亦有四人。以真母子而饰片中之母子，亦一佳话也。玛利身材矮小，约1.57米，发为棕色，略带苍白，目凹，额上皱纹殊不甚深，故略经化妆，犹可饰五十之人。但彼之天才，以饰六十以上之人为佳，龙钟缓步，老态可掬，初不带丝毫之勉强也。

《慈母》一片出版后，玛利之收入，愈加丰厚。其子女以母年老，且不忧冻馁，劝其脱离电影界。玛利亦以为然。唯公司中以此项人才不易得，极力挽留之，故在银幕上，犹不时可睹此蔼然可亲之老妇也。

（原载1928年2月29日北京《世界日报》）

巴斯 · 祈登

电影界之老牌滑稽大家，除陆克、卓别林而外，犹能享盛名不衰者，厥唯巴斯 · 祈登（Buster Keaton）已。若对眼杜平（音译），若西门 · 拉雷（音译），皆不免瞠乎其后也。巴为美国密歇根（Michigan）州Muskegon人，现年三十三岁。其祖及父，均为有名之伶人，巴在孩提之时，耳目熏染，已不期为候补之伶人。十岁前，常随乃父登台，饰剧中之童角，甚能尽职。十七岁，改入电影界，初为配角，旋得“大胖小”之协助，合演一两本之滑稽短片，颇有声誉。十年以来，巴艺日进，名亦随之。前三年，滑稽片之价值提高，巴遂主演五部以上之长片（指滑稽片言）。自《三个时代》出版后，巴乃与陆、卓（音译）抗手，稍为三大笑匠之一。新近来京各片，如《捉新郎》《牛魔王》《大将军》《大战拳王》，均为观众所欢迎，其叫座能力，不下于陆、卓也。

巴斯 · 祈登之特识，为一平顶阔边之草帽，任于何时，非特殊关系，皆不去之，巴长面隆准，戴此扁平之帽，状乃愈形奇怪。其帽之深印人心，无异陆克之眼镜，与卓别林之巨靴也。

巴演剧之唯一特长，在始终板住一副丧气面孔，不带一点笑容，不但演剧如此，即在平常，亦复如此。荷梨坞（好莱坞）中，无不知有此从来不笑之巴斯 · 祈登先生也。巴现为梅槎（音译）公司主角，且兼导演。其所以如此，似欲与陆克、卓别林争一日短长，盖陆、卓亦好导演也。

（原载1928年3月1日北京《世界日报》）

白蒂·康笙

予自观《飞絮禅心》后，即极爱白蒂·康笙（Betty Compson）之片，其姿容之美丽，身材之婀娜，表情之自然，处处予人以满意。该剧为巨室女，化装为一女巫，周济贫民，有少年牧师谨厚逾常，见女丽质天生，而流于旁门，欲劝其归入正教。不料牧师之道德未足以劝化巫女，而巫女之姿色转以颠倒牧师。当女在荒山中遇牧师一幕，以唇吻掌，嫣然一笑，向牧师吹去，有令当局人色授魂与者。闭目一思，其情犹历历在目也。

白生于Utah（犹他州）之盐湖城，幼而能歌。因天性嗜音乐，遂入音乐学校。在校时，艺日进，提琴犹所擅长。顾未卒业，而其父已先逝世。不得已，乃受聘于歌剧团，博些微之赀，以养其母。时年方十四耳。一夕，偶往某院观剧，院中奏提琴之女伶，因事未至。院主故识白，问能代庖否？白亟欲一卖弄身手，慨然允之。登台一奏，举座倾倒，遂一跃而为名伶。一九二一年，投身电影界，能以目听，以眉语，得为趣情角。后遂辗转于福克斯、派拉蒙环球各大公司，成为明星。白所演之片，在京所演者，如《情囚》，如《闺中痴梦》，皆与《飞絮禅心》，得观众之赞许。盖色艺双绝，不容人之不羡慕也。

（原载1928年3月14日北京《世界日报》）

华伦蒂诺

美国已故明星，除马克斯（音译）外，当以鲁道夫·华伦蒂诺（Rudolph Valentino）之名，为吾侪所熟闻。而自彼逝世后，吾人因报纸上之唏嘘凭吊乃愈增景仰之思。客有曾一睹《茶花女》与《塞外烟花录》者乎？则斯人之身长玉立，当犹仿佛忆之也。华之去日愈长，而其历史乃愈易遗忘，因不惮其烦，集其逸事于断简残篇之间，而为此文。

华父为意大利医生，而其母则籍波斯，西历一八九五年，生于Castellaneta城。年仅十一，而丧其父。幸家中略有遗款，得以读书。华初学陆军，继改学农艺，卒业于农科大学之研究科。后彼在影片中，于逸俊之间，时露英武之气，殊不减武士风。而其身手之矫捷，与骑术之娴熟，尤为演生者所仅有。则彼学陆军所得，固未告无用也。华卒业后，无所事事，于一九一三年赴纽约，欲觅职业于新大陆，纽约者，人世之销金窟也。华挟有限之资斧，而寄迹于繁华无伦之市上，如以雪投火，其势易罄。关山失路，举目无可告之人，不得已，乃降格以谋贱役。适某公园须看守人而以习农业者为限。华得其招工启事于报纸上，则慨然以农科大学生资格应聘。园中主事人，以其大材小用，录之。在彼时，华左亲箕帚又拎锹锄。公园士女，曾不少加一瞬，彼又焉知有名震寰宇之日哉？

（原载1928年3月30日北京《世界日报》）

华伦蒂诺（续）

虽然，华一时之落拓，自有可悲，而其在纽约未落拓以前，旅资之耗费，初亦非无所得。所得者何？跳舞是也。华以园役所变，每过数元，不足供一人之衣食，乃弃此而去，投入歌剧团而为跳舞者。此等团体，浪花风絮，本无定所，华亦随之而为东西南北之人。据华事后对人云：此时甚厌弃跳舞生涯，欲一至加里福尼州得地而耕，以竟其所学。顾机会与金钱，两不相助，终困顿为沦落之客。乃忽有罗门·格雷（音译）者，为华之旧友，突然相遇。罗悲其遭遇，携之至落司·安切里（Los Angeles）劝其入影界。因罗固影业中人也。

华以事已至此，姑就之，以并无建树，只为杂角，每日可得三元以至五元之工资。且此项杂角，不能逐日皆有，每周至多三次而已。顾华以丰格英伟，面貌又和悦，甚合彼方美男子之选，导演家马息斯（June Mathis）见而异之，使主演《四骑士》，竟奏成功，其后陆续为主角，名大著。一跃而为大明星。至一九二五年，乃加入卓别林、飞来伯等之联美公司，而为台柱之一。但在此前，华曾受一打击。先一年余，经导演家胡伦（Emmett Fivnn）之提拔，一度为主角。乃以讼事故，片半途而废，设其片竟竣事者，则华先一年成名，亦未可知矣。

华最有名之片，为《多情酋长》。更以此片，而有酋长之子（即《塞外烟花录》）。华在后一片中饰父子二人，甚为努力，而亦其最后之工作，盖此片出版后，华遂与世长辞矣。华卒时，在纽约医院，为一九二六年八月十五日，仅三十一岁耳。情人为波娜·奈格尼（Pola Negri），去年电影女明星之首选也。华即死，波悲恸不自胜，而影界亦绝少一对明星夫妻矣。

（原载1928年3月31日北京平《世界日报》）

林 楚 楚[①]

民新公司之演员，其字喜以双行。如林楚楚、李旦旦、杨依依是。别开生面亦一特别标识也。林望之脉脉含情，有大家闺秀之态。如《玉洁冰清》中之钱小姐，《西厢记》中之崔莺莺，皆极合身份。唯以此故，表情落于呆板，此其病也。

据知林者言，为华侨之女，旋回香港，曾在英华等女子学校读书，时民新影片公司创办人黎民伟，在港有所组织，因识林，林方二十岁也，久之，林遂嫁黎。黎因在港不能有所发展，乃移公司于沪，而升林为主角。林以黎之关系，对制片之取径，可以参与意见，故彼所饰之角，身份终相去不远。彼不在银幕上，亦革履蛮衣，活泼而能交际，非幽娴贞静如影片中人也。

在银幕上观之，其年岁当已过花信风。林之友党，则谓未至此，此固无关艺术，不必论。又有谓林善英文，洞识今古者，则未免颂扬过当耳。

（原载1928年4月14日北京《世界日报》）

柯 尔 门

今日美国电影界之以爱情主角名者，有李察 · 迭克斯（Richard

① 恨水附识：关于明星及电影界之史料，已托吾友凡鸟，在沪不时搜罗。以后有所记，某仅编撰，采访则未能也。不敢掠美，并志之。

Dx），巴色玛（Richard Barthelmess）那佛罗（Ramon Novaero）约翰·吉尔勃（John Cibert）与柯尔门（Ro1ald Colman）等，然各有所长，未足以一事一片评之。而柯氏之与众人异者，则在西方人所认为英俊二字以外，更含有沉毅之气。于生离死别之际，或淡焉无动于衷，或掀髯微笑。此为天生之风趣，不易描摹者也。

柯氏之爱情片，尤以与维玛·班姬（音译）合演为最有名。曾观几回者必能知其二人得心应手之妙。盖班姬之表情，亦侧重于不胜于闺思幽怨，二人写相爱相慕之处各以强为欢笑出之，遂令人回肠荡气，回味不置矣。

大概柯尔门之言情，以悲壮苍凉见胜。约翰·吉尔勃（音译）所饰角色，多与柯尔门同，而悲壮处，则不敌柯氏矣。

记者附按：中国戏剧中之小生，多为文人，而外国戏剧中之小生则为武士。吾人骤观之，觉大致相同，实则各有其个性也。

（原载1928年6月8日北京《世界日报》）

李丽·吉舒

李丽·吉舒（Lillian Gish）这个名字，虽然在汉字上，各有各的写法，然而说出字音来，人人都会知道的。她来中国的片子，并不是怎样多，能传得许多人知道她，正是不易。

谁都知道，她是一个善哭的人，其实她不哭的时候就是轻颦浅笑，也有一个楚楚可人怜的样子。这是天然的，非人力所能强办。中国的丁子明，因为身材瘦弱，也极力去学她，而究竟得到观众怜爱，不及李丽·吉舒十分之一，所以如此，固然是艺术没有到家。究竟丁的脸子过削，目光也不灵活，所以感动人就差得多。由此可以知道李丽·吉舒之多愁善病，正赖于她那一副美貌去帮助她。

人家都赏识她的哭，我还赏识她的笑。她的笑，如不是强迫的（她能做出一种强迫的笑，这也是她的特长），正是秋波遥托，瓠犀微露，有无限的情思。

她另外还有一种散发美，头发披在肩，自然有一种风致，往往表示她漂泊不暇修饰，和乱头粗服亦风流的情致，这一点，玛丽·绯缤，也跟着学会了。

（原载1928年6月9日北京《世界日报》）

飞　来　伯

飞来伯三字，亦为不须更详原名，而北京略具影癖之人，无一不知者也。然上海人译作范朋克，则精神尽失，而不响亮矣，彼之得为明星，纯粹出于其矫捷之武功，较而以好脸子或善表情成名者，甘苦大不相同。吾尝观其《伏魔仙子》，身在大树颠上，往来蹿越，轻快异常，虽不敢谓摄影之时，不无假借，然其身手灵便，不露丝毫痕迹，亦难能也。又片中有一装甲之假人，手执巨矛立于丈许之屏外。飞以左手反背夹矛之颠耸身临空，而察屏内是否有人。当时一瞥，不见其有何特殊之处。然仔细思之，此无异以左手拔身而起，非熟练不克也。

如飞来伯等，由明星更成为影界泰斗，苟有新片问世，不如后起之秀，则将无以自解，故其近年工作，是较前作大有进步。若《月宫盗宝》等，徒拥虚梦，实不见飞之武艺，有何表现也。

飞在银幕上，虽貌为良善，然终不改嬉笑不驯之状态，故其所演，十之七八，不外于侠客或侠盗，此如何杰生演剧终不能离开牧童，天才所近，正不必强异之耳。

（原载1928年6月26日北京《世界日报》）

玛丽·璧克福

影界之后玛丽·璧克福（Marv Pickford），生于一八九三年四月八日。今年为三十五岁，马齿加长，几已过徐娘丰韵之日矣。然璧克福所饰之角色，则百分之九十九为童伶，当其现身银幕，嬉谑跳掷，居然天真未凿之女郎，其养生有术，不至容颜憔悴，故为其唯一之原因。然其化装术与表演功夫，出神入化，亦有足以助之，盖容颜虽可不老，然人之气度，则与年事渐深。不必观其容貌，在其举止动静上，亦可断其年龄如何。今银幕上之玛丽·璧克福，直无一丝之成人气度，其艺术真不可及也。

璧克福之表演，在善于描写女儿之憨态。写憨之处，在玩笑之事，以认真之态度应付之。而须认真者，则反视为儿戏。只经此两点，无教育的儿童之状况，跃然纸上。即如在《小鸟依人》一片中，与一女孩（玛丽饰）同住之孤儿，以玛丽为长，由伊指挥之。而彼因此，乃兼看护之责。对群儿则曰我的小孩。以闺女而有如许多小孩，亦人所引为奇谈，然于此，即写女儿之憨态也。

（原载1928年7月31日北平《世界日报》）

王　元　龙

谈中国电影演员之生角者，无不知有王元龙。……盖王之为人，亦颇有几分聪明，看美国影片既久，明星之表情，不期印入脑筋。为日既长，而印象愈多。故及其亲自主演，苟与外国某明星风度相近者，即牵强附会，将此项态度表现而出。故看来发挥尽致，而恰有许多不合理处。其尤甚者，则因脑筋中受美片印象之故，而持此印象导演一片，遂制出欧化精神、中国故事之怪影片。不知电影表演人类动作，是写实的，不是象征的。白种人表演白种人之动作，安能适用于黄种人？吾人为后进，当注重先进者精神之所集。若以其动作整个搬来，以为自己艺术，是以咖啡当茶喝矣。

由上所述，王之艺术可知。而所演之生角，范围尤狭，只能演西装革履上海滩上之时髦少年，间或饰少年军人略可近似。若以饰雍容温雅，或风流倜傥者，则行动皆非。但中国妇女爱情所钟，正重文而不重武。王饰生角，而欲演中国情场故事，安能合哉！

（原载1928年9月12日北平《世界日报》）

那 佛 罗

自《万古流芳》这部片子成功以后，生角那佛罗（Ramon Novqrro），一跃为一等明星，而且拥有美少年之号了。但是这在中国人看来，恐怕不能这样轻轻易易给他上这样一个徽号。

我们看过那佛罗主演的片子，脑筋里多少总还留下他一点影子。他的脸是个长瓜子形。上面额部很阔，由两眼角到下巴，渐渐瘦削，几乎是个三角形。他的两道眉毛很浓，眼角略尖。这种样子，都是不能算合于美的条件的。设若将他的相片，和陆克的相片陈列在一处，请一个不曾看电影的来批评一下，究竟是谁美？恐怕这美男子的徽号，不会加到那佛罗头上吧？

至于那佛罗的表情，对于一个谈恋爱的少年，或者还可以胜任愉快，若是饰一个西方人所谓的英伟奇男，就不能及格。然而他竟为全世界人所认为的美男子，西方妇女极端迷信的一个男角明星。这样看来，我不能不说句迷信的话，乃是幸运之神罩着了他。

（原载1928年9月26日北平《世界日报》）

黄阿媚之功罪

美国荷莱坞（好莱坞），收罗全世界之人物，以成电影明星，中国人得应其选者，唯黄阿媚而已。黄阿媚（英文则作Anna Mav Wong）亦名柳霜，此犹未脱中国人习气，用好看字眼以做名字也。黄之成名，在《月宫盗宝》中，饰一蒙古宫女，此后渐渐露头角。据影界消息，黄曾与千面孔郎·陈利，合演一片，名曰《吴先生》。次又与那佛罗合演一片，名《益著》。然此等片，中国向未之见，其良否乃不能定，似不必遽引以为荣耳。

就吾人所见黄与演之片而论，十之九含有侮辱中国人之意味。黄所饰者，大部为东方舞女，非上等女子。如此演法，非为祖国增荣，实暴露中国之弱点。所谓“汉儿都作胡儿语，争向城头骂汉人”也。此等留美明星，吾人何乐有之。

黄阿媚之功罪如此，吾不能遽下断语，愿读者作持平之批评可也。

（原载1929年2月5日北平《世界日报》）

吴 素 馨

上海天一公司，资本至微，而获利颇厚。人才至少，而出品偏多，此不合逻辑之论，而为确有之事实。其故维何？曰善于投机而已。其中演员，吾恒少许可。平心论之，亦无足称者，而铁中铮铮，则不得不推吴素馨。

吴为广东香山人，上海启香女学校学生，然居沪多年，又读于是，完全为上海式女子矣。十九岁，吴投身电影界，入晨钟公司，第一片为《悔不当初》，因所饰角色不合，而又初试身手，成绩至劣。后入东方公司，摄《后母泪》，颇有进步。继又转入南华公司，演《失足恨》，艺稍稍可矣。

约一年，入天一公司，为长年演员。所演之片，有《立地成佛》《李飞飞》《忠孝节义》《夫妻之秘密》等片，而皆为主角。以上各片，均在北京中天院演过，客有为中天老主顾者，当识其人之艺如何矣。

吴貌甚秀丽，而温文婉秀，以饰良好之长女与少妇为宜，初入电影界时，貌如其人，不善交际。酒食跳舞之场，甚鲜其足迹。然三年以来，受明星头衔之尊宠，被捧星及猎艳者之引诱，亦复泉水出山，今非昔比矣。

黄花谱

粤曲之词句

戏剧原以通俗为主，其词在求人人能解，不必如昆曲然，徒事解藻。但京调过于通俗，几有例之平常言语而不可通者。如《空城计》中之为什么犹豫不定进退两难为的是何情等。一般爱曲者，颇以此为憾，极力主张将词句改正。但一部分人，则又讥其为羊毛，以为京戏重唱功，其佳处在彼而不在此。于是谭叫天唱瓦解冰消为冰解瓦消，始终仍为冰解瓦消也。予素闻人言，粤剧词极训雅，向未加以注意。昨于友人处，借阅粤剧词本数纸，果属事实。而其间亦并不如吾人意想所猜，杂有广东语也。兹录小青吊影一段，介绍于北方之读者。

（二簧扫板）孤帏里，倦起迟，妆台倚徙。妆台倚徙。（慢板）恨东风，不为奴吹愁去。到春日它偏能惹我怀思。对菱花，看愁容，实在无心修饰。薄命人，伤春思，把镜奁脂粉，一概抛离。在灯前，和月下，写不尽相思字。我都是泪痕满纸。抚着了凄凉亭，吟不尽春愁，夏感，秋思，冬寒，伤处四时。自古云：女儿识字，终归命鄙。天为什么生奴如此聪明，又如此孤凄。独徘徊，步轻移，来至在山庄之地，来至在山庄之地（小歇仍慢板唱），又只见满目皆花红间紫，衬着一曲绿水涟漪，晚临流，见影亭亭，在此波心独立。好一比荷花欲语，不异出水芙蕖。莫不是月里嫦娥销魂此处，莫不是来了个落水神仙非昔比，问小青，缘何故，姣姣体态，变作弱不胜衣，看起来，鹦鹉只因交彩映，才使我入门见忌。一定是我前生烧错了断头香，故此报在今时，想到凄凉处，阻不住我飘飘红泪。（二流）好一比春蚕已死，未尽柔丝。任你是倾国倾城，终归何处。那鲜花遭残暴，迓树无期。参破了色空两字，（煞板）一心心叩如来礼佛皈依。

据友人云：扫板云者，颇似京剧之倒板。二簧慢板，则似快三眼，二流则又似二簧平。煞板，即昆曲之尾声，京调中无类似者。其词字字连续吐出，非至最后，不要花腔。伶人唱戏时，过板极少，故一开口，即须一口气唱一大段也。慢声度之，亦甚好听，唯词实有过雅之处，恐非一般妇人孺子所能解耳。

（原载1928年9月19日北平《世界日报》）

再谈粤曲词句

予前介绍粤曲小青吊影，可见词句之雅。然亦有比此较浅者。如琵琶恨其中妓女所唱一段云："正在凄凉舒玉指，谁人深夜唤声移，抱着了琵琶来看视，看见长官暗猜疑。……见长官频相唤，缘底事，莫不是听琵琶就怜惜孤凄。自古道人识知音能有几，但只愿萍水相逢，知己在于今时。"此亦老妪能看，文从字顺矣。

又其闻首白居易唱白一段，颇干净，亦为介绍之。其词云：

> ……（唱）梧桐叶落秋风起，芦花红遍晚迷烟。（白）下官白居易，只因性情耿直，至今被贬浔阳。今日送客江头，正切离乡之叹也。……（唱）一为迁客，万里飘离，斜倚在篷窗愁难止，又听得秋思一曲怨凄凄。满江明月人声细，秋风吹透白罗衣。举目抬头来看视，却原来红粉为着白头悲。

此等句韵，虽有时勉强，然决无京曲不通之弊。吾以为与其失之俗恶，不如失之典故也。

（原载1928年9月24日北平《世界日报》）

《捉放曹》考略

旧戏中《捉放曹》一剧，无论京徽汉班，皆有之。以此更度其他各处戏班，当亦不致阙如。所以如此，则以吕氏全家覆灭之惨，而以暴曹操之奸也。《三国演义》，以正统予蜀，对曹之奸，写之不遗余力。而戏又根据演义而来，故暴曹之无理性，亦形容尽致也。

至曹之杀吕伯奢，正史初亦未之少讳。《魏书》曰："太祖以卓终必覆败，遂不就拜，逃归乡里，从数骑，过故人成□吕伯奢，伯奢不在，其子与宾客，共劫太祖，取马及物。太祖手刃击杀数人。"《世语》曰："太祖过伯奢，伯奢出行，五子皆在，备宾主礼，太祖自以背卓命，疑其图己，手剑夜杀八人而去。"孙盛《杂记》曰："太祖闻其食器声，以为图已，遂夜杀之。既而凄怆曰：宁我负人，无人负我，遂行。"由是言之，演义所云，盖合三说而为之者。唯与陈宫同逃，则实无根据。《三国志》纪曹出关过中牟，为亭长所疑，执诣县邑中，或（《世语》谓是功曹）窃识之，为请得解，俱无所谓陈宫也。《鱼氏典略》载陈因天下乱，始从操，因与张邈叛应吕布，后为操所擒杀。陈放曹及曹忘恩负义之说，皆过甚之辞也。

（原载1928年10月3日北平《世界日报》）

昆曲枝言

昆曲之名，昉自何代，殊无可证者，有言明徐司寇之第三子，酷嗜此曲，卒倾其家。徐，昆山人，至今昆山太仓常熟一带，有徐三败之谚语。前人亦有记载，曲因徐而盛，故曰昆曲。一说乐府衰而诗兴，诗衰而词兴，词衰而曲兴。当世之有曲焉，诗格适盛行西昆体。西昆体诗重刻画，似词而非词，时人比与曲并论，故曰昆曲。两说相较，后议似较前论为当，究否未敢断定。

昆曲之总名曰传奇。传奇者，盖宣传一种奇事之义。传奇定例，十门角色，须公配齐全。譬如《西厢记》，系传张崔之一段艳史，统系生旦戏，安来净角及副净角为？于是有寺警寄书两折，出一惠明及孙飞虎，于是有净角及副净角之戏矣。《牡丹亭》亦系生旦剧，无从安插净角，乃天开异想来一胡判官，此皆传奇一定之规例也。

吴中谚传，三年稳出状元，不稳出大面，此言良足微信。缘大面之言，系黄钟大吕之音，纯从丹田中发出。比闻名公巨卿，谈吐声若洪钟，窭人子类，多失言者，于此可见声音之佳否，亦随境遇以转移。昆班中人有“梨园不是富家郎”成语一句，梨园中人，既非富家郎，则其声音之劣，可知焉。以此推测，则三年不稳出大面一语，实有至理，非虚言也。昆曲之盛，莫盛于前清乾嘉时代。尔时士夫公余，悉心研究，《长生殿》弹词千钟粟八阳两折，尤为家弦户诵者。所谓朝朝收拾起，夜夜不提防是也。乾隆擅长丑角，《拾金》一剧。据传即为御著，山东巡抚国泰，因好昆剧而为言官弹劾褫职。上有行者，下必效也，其斯之谓欤？

（原载1928年10月31日北平《世界日报》）

高阳昆班之由来

日前郑颖荪先生约在彰林春晚餐，有皮簧老前辈某君在座。席中纵谈戏剧问题，有吾人所未闻者。如高阳昆班之来源，即其一例也。

据云，咸丰年间，皮簧渐盛，昆班不能立脚。于是有一‘班相率出京，沿京南而下，至于高阳。高阳有某巨室者，喜昆曲，不忍其没，因召班中人演剧多日，且问掌班人，若新召徒教之室需日几何，答曰：一年可矣。某巨室以为事易为，即留昆曲伶人数名，召徒教艺。及一年，艺无成，更一年，仍无成。至三年，某巨室召伶诘之白：尔谓一年有成，今三年矣，犹不能唱何耶？伶人答曰：授艺不难，难在于徒之咬字，每一字之微，教之数十日而不似。吾初不料北人南音之如是其困难也。公必成者，则只教徒以板眼作法，而不必拘泥于字音，固数月可成耳。巨室以其难，竟用是策。巨室后衰微，此项昆班子弟散在民间，于是有京腔之昆曲出。若韩世昌辈盖其嫡传耳（按韩初到北平，即系京调昆曲后经超逸叟等之指正，才成今日之韩世昌也）。

（原载1928年11月2日北平《世界晚报》）

饶　河　班

徽调、汉调，人类能言之。今京调虽混二为一，然在南方，则鸿沟分明。扬子江一带，和江以下，为徽班之势力圈。九江以上，为汉班之势力圈。决不稍混也。夹于徽汉间者，则又有饶河班。饶河班之所自来，予不明了，但赣东赣南，皆盛行之。其所演戏，亦与徽汉班无大出入，好演全本。如《乌龙院》之必带活捉，《玉堂春》之必自嫖院演起，皆常例也。其唱略带饶州音，故曰饶河班。唱不尚花腔，平均十字一句，多如二簧之原板，白则纯用土音，唯于字句略加纠正而已。不用胡琴之戏，似甚多，如《吕洞宾戏牡丹》等戏，常演之，只于唱后，以喇叭吹过门。音调极简单。惜予看饶河班戏时，不过十一二龄，今不能志其详，读者如有赣东人，甚愿有所指教也。

（原载1929年5月23日北平《世界日报》）

谈《鸿鸾禧》

《鸿鸾禧》这一出戏，出于《今古奇观》，是人知道的。其实《今古奇观》也有个娘家，乃是《情史》。

照理论，当然以“金玉奴棒打薄情郎”为要点。这出戏是人情剧，也可算是悲剧，为什么要用《鸿鸾禧》三字为名，我就不明其理由安在了。在皮簧戏里头，这出戏照例先上喜星，说是莫稽与金玉奴有姻缘之分云云。于是一阵大风，把莫稽刮到金家门口。难道鸿鸾禧云者，指此而言吗？这可谓对于戏的本旨，适得其反了。

莫稽讨饭的时候，就讨杆头的女为妻，好有饭吃。及至考中了进士，做了官，就以讨女化为耻，把金玉奴推下水去。极力地写世态炎凉，人心不可靠。在看报单，端官牌，及要丈人当听差斟酒，都骂尽世人。在看报单的以前，插进一段金松讨饭给女婿吃，自己挨饿，故意先扬一笔，后面越沉痛了。

金玉奴落水遇救，拜按院为义女，后来按院作为自己女儿嫁与莫稽。这一种办法，为天下不少儿女子吐气。全剧波折如此，场子并不很多，是一出可看的戏。但是日久演乏了，又多只演前面一小段，就极无趣味了。我以为这戏改为电影，必更可观。把金玉奴落水，神仙保护之说删掉，改为是她自己会泅水。那末，会游泳的女明星还可大出风头哩。

晶报随笔

芙蓉草面叱某小姐

周大文深许其持身守正

芙蓉草原名赵桐珊，业花旦。民十前出演沪上，声震一时。老顾由家，必能忆之。民十后，赵名渐衰弱，回转北平，辗转搭班，流为二等角色。然其所演之戏无不卖力，刻画思春妙女，荡情少妇，尤能目挑眉语，极书冶艳，虽年事少长，未能居小翠花上，但北平听戏者多内行，赞赏者依然甚多也。有某小姐，感于赵之艺，遇赵于市，辄微呼之。赵初不顾，旋不耐其扰，即作色叱之。上月三十日夕，赵出演于华乐。戏毕，方卸装，前台有人至后台语赵曰，有某小姐请赵老板说话。同台者以事不妙，阻勿去。赵不听，出询何事。某小姐曰："吾语呼尔，尔何报以恶声？"赵曰："吾所业不比他人，交际宜慎，熟人相呼，吾自应之。其不识者，见而指之曰：'此芙蓉草，此芙蓉草。'吾亦装糊涂而过，君似为名门闺秀，屡相呼于途，吾应之，本不相识；不应，则君又相扰不休。久之，妨吾职业。于君名誉亦不利。故厉声相绝耳。"某小姐见其委婉解剖，以为可亲，以手招之曰："芙蓉草。尔来前，吾语尔。"赵大怒曰："你给我滚蛋罢！"某小姐亦怒曰："好，芙蓉草你等着我的！"悻悻而去。人以此告市长周大文，周大叹赏，辄告人曰："芙蓉草业花旦，而能守正若此，足为艺术家模范，孰谓旦行中无君子耶！按赵之行，本有足多。"经市长之赞许，自是身价十倍矣。

（原载1932年8月24日上海《晶报》）

我与《晶报》

我对于《晶报》，向来是个爱护者。记得《晶报》初出世的时候，我在芜湖《皖江日报》当编辑。恰值经理谭明卿先生由上海回去，对同人少不得有些礼品相赠，他送我并无别物，却是一份《晶报》。那个时候，《晶报》唱的调儿，是高腔个一流，听了给人一个痛快。自此以后，《晶报》有时唱工字调，有时唱六字调，十四年来，我都爱听，直到于今，由三日刊变成一日刊，戏码加重，而功夫更是老到，很像杨小楼的连环套，得炉火纯青之致。这十四年来，一年或二年之间，偶然也向《晶报》投一两次稿，其间当然也有转交字纸篓的，可是登出来的也很多。而我的名字，向来便真正王麻子，直署恨水。有那《晶报》的收藏家，也许可以找到我投的第一次稿看是说的什么。不过半年以来，我也偶然化名一二回。过了十四年，我理想中许多丰姿翩翩的记者，都成了朋友。而大概也不成为我理想中的人了。我虽由投稿家，变成了一个每场必露的跑龙套，然而未免有“树犹如此”之感了。今年的纪念、我躬逢其盛，是可引为欣慰的。我很希望明年此时，我捧场的稿子，由北京用快信寄到报馆来，而这种希望，也许就是《晶报》及读者所同希望的呢。

（原载1933年3月3日上海《晶报》）

危后北平市速写

阑珊北返，几有城市依然，人民已非之感。因繁华消歇，友朋半散落也，至平三日矣，将闻见速写一斑，以作平市之鸟瞰。（一）各城门各要道沙包，移置一旁。（二）日飞机每日必至，唯今昨（十二）大雨，未表示敬意。（三）各戏馆晚上无戏，电影照开。（四）晚上九点后无市，十二点后，行人未便通行。（五）民房军队，大致已退。（六）城内多中央军。（七）五月二十后，知识阶级亦多数赴津，今均回，唯眷属半南行矣。（八）天安门已闭，故宫停止游览，中南海黄何驻节，亦停游览。（九）中央公园，游人尚不零落。（十）倡门渐有起色。（十一）上等菜馆澡堂照顾者多军官，赖以维持。（十二）米面落钱，一元易铜子四百九十枚。

（原载1933年6月17日上海《晶报》）

西湖十可厌

予游西湖三次，未尝为文记之。以杭州景致国人耳熟能详，无烦为之记也。此次游杭归申，本计雄翁一再嘱为一文，雅意似未可却，姑作十厌，以志所感，所望雅人来主是湖，有以正之。

两堤如带，有马嘶芳草人醉玉楼之概，今一为柏油路，一为石子路，芳草尽除、桥平如砥。岳王庙若在五父衢头，苏小坟绝无碧波细草，可厌者一。湖中一水门汀纪念塔，点缀湖山拟不于伦，平湖秋月，在依栏小坐，平视波心，今亦封榭一塔，令游人作面壁之维摩，煮鹤焚琴，莫过于是，可厌者二。沿里湖葛岭之麓，洋楼叠起，久碍观瞻，近更电炬通明，一切月岭星波之胜荡然无存，可厌者三。三潭印月之后，宜望汪洋，只余三影，今则水中立电杆一排，树丫水面，如镜而锯无数长钉，可厌者四。庙中知客和尚，见游人苦作笑脸，絮絮问贵客公干，殷勤招待，出簿化缘，若作贸易，可厌者五。苏堤头有常春恒一洋楼，全屋作手枪式，唐突西施，莫此为甚，可厌者六。沿湖随处有人家私墓，封碑巨石，大人孺人字样，触目皆是，可厌者七。孤山独立水中，古梅老石，境须清幽，今则前为马路，后列长桥，草坡易为巨石码头，曲径改为柏油小路，楼阁叠起，空疏尽塞，可厌者八。各处名胜，皆有野鸡照相师，见有客至，苦苦追随，絮聒不休，可厌者九。尚有其一愚不欲尽言之，留他人随作感想补之可也。

（原载1934年2月24日上海《晶报》）

我与丹翁

丹翁就是张丹斧，他，当然是个怪人，写怪字，吟怪诗，玩怪古董，一切的一切（这句是新兴文字）都怪，我在二十年前，就五体投地了。记得《晶报》文言白话论战一场，翁译胡适为到哪里去，我也戏译丹翁二字为通红的老头子，于是无人不知通红的老头子了。我与丹翁有这样一段因缘，丹老也极为捧我，有恨水小说丹翁诗，几乎无一家无之的妙诗，深得互相标榜之诀，可是我们是这样的老搭档，却一直到于今，未曾会面。假如丹翁死在我后，不知作何感想，我若是死在丹翁后，这必是挽联中一个材料，说到这里，好像骂人，亟对翁诗以捧之。

无人不识张丹斧，二十年前善骂人。自古滑稽胜正论，于今幽默是高文，可怜干女年来少，翻觉斑纹老去清（年初二在××兄家吃果盘，有糖，豆荚一片，雄翁言，可与丹老一认斑纹，丹老玩古董之成绩，乃如是乎，一笑），我与翁来翁亦我（此亦字如曲中之衬字姑存之），双簧藉祝此晶晶。

去年今日曾为文《我与晶报》，故今日文为《我与丹翁》，翁，晶开国元勋也，故次焉耳。

（原载1934年3月5日上海《晶报》）

邵力子陋室安居

予曾于沪上，至邵力子先生寓，不过两上两下，式至平凡，而客室沙发，且已窳败，意以为并非久居，故简陋如此。今至西安，卸装之日，即谒之于省政府公署。先生腿伤，以日前欢迎嘉宾，创复发，腿札有木板，不能起床，乃接见愚于卧室。室中除一床外，只方桌一、三屉桌一、木椅二、番木架椅一、床前茶几一，余无所有也。邵夫人亦着布衣，不饰脂粉，代表邵先生招待来宾，彼渺小简任以下之局长处长，服用如王侯者，对此得毋有愧色欤。

（原载1934年5月30日上海《晶报》）

不堪回首

在十二年前的今天我到北平做客，还不过三四年，当时由街上经过了一番，却说不出一种什么感想。那时，国会通过了宪法，选举曹锟当大总统，天安门前，搭着五色彩牌坊，把宪法一条一条写在上面。由正阳门到天安门的民众公园，沿途结彩悬灯，真是锦天绣地。大街上更不必说，到处挂了旗，每个十字街头，都结上牌坊，人民都说，卖布的当总统了，真抖！可不是抖吗，众议院院长吴景濂，带了国会的状文，坐专车到保定去面交曹仲珊氏，迎他入京就职，其实在骨子里，人民谁也加以鄙视，以为这是五千元一张选票买来的热闹。可是自那年以后，北平的国庆典礼，就一年不如一年了。去年我在北平经过天安门，冷冷清清的，满目的树林，飘荡着黄叶，今年我已南下，情形不得而知，想来是不会好吧。吾生也有涯，不知道哪一年，能全国大大的铺张一次国庆，尤其是北平这地方，希望有一次真正的民众庆祝，胜过那贿选的庆祝去，可是……为人又何必悲观，同胞们，努力吧。

（原载1935年10月10日上海《晶报》）

报纸杀人

报纸虽然负着有闻必录的责任，但是也不可以无为的指鹿为马。即使访问记载失实，为坦在起见，尽可□明后更正，才不失报纸光明的态度；

倘然有恶意的目的，造出是非，去中伤别人，那更不可为。最近在报上，我曾看到两段连载，一段是述法国前内长萨浪格罗（音译），被反对党报纸硬说他是曾投降过德国，而曾被军法审判缺席判决他有罪，经过萨氏几次自己辩证，和总理莱翁勃仑的声明没有这事，并且任反对党调查档案，也证明并无此事，可反对党报纸还是老不更正，以致萨氏精神苦痛而自杀，不是报纸造孽么？还有一件是一张报上，记着陈调元发神经病，而硬说陈调元的号叫镇华，不但不知其用意何在，而把陈调元与陈镇华误为一人，根本弄得大错。虽然不曾见陈调元出来说什么，但是也没有看见如何更正。这两件事，都与别人名誉上大有关系，所以报纸的记载，确是很有重大关系，落笔之际，越是小事情越要当心才好呢。

（原载1937年1月23日上海《晶报》）

记女访问员

各国货工厂和各国货团体合组的国货运动联合会，聘请了几个少女，名叫国货访问员，到各个家庭里去访问主妇。一面是劝她们采用国货，一面是访问用了国货以后的意见。有些主妇的答复，是毫无主观的乱拍马屁，说“很好”、“很合用”、“很便宜”，或不留余情而不加研究地说“国货不如洋货好”、“国货粗制滥造”、“国货售价太贵”等等；有些主妇呢，访问员跑去的时候，或在梳洗化妆，或在搓麻将，或出去看戏吃饭，或竟还未起身，觉得这不速之客，非常讨厌，无论在家不在家，一律挡驾不见，使这批女访问员毫无进身之阶，最没趣了。还有些主妇去问访问员，蝶霜与自由霜比较起来，哪一种好等问题，更使访问员难于置答。因为蝶霜是家庭工业社出品、自由霜是中国化学工业社出品，这两家都委托女访问员去宣传他们出品的，决不能说哪一种不好，所以除“两种都好”的答词外，竟不能有忠实肯定的答复。其实我以为这些女访问员时常出去访问，都使主妇们生厌，还不如请这些女访问员加入各种交际团体，随时相机宣传，方能收宣传之效，否则太呆笨，徒招别人的讨厌吧了。

（原载1937年2月4日上海《晶报》）

冯玉祥的礼服写真

冯玉祥向来穿青布裤袄著名的，自从到了南京，在办公时候，改穿中山装，在应穿礼服的时候，便穿蓝袍黑褂。但是他的蓝袍黑褂，却非绸制而是布制，并且袍子尤与别人不同，袍长仅仅及膝，马褂比普通人的加长，所以袍褂的长短，相差只尺许。有人在宁波看见他此次到奉化蒋锡侯之丧，所穿的便是这种黑布褂蓝布袍的礼服，脚上是穿的土布袜，和黑布面鞋帮两旁有宽紧带的鞋子，头上戴一顶有鸭舌头的呢帽，宛如国货公司卖的儿童飞机校帽，少一块黄铜的飞机徽章罢了。

（原载1937年4月19日上海《晶报》）

叫化子军队抗日

——方振武旧部由晋北上

中委方振武，治兵善师冯玉祥，其军所驻地，无战事，则代农人耕稼，或修道路，苦博民心。行事时，军需处为先锋，随地向乡镇村庄，托为煮饭，饭热，鸣锣一声，由人民分送各营，此外不向乡人索粮秣、不索款，更不拉夫。人以为叫化子军队，方欣然受之，不以为辱也。方连年颠沛，部曲散而复聚，集于山西棉山一带，阎编为二师，以旧师长鲍刚、张人杰率之。热河事起，方奔晋与阎商，请加援助，愿率旧部赴前方抗日，阎虽无力任此，但送客出境，礼无可诿，卒勉为之，方乃就指挥职，差得开拔，现已率军徒步沿平汉路北上，殆又恢复叫化子式行军矣。方之军需处长孟芸生与方为至戚，家居北平，常不能举火，至向友人借十元以下之小款以度日，推此则方部之困穷可想。国难如此，服装齐全，饷秣充裕之军队，方踞地自雄，作壁上观，而实行抗日者，乃出于叫花子军队，可慨也夫。

（原载1937年4月25日上海《晶报》）

严独鹤之被刺经过

《新闻报》严独鹤先生之被刺一事，各报均已有所记载。唯当时之详情，则似未有人记录，严先生对于苏州金□之行刺举动，早有戒备。盖有友人曾告严，谓金在苏高法院有职务，平时殊无余晷，可以离职，是以每星期日必须戒备，且金曾宣言，严以法术使彼神颠倒，必有一日报复之也。是以严每逢星期日到馆出馆，必特别注意，距是日竟已忘却，迨将馆，忽忆及之，立命车夫趋《新闻报》后门入内，但已不及，而车停馆门之时，下车即睹金，金亦随入电梯，但神态颇镇静，且颇谦恭，讵方入电梯，而金即锉刀刺严之后颈，严御大衣，两手插衣袋中，觉痛，极力挣脱而以锉刀之尖已断。有人谓金明法律，凡以利刀刺人者，虽不死，亦须受蓄意杀人之罪，故持一旧且钝之锉刀刺严云。

（原载1937年4月30日上海《晶报》）